独身者

Translated to Japanese from the English version of
The Celibate

Varghese V Devasia

Ukiyoto Publishing

今回は完全なラブストーリーになるかと思ったが、結局
は詩になってしまった。

TO

私の両親、メアリーとヴァルゲーゼ・ジョセフ・ヴァヤ
ラマニル、
二人の愛に、私は限りなく魅了された、
私が他人を愛し、尊敬することを学んだ人たちから。

謝辞

イエズス会は、私に人生を違った視点から見るよう促し、彼らとの交流は、ある程度、この小説を書くきっかけとなった。私はアゴリー・サドゥーを観察する機会があった。彼らの不思議で神秘的な振る舞いは、人間存在の意味を探ろうと私を釘付けにした。イエズス会とアグリ・サドゥーは、外見的には異なっていても、本質的には同じであり、同じような形而上学的、存在論的信念を持っていることを知った。私は彼らに感謝している。

ヴァイオレット・デ・モンテ、ジェローム・ドリナン、ボブ・グリブという私の英語の先生たちには、文学への変わらぬ愛を育んでくれたことに感謝している。この小説の多くの場面で、私は参加観察者の立場から人間の行動を分析するために、生徒や同僚の複雑な社会的・心理的相互作用の注釈を取り入れた。

ギルシ・ヴァルゲーズ、グレイシー・ジョニー・ジョン、メアリー・ジョセフ、ジルス・ヴァルゲーズ、ジョビー・クレメントが原稿を読んでくれた。

内容

マラバルの男

エイブが独身を貫いたのはグレースのおかげであり、彼が女性に手を出さなかったのは、グレースをこよなく愛していたからだが、グレースからセックスを控えるように言われたことは一度もなかった。阿部はそれを想像したのかもしれないし、彼女の言葉の中にある現実と非現実、事実と神話の区別がつかなかったのかもしれない。彼は、自分の声を持つ最愛の人の心を読むことができなかったのかもしれない。

自由を謳歌し、常に溌剌としていたグレースは、平等を謳歌することを忘れたことはなかった。感受性が強く、知的で、親切で、思いやりがある。彼女のジェスチャー、表情、表現された感情、言葉、そして存在そのものが心温まる体験だった。しかし、阿部は裸の僧侶である*アゴリ・サドゥ*から"セックスだけが真実だ"という言葉を聞き、打ち砕かれた。人生の喜びを味わうことを否定された阿部は、起きているときでさえ、最愛の人と親密な関係になる夢を何度も見たが、それを受け入れる勇気がなかった。彼の中には二人の人物がいて、一人は彼を押し進め、百万の誘惑の中で独身であることを喧伝し、もう一人は消えない関係を密かに楽しんでいた。この 2 つの間の絶え間ない葛藤が彼を引き裂いた。そして阿部は複数のマスクをかぶるようになった。

根深い欲望や衝動を放棄する正当な理由を提供するために、阿部は多くの想像力を緻密に織り込んだ。彼を愛する女性と結ばれたことで、彼女は自由を制限され、尊厳を傷つけられることを恐れた。しかし、*アゴリ・サドゥ*は彼の信念を打ち砕いた。セックスは実際、*タントラの* 経験であり、あなたを神にする。それは永遠のマントラであり、霊薬である。すべての神々と女神は、安定した関係に深く関わっていた。女と暮らしたことのない人間は、犬やハゲタカに食われるために、バラナシの聖なるガンガー川のほとりで薪の上で焼かれることもなく、拒絶されて放り出された死体のようなものだ。

サドゥは阿部の前に座り、僧侶の裸婦像を描いた。灰をまとった托鉢僧と、その巻き毛は、孵化した卵から顔を出した生まれたてのコブラのようだった。　サドゥはカマキヤ寺院で、聖域に置かれた女神シャクティの膣を拝んでいた。阿部は、この僧侶がおだやかな言葉で自分をごまかしているのではないと確信していた。裸の僧侶はマハーバーラタの登場人物のようで、彼の言葉は阿部にとって啓示だった。

サドゥーから、セックスは2人の個人を融合させる神秘的な体験であることを知っていたエイブは、心から崇拝しているグレースに、彼女を愛し、何年も彼女を探し続けていることを伝えたいという衝動に駆られた。

独身者は、自分の存在の充実を否定することによって、生命力の繁栄を否定することになる。そのような人は、サユージャ（満足を伴う解脱）を経験することはないだろう。彼の魂は永遠に女神を探してさまようだろうが、それもむなしく、サドゥの言葉が阿部の心の奥底で鳴り響いていた。

独身者は臆病で、弱く、傲慢だった。女性の前で自分を無力な人間として見せることで、自分の本質を受け入れることを拒否したのだ。虚勢を張ることで、彼は実存的な欲求を永久に見捨てるよう説得された。そのうえ、独身主義者は偽善者であり、彼は自分自身を感情的なボロボロへと進化させた。カマキヤ寺院の裸の僧侶は、絵のポーズを取りながら阿部に話しかけた。

灰をまとった放浪者の言葉は、絵が完成した後も、何カ月も阿部をひどく悩ませた。

それでも彼は、サドゥがカマキヤの女神を崇拝するように、最も愛した女性を様々な雰囲気、色、テーマ、スタイルで描き、彼女を崇拝した。

しかし、20年ぶりの突然の最愛の人との再会に、エイブは怯えた。

「グレース」と彼は言った。彼は自信があった。彼女に自分の呼びかけを聞かれたくなかったので、彼女には聞こえていなかったのだ。それはただ、深い欲望を満たすためであり、彼女が彼女だと思ったことで彼の心に火がついた突然の興奮を消すためだった。彼女は、彼が生きる意味を探し求める力であり、目的地における目標であり、独身を貫く理由であり、邪悪な意図をもって女性に触れないよう求めた人物であった。彼女のおかげで、彼はセックスをしない男であり続けた。

阿部は女性との親密さ、最愛の人との一体感を否定した。しかし、逆説的ではあるが、20年前から彼女と自分を同一視していたため、彼女は彼の憧れの存在となった。そして、彼女がどのように現れるのか、会って、見て、観察したいという強い憧れがあった。深い欲望に駆られた彼は、彼女の物憂げな黒い瞳を何時間も見つめ続け、彼女の魅惑的で刺激的な話に耳を傾け続けた。そして、彼は夢遊病者に変身した。

彼は、女性との肉体的な親密さを控えるよう誘った彼女を憎むことはなく、独身を貫くよう説得した彼女を愛し、尊敬していた。阿部は、コンティニュアンスには魅力があり、幽玄な美しさがあり、真正性があり、激しさがあり、肉体を支配する力があり、感情をコントロールし、思考を支配する力があることに気づいた。彼女とのゴアでの生活は本当の意味でのメタノイアであり、彼はそれを知っていた。グレースの人柄と、彼が 20 年前に経験した深い存在感は計り知れないものだった。

独身でいるとき、あなたの目は輝き、一歩一歩の歩みは軽やかで、鼓動は異なるリズムを刻み、それはあなたの存在そのものに絶え間ない幸福をもたらす。あなたは出会うすべての人の尊厳を経験し、彼らを尊敬し、愛する。情熱は、女性を所有することを望まずとも、果てしない地平へと導いてくれる。あなたは彼女に触れたくないが、彼女の個性、美しさ、魅力、威厳を受け入れるのが好きなのだ。

独身とは、女性の近くにいられない悲しみを乗り越え、親密さを経験できない不安を捨て去り、肉体関係を維持することに不安を抱かない英雄のことである。相手と一緒にいるという束縛から解放されるのだ。それは自分自身に満足し、誘惑や欲望なしに出会うすべての人に接する経験である。人生における禁欲の栄光を得るために、その段階に到達するには長年の訓練、瞑想、自制心が必要だ。最後に、あなたは仏陀になり、キリストになる。

阿部にとって独身は人生の祝典だった。

グレースは奇跡的な存在で、魅力的で、魅力的で、まったく魅力的だったが、誘惑的ではなかった。彼女には新しいアイディアの力があり、セックスは人の内面の美しさや静謐さを損なうと考え、自分の肉体の純粋さに執着していたのかもしれない。さらに、愛は永続的で、永遠で、すべてを包み込むものでなければならない。セックスは一瞬の快楽のためのものであってはならない。一時の快楽のためにセックスを控える人は、精神的な強さを得ることができる。そのような人の中には、ダイナミックなパワーとバイタリティが存在していた。禁酒することで、阿部がよく想像していたように、肉体を浮遊させ、思考と感情をコントロールし、生きる活力と目的を得ることができるのだ。

それは価値観の違いであり、望まぬ接触に対して正当性が主張されても、彼女は決して聞こえないふりをしなかった。グレースは、ソウルメイトに出会うまで人と触れ合うことなく人生を送るという幻想について、相手の主張の空虚さを打ち砕く用意ができていた。刹那的なセックス、肉体的な親密さ、はかない喜びを嫌う女性は他にもいるのだろうか。エイブはグレースのことを考えるとき、しばしばそう思った。それは防衛本能であり、男たちが卑劣で残忍な振る舞いをする危険な環境から身を守るためのものではなかったのか？彼女の考えには偏見のかけらもない。彼女の努力には、自分を男性から隔離し、排他的な囲い込みにしようという試みはまったくなく、何の断絶も不快感もなく男性との交わりを楽しんでいた。しかし、彼女は自分のプライバシーを激しく守り、自分の規範を守るために執拗に戦った。彼女の人生には独特の香りがあり、細心の注意を払いながら、わずかなさざ波も立てずに、歓喜に満ちた信念に包まれていた。グレースは自分の人生を愛し、エイブの手本となった。

その女性はグレースから少し離れたところに立っており、エレガントな服装をした数十人ほどの男性に囲まれていた。彼女こそ、最も重要で影響力のある人物だった。十数台の運転手付きの BMW が突然、その７つ星ホテルの車寄せに現れ、彼女が黒いリムジンに乗り込むのが見えた。しかし、見た目は似ているのに、どうしてグレースなのだろう？スラムの少女なのか、日々の糧と生きるために雑役に就いている人なのか、孤児なのか、魚の入った籠を担いで海辺を颯爽と歩いているのが彼女なのかもわからなかった。彼女は野菜市場で、農家がキャベツやニンジン、カリフラワーやレタス、豆類やれんこん、オクラやタマネギを選別するのを手伝った。20 年という歳月は、お金中心の社会で、価値観、人生観、人生哲学、そして何よりも経済的な地位を含め、肉体的、精神的、感情的、さらには地位的に、人を大きく変えてしまったかもしれない。グレースは彼女にはなれなかった。無学な人間が梯子のてっぺんまで登れないように、たとえ彼女が知的で、世渡り上手で、雄弁であったとしても。しかし、グレースは常に尊敬を集めていた。しかし、エイブの心の中には、彼女の永遠の理想がシンチラのように残っていた。そして阿部は、彼女を置き、彼女を崇拝するために、できるだけ居心地のよい水辺の後宮を自分の中に作った。

阿部は、ニューヨークのメトロポリタン美術館で発表した後、ムンバイのホテルに併設されたアートギャラリーに彼の絵画『*接吻*』を展示するためにやってきた。マドリードの *パドロ美術館*、フィレンツェの*ウフィツィ美術館*、アムステルダムの*ライクス美術館*で 『*抱擁*』を公開した。すでに彼の絵は国際的に知られるようになっており、スペイン、イタリア、オランダのメディアでは、彼の作品をエドワード・ムンクの『*叫び*』と比較して絶賛していた。イエズス会で独身を誓った後、すべての絵画に *Celibate* のサインを入れた。彼はワシントン DC に『*ハグ*』を展示し、ロシアの億万長者の技術者がそれを大金で購入した。この作品は、印象派とキュビスムという対照的な 2 つのスタイルを融合させようとした作品であり、女性の身体の鋭いエッジと男性の人物の柔らかなストロークが対照的であるにもかかわらず、アメリカではピカソの『3 人の音楽家』と比較された。

女は男に抱きついていた。右目、顔の一部、突き出た右胸、そして握りしめている手が見えた。その男は素っ裸以外は目立たなかった。宇宙と探検の構造に焦点を当てながら、エロティックなムードが感情を高揚させる。絵は、何が起きているのか、

それがどのように表現されているのかを浮き彫りにし、それは
ほとんど夢のようだった。観客は、絵の中の男性の後ろに立っ
て、女性の激しい愛を見ているように感じた。静かで非日常的
な環境で、リラックスと平和の雰囲気が漂っていた。自然と人
生の異なる 2 つの段階を融合させるために、信じられないほど
静止した位置とダイナミックな設定の中で、絵の中の女性が男
性と深く愛し合っているような印象を与えた。

ともかく、『キス』は違った。キャンバスに描かれた女性の表
情には、彼女の環境の不和からくる不安があった。画家は鮮や
かな色彩で彼女の内なる痛みを表現し、喪失感を露わにした。
人間関係に対する社会批判であり、その結果、女性が経験する
疎外感なのかもしれない。その唇には、暗黙の親密さがにじん
でいた。彼女の瞳に宿る精妙な感情と頬の微妙な色彩が、喧噪
に満ちた世界に深い静寂を生み出し、画家は見る者の注意を彼
女の感情へと惹きつけた。彼女の表情と正体不明さが詮索好き
な感じを醸し出しつつも、背景の柔らかな光と女性の表情が、
彼女が恋をしていることを示している。観客にとってはセレン
ディピティな体験だった。

3 日目、その女性が絵を見に来たが、彼女が訪れたとき、エイ
ブはギャラリーにおらず、同じホテルの 7 階にあるスイートル
ームで仮眠を取っていた。キャンバスに描かれたイメージは彼
女に似ており、画家にとってそれはグレースのものだった。キ
ャンバスに描かれた、見知らぬ人とキスをしている女性の絵は
、自然で生き生きとして官能的な印象を受けた。この絵には、
朝の 9 時から夜の 8 時までひっきりなしに人が集まった。絵に
映し出された言いようのない美しさと苦悩を体験するのは、か
つてない興奮だった。新聞やテレビの批評は、その精巧な芸術
を称賛し、最高の絵画と比較した。キャンバスに描かれた未知
のイメージに対する思い込みや直感があり、何人かのレビュア

ーにとって、その未知の姿はイエスのものだった。レオナルド・ダ・ヴィンチの『*最後の晩餐*』では、隠れた登場人物はイエスのそばに座るマグダラのマリアだった。キス』では、目に見えないイメージはイエスだった。この絵は、イエスが復活した後、空の墓のシルエットの上でマグダラのマリアにキスをするところを描いたものだと考える批評家もいた。

復活したイエスはマグダラのマリアとともに東方へ旅したのか？ある批評家が新聞に問い合わせを投稿した。もうひとつは、復活したイエスがマグダラのマリアに、自分は独身なので結婚もセックスもできないと言ったことだ。「マリアはどんな気持ちだった？評者は疑問を呈した。想像を絶する痛みを経験し、心が粉々に砕けたかもしれない。ヨハネを除くすべての弟子たちがイエスから逃げ出したにもかかわらず、マグダラのマリアはイエスの裁判と十字架刑の間、岩のように立っていた。イエスへの愛は限りなく、彼女はイエスが死からよみがえることを信じ、三日三晩、墓の口で過ごした。それからイエスは立ち上がり、マグダラのマリアはイエスが最初に出会った人で、イエスは彼女の唇に接吻された。「*キスは* マグダラのマリアとナザレのイエスの愛の物語です」とテレビスタジオでキャスターが説明した。

「アナスヤ・ジェインはあなたの絵を見に来ました。彼女はあなたのことを尋ねてきたんですよ。

「アナスヤ・ジェイン阿部は叫んだ。

「はい、閣下。彼女はホテルのオーナーであり、アートギャラリーでもある。

阿部は、アナスヤ・ジェインがホテル、レストラン、病院、情報技術会社などを多数所有する、この街の裕福な実業家であることを知っていた。しかし彼女は、ゴアのアグアダ要塞近くのシングエリム・ビーチにいた孤児の少女、グレースに似ていた。

「エイブ、あなたは疑うことなく信じている。何もかもが次元が違う。朝、浜辺で魚を買うとき、あまりに値段が安いと、市場に十分な魚が出回っているので、売れないとわかっているから買わない。決断する前に、長所と短所を見極める必要があるわ」グレースは、シングエリムのアグアダ要塞に隣接するスラム街の小さな掘っ立て小屋に一緒に滞在した最初のある日、エイブに言った。

「あなたは私に、額面以上のものを見なければならないと言っている。あなたもそうなの？と阿部は尋ねた。

「確かに、私の言うことは違う意味を持つかもしれない。何かの意味は文脈に左右される」とグレースは明言した。

彼は、グレースが過酷な現実と戦い、常に個人的な利益や生き残りを考える生身の男女と働きながら得た経験を語っているのだと知っていた。阿部はグレースから多くのことを学んだ。インド工科大学で4年間、卒業後の2年間はシンガポールの南洋理工大学で学んだことよりもはるかに多くのことを。しなやかな動きは愛らしさにあふれ、夏らしい表情は華やかな色の組み合わせのようで、実践的な知識は生き生きとしていた。阿部は一目で彼女を気に入った。

「女性の同意なしに触れたり、何かを強要したりしない。それなら、私は永遠にあなたの友達よ」とグレースは初日に言った。

「グレース、あなたのおかげで、私は今の私がある。私の中にあなたを感じることができる。僕の個性を進化させてくれた」と阿部はつぶやいた。グレースは友人であり、恩人だった。彼女はとても愛情深く、思いやりがあり、彼の1年後輩であるにもかかわらず、時には教師のように振る舞った。その晩、エイブは長い間、グレースのことを考えていた。彼女と初めて会ったのはカラングート・ビーチだった。

「AI 部門の責任者として当行にようこそ。職務に参加したその日から、あなたは私たちの仲間になり、私たちとともに銀行の未来を切り開くことになります。私たちが働く国の金融の発展や社会情勢を決定するための素晴らしい機関にしましょう。南洋大学での面接の最後に、キャンパス選考委員会の委員長が言った。

魅力的な報酬と素晴らしい施設を提供する一流の国際銀行だった。阿部はこの仕事に満足していた。長年にわたる正規の勉強が終わり、人生の新たな段階が始まったからだ。銀行の本店はムンバイのナリマン・ポイントにあり、その近くに家賃無料の3 ベッドルームのアパートが彼に割り当てられた。

両親は彼をエイブと呼んだ。学校の記録では、彼はエイブラハム・リリー・トーマス・ピューセンとなっている。ケーララ州のシリア系キリスト教徒の伝統では、彼の祖父の名前が彼の名前だった。リリーは母親の名前、トーマスは父親の名前、プーセンは姓である。親しい友人からはエイブと呼ばれ、学校や大学ではエイブラハム・ピューセンと呼ばれていた。

シンガポールからカリカットへのフライトに乗る前、彼は両親に良い知らせを伝えた。両親はエイブとの再会に感激し、10 日間、エイブの母校であるセント・ジョセフ・スクール近くの美しい海岸を、夕方の時間帯にエイブと一緒に歩いた。父親の先祖代々の故郷であるワヤナドと母親のアヤンクンヌを旅した。最高の料理を提供するマラバールの町の多くのレストランが、彼らの一体感を祝った。「カリカット、タラセリー、カヌールの料理は、イタリア、スペイン、フランスの一流レストランで食べる料理と同じか、それ以上だ」と、イタリア、スペイン、フランスのいくつかの大学で長年客員教授を務めていた父親はよく言っていた。リリーも阿部夫妻との外食を楽しみ、絶妙に調理されたラムチョップ＝マラバー・ビリヤニがお気に入りだった。トーマスとリリーは大の仲良しで、エイブを親友のように慕った。エイブは大学の教師である両親とよくチェスをし、長時間一緒に楽しんでいた。

トーマス・エイブラハム・プーテンは、主にソーレン・キルケゴール、フリードリヒ・ニーチェ、マルティン・ハイデガー、フランツ・カフカの実存哲学を教えていた。オックスフォード大学で博士号を取得するため、マルティン・ハイデガーとエドムント・フッサールの著作から*実存主義と現象学*を研究。リリーの専門は「*実存文学における自由の概念*」。博士号はソルボンヌ大学でアルベール・カミュの『*見知らぬ人*』とジャン＝ポール・サルトルの『*吐き気*』の比較研究。トーマスとリリーはいつも、実存主義、現象学、人文主義の影響と、それらが文学に与えた影響について家庭で話していた。こうして阿部は、ヒューマニズムを深く敬愛し、人間の存在を描いた作品を十数点描いた。絵画を学ぶために美術大学に入ろうとした彼に、両親はコンピューター・サイエンスを専門とするテクノロジーを学ぶよう勧めた。彼らは彼に、抽象的だが超現実的な絵画を描くのに役立つ、より高度な研究や人工知能の研究ができると言った。阿部はシンガポールの大学院で人工知能を研究し、コンピューターが開発した素晴らしいデザインに AI がサポートする筆と色でポストモダンの肖像画を描いた。

両親が無神論者だったため、阿部は無宗教で世俗的な雰囲気の中で育った。家では神や悪魔の話は一切せず、エイブには私生活を決める絶対的な自由を与えていた。エイブが生まれたとき、祖父のエイブラハム・ジョセフ・プーセンは妻に、孫は裸の幼子イエスに似ていると言った。彼は、シロ・マラバル・カトリック教会で赤ちゃんに洗礼を授け、洗礼名をイエスにしたいと考えた。祖父は、孫を使徒聖トマスが創立した教会のカトリック教徒にすることを主張し、洗礼式のために赤ん坊を地元の教区教会に連れて行った。

それにもかかわらず、教区の司祭は、ケーララ州のシリア系カトリック信者には、子供に主の名を与える習慣はないと告げた。アブラハム・ジョセフ・プーチェンは、教区司祭が赤ん坊をアブラハムと呼ぶことをしぶしぶ許可した。しかし、彼は孫を「ジーザス」と呼び続けた。阿部は9歳のときに初聖体を受け、堅信式を受けた。司教が阿部の額に聖油で十字架の印を描いたとき、阿部の両側には祖父母がいた。エイブは祖父母を愛し、ケララ州中を一緒に旅した。祖父は、聖トマスがイスラエルからイエスの福音を宣べ伝えるためにマラバール海岸に建てた7つの教会を見せたかったのだ。正統的には、ホースの諸教会は次第にシロ・マラバルと呼ばれるようになり、アンティオキア総主教の下に置かれるようになった。典礼で使われる公用語はアラム語だった。祖父は、孫が神学校に入り、司祭や司教になることを望んでいると述べた。しかし、彼の死後、阿部はキリスト教に執着することなく成長した。母リリーと父トーマス・エイブラハムは、エイブは無宗教者として、より自由を享受し、理由と科学に基づいた人生を送ることができると考えていた。

阿部はイエズス会が運営する学校で初等教育を受けた。その訓練は、多様な人生の分野において、生徒が本来持っている才能や能力を伸ばすことを奨励することで、健全なものとなった。阿部はRatio Studiorumに基づくイエズス会の教育が自分を助け、向上させてくれたことに気づき、数学、物理学、絵画を愛するようになった。イエズス会は、総合的、価値に基づく、卓越性の追求、関連性への適応、参加型、公正な社会の創造など、阿部氏の人物重視の教育に集中した。イエズス会はそれをイグナチオ教育学と呼んでいたが、阿部はそれらの価値観をすべて身につけ、イエズス会の学校の生徒としての幸福感をしばしば口にしていた。彼は彼らから学び、それに従って自分の人格を形成し、主に教育における彼らのビジョンと使命に対して、イエズス会に対する無言の、そして暗黙の敬愛の念を常に大切にしていた。

高校時代、阿部はクラスの担任であったイエズス会の神父の支援と励ましにより、市内の画廊に絵を展示するようになった。阿部は 2 年以内に現代的な抽象画を描くことができるようになり、美術愛好家たちはそれを高く評価し、イエズス会は彼がベンガルールとチェンナイで展示するのを援助した。その展示のひとつが「裸のイエス」と題されたもので、美術愛好家や一般市民の間で多くの議論と論争を巻き起こした。エイブは「復活の主」と名付けようとしたが、クラス担任のイエズス会司祭は「裸のイエス」と名付けることを提案した。

インド工科大学では、阿部は絵画の魅力を開花させることができなかった。印象派、キュビスム、シュルレアリスムの基礎に加え、偉大な絵画の巨匠たちが用いたスタイルを学ぶことができた。阿部は、人工知能のアルゴリズム開発に忙しいコンピューターの魔術師以上に、自分を被写体から人間の葛藤や感情を引き出す画家だと考え、意識の中に画家が潜んでいた。

ゴアでの休暇の後、彼の本質的な絵画には、ただひとつのイメージしか描かれていなかった：そして、彼女の感情、気分、気持ちを表現するために、さまざまな方法で彼女を描いた。しかし、『キス』、『ハグ』、『チェスの女流棋士』の題材が彼女に似ていたため、アナスヤ・ジェインの顔が気になった。彼は、グレースと、後にはエマ以外の女性を描こうとはしなかった

が、アナスヤ・ジェインは、その顔が彼の描く主題のレプリカ
だった。*Woman Chess Player*』では、チェスをするゴージャス
な女性が登場する。その絵は、浜辺でチェス盤を前にした女性
に焦点を当て、彼女の背後には穏やかな青い海があり、巨大な
チェス盤に似ている。しかし、彼女の周りにはまだ何もかもが
残っていた。逆説的だが、グレースが世界を相手に戦っている
ことを示唆したチェスプレイヤーは一人だけで、彼女の動きは
計算されつくした正確なものだった。知恵、賢さ、意志の強さ
、そしてどんな困難にも打ち勝つスタミナ。阿部はこの絵を*ワ
シントンDC* のナショナル・ギャラリーに　3日間展示し、その
スタイルとインパクトについて大きな評価を得た。初日、ロシ
アの無名の億万長者が未公表の金額で購入した。

アナスヤ・ジェインはエイブの心をかき乱し、彼女の顔は昼も
夜もエイブの脳裏に焼き付いた。翌日の朝、朝食後にホテルの
マネージャーから電話があった：

「会長、アナスヤ・ジェインさんからの手紙です。スイートル
ームまでお届けに伺いましょうか」。と彼は尋ねた。

「はい、お願いします」と阿部は答えた。

マネージャーは5分もしないうちにスイートルームに到着し、
*Celibate宛てのエレガントな封筒を手渡した。*阿部は封筒を開
け、ジェイン・インダストリーの会長ではなく、彼女の便箋に
書かれた手紙を読み始めた。飾り気のない、正確な言葉で、「
ミスター・セリベイト」と呼びかけた。彼女はその絵が大好き
で、"ユニークで精巧に見え、自分の過去へと導いてくれるよ
うな、言いようのない波動を彼女の心に生み出した "と書いて
いた。さらに彼女は、もしこの絵がまだ誰かに所有されていな
ければ、「近代絵画の中でも貴重な宝石なので、ぜひ個人的な
宝物として購入したい」と伝えた。彼女は彼に会いたいと書き

、翌日の午後、彼のスイートルームで購入の手続きについて話し合う約束をしてほしいと頼んだ。彼女は会談のことを電話かメッセージでホテルのマネージャーを通して伝えてほしいと頼んだ。手紙には "アナスヤ・ジェイン " の署名があった。

アナスヤ・ジェイン、君はグレースか？阿部は心の中でそう問いかけた。そうでなければ、なぜ絵が自分の過去へと導いてくれるのか、と阿部は議論した。彼はホテルの支配人に、アナスヤ・ジェインが翌日の午後 4 時にスイートルームでティーカップを飲みながら会うことを歓迎すると伝えた。

阿部はジェイン・インダストリーズとアナスヤ・ジェインについてもっと知りたがっていた。彼はホテルの支配人に、ホテルの図書室から Jain Industries の Directory のコピーを送ってくれるよう頼んだ。ジェイン・インダストリーズの起源と発展に関するページが何ページもあった。創設者はラジャスタン州ウダイプール出身の孤児で、ボンベイに移住したアートマン・ジャインである。彼は宝石店で働き始め、5 年以内にヴィクトリア・ターミナルの向かいに宝石店を開いた。10年も経たないうちに、彼は市内にさらに 3 軒のジュエリー・ショップを設立した。彼がおそらく 28 歳のとき、1949 年に一人息子のアーディナートが生まれた。彼は 1965 年に父親が亡くなり、その事業を引き継いだ。アディナートはとてもダイナミックで大胆だった。ボンベイで 10 年以内に 7 つ星ホテルを 3 軒立ち上げ、徐々にレストランや病院を開業して大成功を収めた。1973 年、息子のアジェイが生まれた。

1975 年、アナスヤが生まれた。小学校と高校は市内のカトリック修道女が運営する学校で学び、セント・ザビエル・カレッジを卒業した。修士課程ではロンドン・スクール・オブ・エコノミクスに入学し、2 年でウォートンの MBA を取得した。インドに戻ると、ゴアのスラムに 1 年間住み込み、肉体労働をした。

サバイバル戦術を学ぶ過程だった。阿部は突然、読むのをやめた。

グレース、ずいぶん変わったね。でも、あなたはカラングートで出会い、アグアダ・フォート近くのシングエリムで9カ月ほど一緒に過ごした私の恩寵ではない。あなたが別人だとは思わなかった。あなたは知的で、機知に富み、勇気があった。あなたは家族について、経済的、教育的背景について何も話さなかった。なんて欺瞞的なんだろう。あなたが私に不利なことをせず、私を困難に陥れず、私のキャリアを妨げず、私の将来を破壊しなかったとしても。過去や未来に興味はなく、現在にしか興味がなかったからだ。私は自分の正体を明かせなかったのに、あなたは正体を明かさなかった。私たちは出会ったところから始まり、別れたところで終わった。あなたを責めたり、落ち度を見つけたりすべきではないことは分かっている。あなたはいつも威厳があり、思いやりがあり、私に優しく接してくれた。私があなたの存在と近くにいることを愛したように、あなたは私と一緒にいることを楽しんだ。

アナスヤ・ジェインは、人生の厳しい現実を体験し、極限状況での人生への向き合い方を学ぶために、ゴアのスラムに残った。お金を持ち歩かず、銀行口座も持たず、両親にも居場所を明かさなかった。彼女は誰ともメールせず、ソーシャルメディア上でもコミュニケーションを取らなかった。それは学習であり、能力開発であり、1年間の経験は彼女に人との付き合い方を教え、敗北を受け入れずに成功を収めるために奮闘する助けとなった。それは社会の価値観や基準を内面化しながらも、彼女自身の価値観を守ることだった。アナスヤ・ジェインにとって、それは人生で最も貴重な経験だった。さらに読み進めると、阿部は少し立ち止まった。

グレース、私はあなたのモルモットだった。あなたは私の個性、人格、尊厳を考えず、学習と技術開発のために私を利用した。あなたは私を利用した。

いいえ、グレース、あなたは私を駒として扱ったことはない。あなたは私に敬意と気遣いを示してくれた。私はあなたの招待を受けた。それは紳士の決断であり、その結果についてあなたを責めるつもりはない。

2,10 年に父親が亡くなると、アナスヤ・ジェインはジェイン・インダストリーの会長に就任した。彼女の兄アジェイは、ディガンバール・サーニャシ（放浪する裸のジャイナ教の托鉢僧）として世俗を拒否した　。アナスヤ・ジェインは父親の跡を継ぎ、さらに 2 つのホテルを買収し、スーパー専門病院を 1 つ、スーパーマーケット・チェーンを 1 つ、そしてインド西部に 2 つの IT 企業を設立した。

グレースは素晴らしかった。199 年 6 月、エイブは彼女と出会った。その日、そして彼女の顔を忘れることはできなかった。カリカットで両親と 2 週間ほど過ごした後、エイブは 5 日間ゴアに行き、そこで短い休暇を過ごした後、ムンバイに行こうと考えた。カリカットからゴアのダボリム空港まで飛行機で行き、着陸後、カラングートのゴールデンビーチを見に行き、そこで一泊した。阿部はバックパックを座席の下に置いたまま、空港からカラングート行きのバスに乗った。財布の中には現金、クレジットカード、デビットカード、携帯電話、運転免許証、衣服 2 組と日用品が入っていた。カラングートに到着したとき、エイブはバックパックがないことに気づき、すべてを失った。バスの車掌はなすすべもなく、自分の持ち物は自分の責任で管理するようにと阿部に言った。

グレース

阿部は警察署に文句を言いに行かなかった。警部や警官に賄賂を渡す金がなかったからだ。現金、クレジットカード、デビットカード、運転免許証を取り戻すことは不可能だったため、請求しても意味がなかった。その後、彼はグレースから、ゴアで活動する国内外のマフィアグループが観光客の持ち物を盗み、クレジットカードやデビットカード、運転免許証を悪用していることを知った。

阿部は昼からビーチを歩き回り、ムンバイに着いて銀行に入ろうと考えていた。3 時頃、彼はトラックの駐車場に行き、運転手を説得してムンバイまでタダで送ってもらえるかどうか確かめたが、彼が犯罪組織のメンバーかもしれないと恐れて、誰も乗せようとしなかった。その後、阿部は午後 6 時頃にバスターミナルに向かった。半ダースのドライバーに声をかけても、チケット代を払わずにムンバイまで連れて行ってくれるドライバーはいなかった。阿部は若い女性が彼を観察しているのに気づいた。

「ムンバイに行くの？

「はい」と彼は言った。

「なぜ日中に旅行しないのですか？その方が安全です」と彼女は言った。

「そうなのか？

「そうだね。バスに乗れば、12 時間ちょっとでムンバイに着くでしょう」と彼女は付け加えた。

「でも、何人かのドライバーにタダで乗せてくれるように頼んだんだ」。

「どうして？彼女は尋ねた。

「荷物が盗まれた。現金、クレジットカード、デビットカード、運転免許証、服を失いました」と彼は語った。

「それは残念だ。チケットを買うお金がないんですね。

"はい"

「今日行かないと、寝るところがなくて心配なんでしょ？

「あなたは私の問題を理解してくれた。

「心配しないで。一晩泊めてあげるから、バス代をあげるから、後で返してね」と笑顔で言った。

「一緒にいる？どこ？

「怖いのか？彼女は逆質問をした。

「いや、誰も怖くない。私は現実や状況をありのままに直視し、それに対する解決策を見出そうとしている」。

「それは素晴らしい。私は、あなたのように問題にありのままに向き合い、恐れを見せることなく解決策を見出し、敗北を受け入れず、困難から逃げない人々を高く評価しています」と彼女は的確だった。

「あなたは現実的なようだ。あなたは問題解決の才がある。

「確かに。私は困難な状況に立ち向かうことを学んでいる。私は多くのことを学ばなければなりません。状況を新しい視点から見て、評価し、解決策を見つけなければならないのです」。

阿部は彼女の説明の意味と背景を理解しようと目を見張った。彼は好奇心と同時に用心深さを感じた。彼女は自分が生きている状況を理解し、それを明晰に描写することができた。彼女は普通の女の子ではなかった。

「あなたは？滞在先は？と彼は尋ねた。

「私はアグアダ要塞の近くに滞在している。明日の朝にはムンバイに行き、夕方には眠らない街に着くでしょう」と彼女は自信たっぷりに言った。

「私はあなたを信頼している。

信用できるものは何もない。私はあなたを食べない。一緒に夕食を食べて、ぐっすり眠れるわ」とグレースはエイブを説得しようとした。

彼女はやや背が高く、粗めのジーンズにＴシャツを着ていた。茶色の帽子をかぶり、髪は外からは見えないようにしていた。彼女は 24 歳くらいかもしれないし、彼の 1 年後輩かもしれない。

「私も一緒に行く」と彼は言った。

「ローカルバスに乗れば、私の家まで 15 分から 20 分で着きますよ」。

彼女はバスに向かって走り、彼は彼女の後を追った。貸切バスで、彼らは最後の 2 席を確保した。運転手は、より多くの乗客を集め、自分の会社からより高い手数料を取りたかったので、急いでいたようだった。5 分もしないうちにバスは乗客でいっぱいになり、その多くは立っていた。あまりに混雑していたため、バスの中で話をするのが難しかったようだ。20 分もしないうちにアグアダ要塞に到着した。

「降りよう。私たちはシングエリム・ビーチに到着しました」と彼女は彼の耳元で言った。大変な苦労の末に、彼らはバスを降りた。下山するとき、彼女は暗い空に映える巨大なアグアダ要塞を見せた。

「私はフォートの反対側にいる。10分ほど歩く必要がある。私のそばを歩いて」と彼女は言った。

彼女は機敏で、とても速く歩いていた。彼女の一歩一歩には強い決意が感じられた。

「毎朝、毎晩、私はこの道を歩いている。道路はきちんと舗装されておらず、その結果、いたるところに穴が開いている。しかし、それは問題ではない。歩いて距離をカバーすること、それが私たちの目標よ」。

道路には十分な明るさがなかった。しかし、労働者を中心に多くの人々が行き来していた。

突然、彼らは小さな掘っ立て小屋でいっぱいのスラム街にたどり着いた。

「ここが私の家だ。ここには 100 軒ほどの家があります」と彼女が指差したのは、ポリシートで覆われた小さな小屋だった。

「鍵を開けながら、彼女は笑顔で言った。

阿部はショックを受けた。まさか彼女があんな小屋に泊まっているとは思わなかった。しかし、戻るには遅すぎたため、彼は何も言わなかった。

小さな部屋だった。竹竿で作った大きな簡易ベッドがあった。その脇にはキッチンがあり、木製の脚の上に御影石のシートが敷かれ、ガスコンロがあった。キッチンテーブルの隣には水道栓があり、キッチンテーブルの上には小さな冷蔵庫があった。部屋には家具はなく、プラスチックの椅子が 2 脚あるだけだった。

「名前は？帽子を脱ぎながら、彼女は尋ねた。

私はエイブだ。

「私はグレース」と彼女は言った。

彼女は耳たぶまでの短い黒髪で、顔はギリシャ神話の女神の彫りの深い大理石像のようだった。彼はこれほど整った美しい女性を見たことがなかった。

「出かけるときはいつもこのキャップをかぶっている。私を守ってくれるの」とグレースはエイブの目を見つめながら言った。

「僕らが意図的に使っているあるものが、僕らに違った表情を与えてくれるんだ」と阿部はコメントした。

「その通りだ。一見して現実を認識することに挑戦的で、興味をそそられる。それに、人はそれぞれ目に見えるものを創造するのだから、人によって真実は違う」とグレースは言う。

エイブは驚いてグレースを見た。彼女の言葉には深い意味があった。彼女は経験に基づいて話し、それは多くの知恵を含み、しかも的確だった。

「ガスコンロでお湯を沸かしながら、彼女は言った。

ありがとう、グレース」。

彼が自分の名前を呼ぶのを聞いて、彼女は彼を見た。

「いい感じだよ。私の名前を知っている人はごくわずかだ。他の人たちは、私のことを〝茶色の帽子をかぶった女の子〟と呼ぶの」とグレースは微笑みながら、このエピソードを語った。

「美しい名前と男らしい帽子をお持ちですね」。

彼女は彼を見て、また微笑んだ。

「バスルームに水道はありませんから、この蛇口から水を汲んでください。

「確かに」と彼は答えた。

「このルンギーとＴシャツは風呂上がりに着ればいい。どちらも私のもので、洗って干してあります」と彼女は服を渡しながら言った。

「ありがとう、グレース。あなたはとても思いやりがある。

「すぐに私のことを悪く言わないでください」とグレースは笑いながら答えた。

「それは事実だ」。

「洗濯してハンガーにかけて干してください。朝、あなたが行く前にアイロンをかけておくわ」とグレースは言った。

阿部は温水風呂に入った。バスルームはとても小さかったが、居心地がよく快適だった。シャワーを浴びて、ルンギーとＴシャツを着て出てきたとき、グレースは大笑いした。

「そうだね、急に変わったね。人はいかに早く変化し、新しい状況に適応していくか。

「でも、あなたの　ルンギーとＴシャツは着心地がいい。でも、初めて女性の服を着ているのは事実です」。

「あなたは私より背が高い。それに、自分のために買った服は、いつか男が着るとは思ってもみなかった。でも、今あなたは私の服装を通して世界を見ている。

阿部はプラスチックの椅子に座った。むしろ、そこにいることが面白い。阿部はこのような場所、このような状況を想像していなかった。スラムのど真ん中の小さな掘っ立て小屋で、若い女性と一緒にいて、彼女の服を着て、彼女のことを考えているのは、滑稽なだけでなく、ばかばかしくもあった。阿部は朝のムンバイ行きのバスに乗ろうと考えた。彼に割り当てられたアパートは銀行の近くだった。近くのレストランで夕食を食べ、翌日の朝 8 時まで眠り、3 日前に銀行に到着するにもかかわらず、9 時までに銀行に出頭する。

「ハイ、気分はどう？」バスルームから出てきたグレースが訊ねた。

「素晴らしい」と彼は答えた。

阿部はグレースが色とりどりのルンギーにブッシュシャツを着ているのに気づいた。そのシンプルなドレスを着た彼女は魅力的で、実に美しかった。

「夕食にしましょう」と彼女は小さな冷蔵庫から食べ物を取り出しながら言った。

彼女はガスコンロで料理をひとつひとつ温めた。チキンピース、フィッシュフライ、野菜サラダ、チャパティがあった。

「お腹が空いたでしょう？

グレースとエイブはフライパンから肉と魚を取り出した。チャパティはキャセロールに、サラダはサラダプレートに盛られていた。

料理が盛られた皿を両手に持ち、椅子に向かい合った。エイブはグレースの仕事の速さに魅了された。また、彼女の家は整理整頓されており、彼女が使っているキッチンは手入れが行き届いていて清潔だった。

「食事はどうですか？食事中、グレースは尋ねた。

「豪華でおいしい」と彼は答えた。

「朝食は出勤前の早朝で、それほどお腹がいっぱいにならないからだ。昼食はいつも質素で、毎日レストランで食事をする余裕はないので、舗道で手に入るものは何でも食べる。でも、私

は正しい、きれいな食事をすることにとてもこだわっています
」。

阿部は彼女の話を興味深く聞いていた。

もっとチキンと魚を食べなさい」と彼女は言った。

「ありがとう、グレース」と彼は答えた。

「お腹が空いていたのに、今は満腹だ。あなたが作ってくれた
ディナーは最高よ、ここ最近で一番おいしいわ」と彼女を褒め
た。

「よく褒めてくれるわね。それは無邪気で親しみやすい証拠よ
」とグレースは答えた。

「あなたの言葉は優しい。

「あなたは判断が甘いようですね」とグレースは言った。

「あなたは私を知らない。時に私はとても軽率で、頑固で、不
合理なことがある。

「自分について客観的な意見を持つことはいいことだ。でも、
たいていの人は日常生活では不合理です」と彼女はコメントし
た。

夕食後、エイブはグレースと一緒に皿、スプーン、フォーク、
食器を洗った。それから彼女はキッチンのテーブルを掃除し、
バスルームも含めて部屋を掃除してモップをかけた。

いつもは何時に寝るの？

「寝るのは 10 時半ごろです」と彼は答えた。

「10 時に寝て、朝 4 時ごろに起きるから、料理して洗濯して、
7 時ごろには仕事に出られる」とグレースは付け加えた。

「私も朝4時ごろに起きて、すべての仕事を終わらせます」と
グレースを見ながら言った。

しかし、彼女は彼がどんな仕事をしているかは聞かなかった。
彼女は彼に興味はなかった。

「エイブ、どこで寝ているのか気になるだろう。でも心配しな
いで、私と一緒に寝てね」彼女は床掃除の後、モップを洗いな
がら言った。

〝あなたと？〟彼は驚いた。

「このベッド以外にスペースはない。ただし、故意に私に触れ
ないこと。寝ているときも起きているときも、紳士にふさわし
くない振る舞いは許されないという意味よ」グレースは椅子に
座り、彼の目を見つめた。

阿部は彼女が真剣であることを感じた。

「悪意を持ってあなたに触れることは決してありません。

「私はそれを期待している。お互いの尊厳を尊重しましょう」
グレースの言葉は明確で鋭かった。

「子供の頃から、他人の自由を尊重し、他人の仕事に干渉しな
いことを学んだ。怖がる必要はない」と阿部はきっぱりと言っ
た。

「ベッドカバーを外し、阿部用の枕をもうひとつ置きながら、
彼女は言った。

「寒くないように体を覆い、壁際のベッドで寝ると、邪魔にな
らずに起き上がれますよ」彼女は綿のシーツと薄手のウールの
毛布を渡しながらアドバイスした。

「もちろん」と彼は答えた。

グレースはドアを内側からロックし、電気を消してゼロ電球をつけた。そして二人は並んで横になった。

「おやすみ、エイブ。

「グレース、夕食と寝室を用意してくれてありがとう。おやすみなさい」。

阿部は心地よい眠りについた。彼が 4 時半ごろに起きると、グレースが前日の夜に洗濯してハンガーにかけて干しておいた服にアイロンをかけ、ベッドの上に広げていた。

「ズボンをたたみながら、彼女は言った。

「おはよう、グレース。私の服にアイロンをかけてくれてありがとう。でも、できたかもしれない。普段は、自分の仕事を他の誰かがやってくれるとは思っていないんだ。

「おはよう、エイブ。あなたが朝出発するので、私はアイロンがけをした。もしあなたが私と一緒にいてくれたなら、こんなことは繰り返さなかったでしょう」と彼女は説明した。

彼は彼女を見たが、何も言わなかった。

「紅茶とコーヒー、どっちがいい？

「どっちも大好きなんだ。

「じゃあ、コーヒーを飲もう」と彼女は言った。

グレースは湯気の立つベッドコーヒーを用意し、2 つの大きなマグカップに注いだ。

「エイブ、コーヒーをどうぞ」と彼女は言った。

ホットコーヒーを飲みながら、「おいしい」と彼は言った。

「安倍総理、感謝します」。

「私はこういうホットコーヒーが大好きなんだ。

「私もホットコーヒーが大好きだ。毎朝、起きたらすぐにマグカップを用意して、この素晴らしい飲み物を飲みながら仕事のスケジュールを立てています」と笑顔のグレース。

阿部は彼女の笑顔が好きだった。その美しさと魅力に魅了され、また微笑む彼女を見るのが好きだった。左手にマグカップを持ち、ゆっくりとコーヒーに口をつけた。

そして財布を開け、100 ルピー紙幣を 5 枚取り出し、阿部の右手に置いた。

「グレース」と突然声をかけた。

「はい、エイブ」と彼女は答えた。

「ムンバイに着くまで 4 日しかない。だから、3 日間一緒に働いて、バス代を稼ぐよ。あと 3 日間、ご一緒させてください。食事代やその他の費用は私が払います」と説明しながら、お金を返した。

グレースは驚いて彼を見た。私と一緒にいたい？この掘っ立て小屋で、このスラム街で？

「はい、グレース。経費を稼がせてくれ。私はあなたの重荷になるべきではありません。健康なので、どんな仕事でもできるし、働くことが楽しい。一日 200 ルピーくらいは稼げる」と彼は断言した。

「その通りだ。一日の稼ぎは 250 ルピーほどで、幸せな生活を送るには十分です」と彼女は説明する。

「だから、あと 3 日間、一緒にいさせてください」と懇願した。

お好きなように」と彼女は言った。

水を容器に貯めた後、グレースとエイブは朝食の準備をした。野菜のサンドイッチ、オムレツ、おかゆなどだ。その後、朝食を食べ、食器を洗い、キッチンテーブルとバスルームを掃除し、6 時半頃に出勤した。グレースは外から家の鍵を閉め、鍵をジーンズの内ポケットに入れ、頭を楽に動かせるように帽子を調節した。彼女は家のスペアキーをエイブに渡し、大切に保管するよう頼んだ。

グレースはアスリートのように早足で歩き、エイブはグレースから「後ろを歩くのではなく、右側を歩くように」と言われたことを思い出し、彼女の側についた。必要なときにお互いの顔を見ながら歩けるので、会話も弾むのだという。

「朝晩の散歩はいい運動だ。筋肉を強く健康にする。また、適切な呼吸をすることで、一般的な病気になりにくい体を保つことができます」とグレースは言う、

「グレース、君は兵士のように歩くね」とエイブが言った。

「意図的にそうしているし、キャップがそう見せるのに役立っている」と彼女は説明した。

彼らはすでにバスターミナルにいて、バスが発車を待っていた。

15 分から 20 分でカラングート・ビーチに着きます』と言いながらバスに乗り込んだ。

「今日はどうする？彼は彼女のそばに座りながら尋ねた。

「おそらく、魚の冷蔵倉庫で働くことになるだろう。鮮魚を積んだカートを冷蔵倉庫まで押さなければならない。ある日、漁師たちはより良い漁獲高を得ることができ、市場ですべてを売ることはできない。もしすべてが同じ日に売れれば、価格は暴落し、漁業者、仲介業者、商売人、そして魚の小売業者は大損

害を被ることになる。新鮮な魚は何日間もそこに保存できる」とグレースは説明した。

「この仕事は好きですか？と阿部は尋ねた。

「確かに。私はそれを選んだ。この仕事のおかげで私は生計を立て、尊厳ある生活を送っている。それに、どんな仕事も素晴らしいものであり、私たちを人間らしくしてくれる。周囲を見渡せば、目に映るものは人間の努力の賜物である。私たちは頭脳と手を合わせて、誰もが住みやすい世界を作り上げ、そうして私たちの周囲をファッション化しているのだ。仕事とは、私たちの愛と信頼と信仰の結果である。毎晩、家に着くと翌日の仕事が楽しみで仕方がない。感じないか？彼女は阿部に質問を投げかけた。

〞もちろん、仕事をするのは楽しい。でも、これからは君と一緒に働くのが楽しいかもしれない」とグレースを見つめながら言った。

「もちろん、私もそう思う。徐々に仕事を選んでいく必要がある。しかし、私たちはあらゆるタイプの仕事を経験する必要があり、それが未来に立ち向かう勇気と自信と信頼を与えてくれる。そうすれば、自分の能力やキャパシテイに応じて仕事を選ぶことができる」とグレースは説明した。

「その通りだ。

「さあ、もうカラングートに着きましたよ」グレースは立ち上がりながら言った。

やがて彼らはビーチに到着した。

今日も釣果は上々だ。見て、魚はたくさんいるし、種類も豊富よ」と彼女は続けた。

だから、仕事は十分にある」と彼は言った。

「そうよ、今日はもっと稼げるわ、少なくとも一人 300 ルピーはね」彼女は意気揚々と言った。

冷蔵倉庫の責任者が浜辺におり、彼の周りには 6 人の労働者がいた。

「おはようございます、D'Souza さん」とグレースは挨拶した。

"おはよう、茶色の帽子の女の子。漁獲物を冷蔵倉庫に移すには、もっと人手が必要だ。少なくともあと 5 人は」とドゥーザは阿部を見た。

「彼は私の友人のエイブで、3 日間私たちと一緒に働いてくれる」とグレースは言った。

「ようこそ、阿部さん」と D'Souza は阿部と握手した。

「D'スーザさん、今日はもっと高い給料が必要なんです。

「いくら期待してるんだ？

「少なくとも 350 ルピー」とグレースは言った。

「とても高いよ。

「仕事が多いから、給料も高くなる。

「300 ドル払うけど、魚を移した後、保冷庫の中で手伝ってくれ」と D'Souza は言った。

「同意する」とグレースは言った。

それからグレースは他の労働者たち全員に話しかけた。6 人いた。彼女は誰に対しても親切で礼儀正しく、彼らは彼女に敬意を払いながら話をした。

あなた方全員、今日は給料が上がります」と彼女は彼らに言った。

「あなたのおかげです」と彼らは言った。

すぐに彼らは働き始めた。グレイスは、魚の種類に応じて小さなカゴに詰める 2 人の労働者を割り当て、2 人の労働者がハンパを運び、ビーチから 50 メートルほど離れたセメント道路に置かれた押し車に詰めた。エイブとグレースを連れた 2 人の労働者が、200 メートルほど離れた冷蔵倉庫までカートを押した。阿部は魚を積んだカートを押すのが大変だと感じたが、グレースは軽々と動かした。グレースは、エイブが押し車と格闘しているのを見て、あまり力を入れずに押し車を操る方法を実演した。

「カートを押す技術を学ぶ必要がありますが、練習すればすぐにできるようになります。

「正しい押し方をすれば、楽にできるようになる」と阿部。

「何事においても、適切なスキルアップと練習が必要であり、人生におけるすべてのポジションがそれを必要とする」とグレースは言う。

「今ならできる」と阿部は自信をのぞかせた。

「それが精神だ。あなたにはそれを学ぶ意志があり、それを習得する能力がある。能力と技術が一緒になれば、偉大なことが成し遂げられる」とエイブは説明した。

午後の 1 時までには、100 台ほどの押し車に様々な種類の魚を満載して冷蔵倉庫に押し込んだ。

「休憩なしで 6 時間働いた。全員が素晴らしい仕事をしてくれた。昼食後、冷蔵倉庫内で 3 時間働く。さあ、ランチに行きましょう」とグレースは同僚たちに言った。

グレースとエイブは、温かいチャパティにマッシュポテトと魚のフライを詰めて買ってきた。彼らは暗渠の上に座り、ゆっくりと食べた。野菜入りの　チャパティが4枚と魚が2切れ、銀のフォリオに詰められていた。グレースはリュックサックを開け、家を出る前に包んでおいた水を2本取り出し、1本をエイブに渡した。

「阿部、気分はどうだ？仕事はどうですか？とグレースは尋ねた。

〝重い〟、見慣れない〝何か〟。でも、拾えますよ」と阿部は答えた。

「これは学習の過程です」と彼女はコメントした。

阿部は彼女の「学ぶ」という言葉を疑うかのような視線を向けた。

「何のために学ぶのか？彼は質問を投げかけた。

〝生涯学習〟。一つひとつの行動が、より良い人間になり、人生で直面するかもしれないハードルを乗り越える助けとなる。私たちが今している仕事は、その後の人生で遭遇するかもしれない、より大きな状況、立場、環境のためのミニ・セッティングなのだ。だから、すべての行動、すべての言葉が能力開発のツールになるのです」と阿部を見ながら語った。

彼女には目標志向があった。彼女の言動は常に目的を持っており、人生のより広い舞台に臨む準備として、新たな結果の集大成のために別の何かを導き出すものだった。

「D'スーザは現実的な男だ。彼は金儲けのためにこの冷蔵倉庫を経営している。D'スーザは、漁獲量が多いときに魚を大量に競り落とし、漁師が満足しても少し高い値段をつける。労働者たちは喜んで働いてくれる。彼は彼らの第一候補だ。今日、彼は私たちを雇い、高い報酬を与え、午後は冷蔵倉庫の中を手伝ってほしいと頼んできた。拒否することもできたが、彼が高い賃金を支払ってくれたのでそうした。今、私たちは幸せだし、彼も幸せだ。それこそが、すべての関係者に利益をもたらす、儲かるビジネスの秘訣なのだ。それは純粋な気持ちであり、誰にとっても自然な興味である。仕事には人間的な要素がある。すべての人の福祉がビジネスを運営し、労働者はオーナーのために働き、より高い収入を期待する。それが利益を上げることの意味であり、双方向の架け橋なのです」とグレースはビジネス成功の秘訣を語った。

阿部は彼女の知恵を聞いて驚いた。グレースは、彼が考えていた以上に、知識や人生の実用的な面をはるかに超えていた。彼女は同時に慎重でもあった。確固とした価値観に立つだけでなく、彼女は自分の経験と人間的関心において分析的であった。

「実生活では、注意深く客観的である必要がある。利益交渉は、この警戒心、客観性の一部である。物事はそのままでは起こらない。自然に成長することはない。私たちはより多くの仕事をこなさなければならないので、今日の賃上げを交渉した。D'ソウザは、一刻も早く作業を完了し、魚を冷蔵倉庫に移さなければならないことを悟っていた。だから、彼は私たちに 300 ドルずつ払う用意があった。もし交渉しなければ、D' Souza は 250 ドルしか支払わなかっただろう。そのような状況であっても、私たちは 1 日の労働に対する報酬を得たと思ったかもしれない。相手が高い給料を要求していない以上、少ない給料を支払うことは不正行為ではない。だから、私たちはどんな状況でも自分の取り分を主張する必要がある。それは私たちが本来持っている権利だ。良い賃金は労働者の本質的なニーズであり、こうした要求は状況、場所、人々によって変化する。私たちは意味、目標、目的を創造し、そのひとつひとつが人間の福祉のためであり、私たち国民の利益のためなのです」とグレースは言い、彼女の言葉は阿部の心に微妙な反応を起こした。

彼らは午後 2 時から、技術者が魚の種類や大きさに応じて保管するのを手伝い、冷蔵倉庫内で働き始めた。作業は夕方 4 時まで続いた。その後、冷蔵倉庫の床を 1 時間かけて掃除し、洗剤で洗い、掃き掃除をしてゴミを取り除き、消毒し、最後にモップをかけた。グレースは 5 時に仕事を止め、労働者たちにマネージャーから賃金を受け取るように言った。彼女は労働者一人一人が 300 ルピーを得たかどうかを確認し、最後にエイブに金を集めるよう頼んだ。彼は 300 ルピーをまるで宝物のように喜び、銀行から得られる 7 桁の総報酬と比較することはなかった。ついにグレースは給料を受け取った。

「茶色の帽子をかぶった女性、お疲れ様でした」とD' Souzaは言った。

「D' スーザさん、仕事を与えてくれてありがとう」とグレースは答えた。

「また明日」と彼は翌日の仕事を彼女に思い出させた。

「またね、グレース」と言った。

「さあ、動き出そう」と彼女は阿部に言った。

二人は足早に歩いた。いくつもの道を渡り、歩道で輸出用の品質不良の新品の服を安く売っている男がいた。

「魚市場ではズボンと長袖のシャツは着られないから、作業着を買ってあげましょう」とグレースは言った。

グレースはエイブに合ったサイズを探し、大量のジーンズと T シャツの在庫から 4 着を取り分けた。

「あなたにとってベストなものを選んで」と彼女は彼に尋ねた。

阿部はその中から 1 組を選んだ。

そしてグレースは、エイブのためにパジャマとナイトシャツを
選んだ。

「いくら？グレースは店主に尋ねた。

「と彼は答えた。

「とグレースは言った。

「600 ドル払え、それで決まりだ」と店主は言った。

「とグレースは言った。

エイブはグレースと店主の駆け引きの様子を面白そうに見てい
た。

グレースは財布から 6 百ルピー紙幣を取り出し、店主に渡した
。

「グレース、給料から払うよ」とエイブは主張した。

「これは私からの贈り物よ」とグレースは答えた。

「と阿部は言った。

「グレースは言った。

突然、エイブが彼女の顔を見ると、モナリザのような魅力的な
微笑みを浮かべていた。

「市場に食料を買いに行こうか」と彼女は彼に尋ねた。

「確かに」と彼は言った。

彼らは店に行き、2 キロの鶏肉と魚の加工品を買った。

「私が払います」と阿部は 2 枚の紙幣を取り出した。

「4 日間は私のゲストだ。だから、私に払わせて」とグレース
は主張した。

野菜市場で、彼女はオクラ、キャベツ、カリフラワーを選んだ。グレースはチケット代を払い、エイブの隣に座った。

「大丈夫ですか、エイブ？グレースは尋ねた。

「私は大丈夫だよ、グレース。疲れを感じず、リフレッシュしている。素晴らしい経験だった。苦労してお金を稼ぐことは素晴らしい経験であり、その価値は高く、数字では計算できない。それは質的な経験だ。

「その通りだよ、エイブ。貧乏人の金は金持ちの金よりはるかに価値がある。日雇い労働者の1日の稼ぎ200ルピーは、億万長者の20万ルピーに相当する。貧乏人の稼ぎは金持ちの稼ぎよりはるかに貴重なのです」とグレースは説明した。

貧乏人の1+1は10であり、金持ちの1+1は常に2である。

停車駅に着くと、アグアダ要塞が明るく照らされ、輝いているのに気づいた。

"いくつかのお祝い？"阿部は質問のような発言をした。

「与党議員の懇親会。スラム街に向かって歩きながら、グレースは反応した。

「ほら、今日はフォートからの光が反射して、この道には十分な明るさがある。

「わだちがはっきり見える」と阿部。

彼らの家に着くと、小屋の外にはたくさんの人がいた。

「彼らも、今は十分な明るさがあるので、祝福している。通常、スラム街は夕方6時を過ぎると真っ暗になる。最も暗い場所なので、誰もここに人が住んでいることを気にしません」とグレースは言った。

こんにちは、ラクシュミ、スシーラ、アイシャ」グレースは小屋の外で隣人たちに挨拶した。

「ハイ」と彼らは答えた。

「こんにちは、茶色の帽子をかぶった女の子」と何人かの子供たちが彼女を呼んだ。

ハイ、クリシュナ、ハイ、パッラヴィ。

「お元気ですか、グレース」ビビアン・モンテイロ夫人が 2 軒先の彼女に声をかけた。

モンテイロさん、お元気ですか？とグレースは言った。

阿部は服をお湯で洗い、洗剤を塗り、ぬるめのお湯でさっぱりした風呂に入った。

「パジャマとナイトシャツがお似合いよ」バスルームから出てきたグレースが言った。

「あなたの贈り物です」と彼は答えた。

グレースは微笑んだ。阿部はストーブの前で彼女が微笑んでいるのを見た。炎が彼女の頬に反射し、顔中を舞った。グレースは数百万人に一人の存在だった。

「エイブ、夕食にはライスとチキンカレー、オクラ入りの*ダールを* 食べよう。どう思う？グレースの提案

「もちろんです」とエイブは答えた。

「さあ、お風呂に入らせて。その後、料理を始めよう」とグレースは言った。

エイブは服の包みを開け、ジーンズと T シャツを気に入った。これは 3 日分だ。彼は彼らのことをどう見ているのだろうか？これほどまでに新しい服に魅了されたことはなかった。どんなに貴重に見えたことだろう、

バスルームのドアが開き、そこにグレースがいた。彼女は赤と黄色のバラの花と緑の葉が描かれたカラフルなナイトシャツを着ていた。

「グレース、とてもきれいだよ。

「感謝するよ、エイブ。そのような言葉を聞きたいと切望することもある。しかし、感謝する人、一緒に旅行する人がいないことが多い」と彼女は反応した。

「その通りだよ、グレース」エイブはストーブの方へ歩きながら言った。彼は彼女がチキンカレーを作っているのを熱心に見ていた。マサラの香りが部屋中に広がった。

「私はベジタリアンだった。3 年前、別の場所にいたとき、肉、魚、卵を食べ始めたの。体力を維持するために、健康維持に欠かせないものだと気づいたわ」　グレースは自分の過去の一片を彼の前に広げた。

「私は最初から肉食だった。私の母と父は、肉、魚、卵などあらゆる種類の料理をよく作っていた。彼らの料理は美味しかった。母が料理をしている間、私は母のそばにいるのが好きでした」とグレース・エイブのそばに立っていた。

「あなたが私のそばにいるのは、そのためですか？グレースは微笑みながら尋ねた。

ふたりは互いを見つめ合い、経験することはできても説明することはできない波動を愛撫し合った。それはまるで電流のようで、目に見えないが強力で、相互につながり、脈動し、生命に満ちていた。それはまるで無限に引き合う力のように、2 人を結びつけ、引き離すことを許さなかった。一緒に立って、近くにいて、でも相手に触れないことに喜びがあった。その段階では、触ることは忌み嫌われていた。相手と触れ合うことは不可欠ではなく、その接近は人生を高め、刺激的で、セレンディピティだった。彼らは誘惑を感じ、成就に包まれた永続的な期待を引き起こすことができる相手と一緒になることを誘惑的に求めていた。

そして炊飯器の音が鳴り、阿部は笑った。

まるで彼の心が口笛を吹き、祝福し、宣言しているかのようだった。その汽笛は、彼が自分の存在そのものを、恩寵とともに楽しんでいるという宣言であり、前兆だった。その意識の美しさと一体感は無限であり、彼は恩寵とともに宇宙のはるか彼方から旅をしてきた。星の瞬きできらめく底知れぬ宇宙へ、ふたりは並んで飛んでいった。彼らはブラックホールを回避し、永遠の幸福へとナビゲートした。エイブは銀河、惑星、海、山、森、川、草原、花いっぱいの谷に触れ、感じることができた。彼はグレースに何と言えばいいのか、自分の気持ちをどう説明すればいいのかわからなかった。

「オクラを切りましょうか？突然、彼は彼女に尋ねた。

「私たちの家で、私たちの料理を作っているのだから。

阿部がオクラを食べやすい大きさに切ると、グレースは鍋でダールを茹で始め、半熟になったところでオクラを入れ、オイル、スライスしたトマト、ショウガとニンニクのペースト、塩少々を加えた。

「料理が上手そうね」とグレースが言った。

母から教わりました。特に女性との接し方をね」と阿部は説明した。

「母親から学んだ男の子は、文明的で文化的な男性に成長します」とグレースは声明を発表した。

「私もそう思う。私は性別による役割分担は信じていませんが、社会化や価値観の内面化のほとんどは女性のおかげです」と彼は説明する。

「夕食の準備ができました」とグレースが告げた。

二人は椅子に座り、ライス、チキンカレー、オクラとダールの炒め物を食べ始めた。

「あなたのチキンカレーはとても魅力的でおいしい」と阿部は言った。

「あなたのオクラとダールの炒め物が大好きよ」とグレースは答えた。

「グレース、どうしていつも明るい顔をしていられるんだい?

「私は人生を愛している。人生に関することは何でも好きだ。私にとって人生は光だ。私の哲学は、ある日は他の人の光になることであり、自分が暗闇の中にいるときは、他の人から光を借りることを恥ずかしがらない。光は希望につながり、希望は愛につながる。だから地獄に光はないと言うのです」グレースは微笑み、白い歯を輝かせた。阿部は彼女の瞳に希有な光を見た。

素晴らしい哲学ですね、それをお借りしましょう』と。

「グレースは率直にそう言い、エイブを見て再び微笑んだ。

「希望があれば、人生は楽になる。希望のない人生は厳しく、生き残ることは深刻な課題となる。つまり、光、希望、愛、この３つが幸せで満足のいく人生のエッセンスであり、最も尊いものは愛です。

"私もそう思うよ、グレース"

夕食後、彼らは食器を洗い、家を掃除し、モップをかけた。スラムの中も、彼らの小屋の中も明るかった。

「エイブ、チェスをするかい？夕食の後、たまに一人でプレーするんだ」とグレースは尋ねた。

「と阿部は答えた。

"この頃は一人でプレーしていた。チェス盤と駒をベビーベッドの下の箱から取り出しながら、グレースは言った。

彼女はチェス盤をベビーベッドに広げ、ベッドの同じ側に座ってエイブを見た。

「あなたは私のゲストだから、あなたは白で、私は黒でプレーしなさい」とグレースは主張した。

「何でもいいよ」とエイブは言った。

ピースは木製で、ボードは厚いプラスチック製だった。

阿部はキングサイドのポーンをダブルムーブし、グレースはクイーンサイドのポーンを 2 マス動かした。そして次のポーンを、最初のポーンを守るように 1 スペースに押し込んだ。その後、阿部はナイトを動かし、グレースはビショップを動かした。6 手目、エイブはグレースの最初のポーンをナイトで捕らえ、グレースが手強いプレーヤーであることに気づいた。10 手目、阿部は彼女のポーンを取った。しかし次のステップで、グレースはビショップでチェックを入れ、阿部はナイトでディフェンス。18 手目、グレースは阿部のキングをクイーンで攻め、阿部はキングを守れずチェックメイト。

阿部は黙って座り、自分が打った最後の 5 手を振り返っていた。グレースがクイーンでチェックメイトを決めるとは思ってもみなかったので、信じられなかった。彼女の行動は突然だったが、綿密に計画され、計算されていた。

「おめでとう、グレース、君はいいプレーヤーだ。君がこんなにエレガントで知的なプレーをするとは思ってもいなかったよ」と阿部はグレースを称えながら言った。

グレースは次のゲームで白と対戦し、2つのポーンを一緒に動かした。阿部はクイーンサイドのポーンをダブルムーブした。グレイスは7手目でポーンを取り、阿部は8手目でグレイスのポーンを取った。阿部は12手目で相手のナイトを捕らえることができた。14手目、グレースは阿部のポーンをもう1つ取った。阿部は次のステップでキャスリングを決め、グレースはクイーンを斜め4マス移動させた。阿部はポーンとビショップに守られながら、ナイトでチェックメイトを決めた。

「おめでとう、阿部。あなたの攻撃は素晴らしかったが、私のディフェンスは弱かった」とグレースは言った。しかしエイブは、グレースが故意に彼女を犠牲にしたのではないかという疑念を抱いていた。

もう10時だ、寝よう」。明日もまた、D'Souza と協力して、漁獲高に応じて魚を冷蔵倉庫に移したり、冷蔵室内に移したりする予定です」とグレースは語った。

おやすみ、グレース」と言って眠りについた。しかし、深い眠りにつく前に、彼は過去7回の動きをもう一度分析した。グレースは騎士を犠牲にし、彼の勝利を助けたのか？

翌日、彼らは7時に出発し、30分もしないうちにカラングート・ビーチに到着した。

「もし、この先1週間キャッチボールがなかったら、私は大金持ちだ。

″もしキャッチがなかったら、どこへ働きに行くのだろう？″グレースは逆質問をした。

「次の２日間は２人に仕事を与えよう。その後、次の１週間は獲物がなかったら、自分の仕事を見つけなければならない。

「それでいい。さあ、仕事を始めよう。今日の労働者数は？とグレースは尋ねた。

「昨日と同じ数だ。

「とグレースは言った。

「同感だ。

すぐに彼らは働き始めた。人の労働者がカゴに魚を詰め、２人が押し車まで魚を運び、グレースとエイブを含む４人が押し車を押して冷蔵倉庫の中に入った。

阿部は、押し車を扱う経験を積むにつれ、押し車を押すのが簡単になった。それに、ズボンに長袖のシャツよりも、ジーンズにＴシャツの方がずっと働きやすかった。今、阿部は実際の労働者のように見えた。そして何よりも、グレースと一緒に仕事をすることが楽しくてたまらなかったのだ。そしてエイブはグレースと一緒にいるのが大好きだった。

「エイブ、今日はジーンズにＴシャツで素敵ね」とグレースは魚を積んだ押し車を押しながら彼に言った。

「あなたが選んだものだし、気に入っている」と阿部は言った。

昼食休憩の間、彼らはザビエル教会近くの道の反対側にある伝統的なポルトガル料理レストランまで歩いた。

「今日はご褒美をあげよう」とグレースは言った。

「なぜおやつをくれるの？と阿部は尋ねた。

「明後日が私との最後の仕事だから」とグレースは言った。

「それなら、ご褒美をあげよう」と阿部は彼女を説得しようとした。

「でも、あなたは私のゲストです」とグレースは答えた。

それからグレースは、ジャガイモ、コラード菜の千切り、チュリコの塊、スパイシーなポルトガルソーセージで作ったスープ、カルド・ヴェルデを注文した。メインコースにあらゆる種類の肉を使ったポルトガル料理「コジド」の半分と、衣を付けた新鮮な魚が入ったずんぐりとした野菜ご飯「アロス・カルドーザ・コム・ペイシェ」の半分。

「と阿部は言った。

「エイブ、君はとてもいいやつだ。あなたは優しくて思いやりがあり、他人の尊厳を尊重している。

彼女の言葉は優しく温かく、阿部は彼女の言葉を聞いて幸せな気分になった。しかし、彼女の発言についてはコメントしなかった。

「明後日があなたとの最後の仕事の日です。またあなたに会えるかはわからない。でも、あなたのこと、贈り物のこと、おもてなしのことは必ず思い出す。こんな貴重なプレゼントや、あなたのような人に出会える場所は他にはない。あなたは、私のような見ず知らずの人間を助け、あなたがひとりで住んでいるあなたの家に私を招き入れた。それに、あなたが寝ていたのと同じ簡易ベッドで私を寝かせてくれたし、そんな行為の単純さ、正直さ、率直さを信じる人はこの世にいないだろう。それは、光、希望、愛から発せられる信頼の集大成である。あなたは私のために食事を作り、お風呂に入るためにお湯を沸かし、私にあなたの服を着せ、私とチェスをし、私の面目を保つためにわざと負けた。

「いや、エイブ、君は並外れたチェスの腕前だよ。何度でもあなたと遊びたいわ」とグレースは微笑んだ。

今日はプロのようにプレーする。感情を表に出さず、相手を勝たせるための犠牲も払わない」と阿部は提案した。

「エイブ、君は本物のプロフェッショナルだ。あなたと一緒にいられることを嬉しく思います」とグレースは言った。

食後にはホットコーヒーを飲んだ。

午後 2 時、彼らは再び作業を開始し、3 時半には魚全体を冷蔵倉庫に移し終えることができた。

そして、D'Souza から 300 ルピーずつ集めた。グレースは、他のすべての労働者に同じ金額を支払うことにこだわった。

グレースとエイブは米、小麦粉、食用油、マサラを買いに仮設商店に行った。グレースは店員に、持ち運びが楽だからと、支給品を 2 つのキャリーバッグに分けて詰めてくれるよう頼んだ。

「キャリーバッグを持つのは、家に帰る、自分たちの家に帰るということで、気分がいい」と阿部。グレースはエイブの言葉を聞いて微笑んだ。

いつものようにシングエリム行きのローカルバスに乗ったが、バスはほとんど空席で、運転手が「この旅は乗客が少ない」と自分を罵倒しているのが聞こえた。アグアダ要塞には照明がなく、道は暗く、甌穴（おうけつ）が見えにくかった。スラム街は静まり返り、子供たちは小屋の中で薄明かりの下、宿題をしていた。

阿部は洗剤を入れたお湯で服を洗い、ぬるめのお湯につかった。そしてグレースの番だった。その後、彼らは夕食に簡単なベジタリアン料理を用意した。二人は並んで座り、皿を片手にいろいろなことを話し、エイブはグレースが話すのを楽しんでいた。二人の一体感には格別の美しさ、素朴さ、信憑性があった。彼はグレースに、なぜ彼女がひとりでいるのか、そして彼女がこれほどまでに自分の仕事に打ち込んでいるのかを聞きたかったのだ。何が彼女をこれほどまでに活動的にさせたのか、なぜこれほどまでにポジティブなエネルギーに満ちているのか。しかし、そのような質問は関係ないので、彼は彼女に尋ねなかった。

エイブはある人物を切望していたが、その人物が誰なのか説明できなかった。しかし、彼は恩寵の前で落ち着きと喜びを経験した。「グレース、君は変わっている。

ゴアの家

グレースとエイブは夕食後にチェスをしなかった。グレースがエイブに敬意を表して古いヒンディー語映画の歌を歌うと言っていたからだ。彼女は簡易ベッドに腰掛け、壁に背中を支え、彼のほうに足を伸ばした。両足の人差し指に銀の指輪をしているのに気づき、指輪に触れたいと思ったが、誘惑に負けた。

「1 曲目は、サヒール・ルディアンヴィ作詞、ハイヤーム作曲、ムケーシュ歌唱の『Kabhi Kabhi Mere Dil Mei』です」とグレイスは曲を紹介した。

そして彼女は深呼吸をし、間を置いてから歌い始めた。突然、エイブはロマンスと微妙な別離と記憶の新しい世界に入り込んだ。彼女の声はメロディアスで、彼の心と頭を揺さぶり、彼はじっと座っていた。歌い終わると、エイブはしばらく何も言わずにグレースを見ていた。

「楽しかった。君は歌がうまいね」と阿部。

曲目は "Tujhe Dekha Toh Yeh Jana Sanam"。

この曲は、映画『*Dilwale Dulhaniya Le Jayenge*』から。アナンド・バクシが作詞し、ラタ・マンゲーシュカルとソヌ・ニガムが歌いました」とグレースは紹介した。そして彼女は歌い始め、彼はとても輝かしく感じ、エイブは自分とグレースが歌の主役だと思った。

「歌い終わったとき、阿部はこう言った。

グレースはエイブを見つめ、目を輝かせていた。

「グレース、私はあなたを尊敬している。

「ああ、エイブ」と彼女は叫んだ。

「グレース、質問させてくれ」とエイブが言った。

「確かに、エイブ」とグレースは答えた。

「なぜ人差し指に指輪をしているのですか？

「私が迷信深いと思わないでください。左が私、右が愛する人。私が最も敬愛し、尊敬する愛する人と結婚したら、この指輪は外すわ」グレースは率直で正確だった。

阿部は、彼女がもう最愛の人を見つけたのかと聞きたかったが、それはしなかった。

そして眠った。そしてエイブが立ち上がると、グレースが彼の服にアイロンをかけていた。

「ジーンズだから乾くのに時間がかかる。

「ありがとう、グレース、そしておはよう。

「おはよう、エイブ。

突然、エイブはグレースが「親愛なる人」という言葉を付け加えたことに気づいた。

「二人分のコーヒーを用意しましょうか？と彼は尋ねた。

「確かに、エイブ」と彼女は答えた。

阿部は湯気の立つクールのフィルターコーヒーを用意し、特大のマグカップでサーブした。二人は向かい合って椅子に座り、ゆっくりとそれを口にした。

あなたのコーヒーは刺激的で香り高いわ」とグレースはコメントした。

ありがとう、親愛なるグレース」と彼が答えると、グレースは「*親愛なる*」という新しい言葉に気づき、微笑んだ。

朝 8 時にはカラングート・ビーチに到着したが、夜も早朝も漁がないため、ビーチには誰もいなかった。次の漁師たちは、魚が取れれば夕方の 6 時には到着する。そうでなければ、より長い時間、海に留まることになる。グレースとエイブは D' Souza のコールドストレージに向かった。オフィスの外で椅子に座っていた彼は、挨拶されても無愛想な顔をし、挨拶も返さなかった。

「今日はキャッチボールもないし、仕事もない。

「でも昨日、もし釣果がなかったら、2 日間だけ冷蔵倉庫で働かせてくれるって言ったじゃない」とグレースは言った。

「それでいい。冷蔵倉庫で 2 人分の仕事があるが、200 ルピー以上は払わない」。

賃金が安すぎる。エイブ、さあ、行こう」グレースは戻ろうとした。

"待って、茶色の帽子をかぶった女の子、250 ドル払うけど、午後 5 時まで働いてね"

「同意します」とグレースは言った。

「魚を選別して別々に保管する必要があり、選別には時間がかかる。

5 つの大きなトレーには、さまざまな種類の魚が大量に入っていた。グレースとエイブはエプロンを巻き、ゴム手袋をはめ、魚をかごに仕分けた。彼らは正午までにバケツ 55 杯分のサーモン、サバ、イワシ、シーアフィッシュ、バラマンディ、ボンベイダック、ポンフレットを選別した。彼らは舗道で温かい昼食をとり、寒さを感じたので道端の喫茶店で温かいコーヒーを飲んだ。夕方 5 時までに、グレースとエイブはすべての作業を終え、さまざまな種類の魚が 72 個のバスケットに入った。ディソウザは大喜びで、約束より 50 ルピー多い 300 ルピーを彼らに支払った。グレースとエイブは、約 9 時間もの間、低温倉庫の中で働いて寒さを感じたため、お茶屋に駆け込み、熱いお茶を飲んだ。

それからグレースはエイブを紳士服店に連れて行った。

「なぜここにいるのか？と阿部は尋ねた。

「ネクタイをプレゼントするのが大好きなの。

"そんな！"阿部は泣いた。

「頼むよ、エイブ、君は明日、私と別れるんだ。あなたの魅力的な気立ての良さ、誠実な友情、そして微笑ましい存在感に、私は心から感謝している。あなたは最近の私の人生におけるエモリエント剤のようだった」と彼女は言い、目を輝かせた。

"グレース..."エイブが呼んだ。

グレースはピンクがかった赤のシルクのネクタイを選び、シャツとズボンは最高級のブランドのものを選んだ。

「これが私の選択だ。あなたのブランドのシャツとズボンによく似合うわ」と阿部を見て言った。

グレースは彼の高価なシャツとズボンに気づいていた。

「ありがとう、親愛なるグレース。どうやって感謝の気持ちを伝えようか？と彼は尋ねた。

「その必要はありません」と彼女は言った。

家に着くと、彼女はシャツとズボンにネクタイを締めるように頼んだ。彼がそれを履いてトイレから出てくると、グレースは長い間彼を見つめ、そして言った："夢で見たように、とても素敵よ"

しかし、阿部は彼女がいつ彼の夢を見たのか訊ねなかった。

そして彼女は彼に近づき、ネクタイの先を触って言った："あなたはとても素敵よ。

阿部は微笑んで彼女を見た。彼は彼女を抱きしめて、感謝と愛を伝えたかった。彼は彼女を自分の胸に押しつけ、永遠に自分のそばに置いておこうと考えた。彼の心には大きな愛の感情があった。最初はさざ波のようだったが、波のように大きくなった。グレース、彼は心の中で何度も彼女の名前を呼んだ。私はあなたを愛している。人生の終わりまで、あなたと一緒にいたい。私はあなたに恋をした。あなたのような愛想がよくて、感じがよくて、魅力的な女性は見たことがない。グレース、愛しています。いつも私と一緒にいてください。それは彼の心の躍動する音だった。

グレースは2人のために手の込んだ夕食を用意した。ローストチキン、ポムフレットのフライ、野菜　ライス・プラオ、カリフラワー・マサラ、トマト・ダール・カレーなどがあった。食事は豪華だった。ふたりはまるで長年の知り合いであり、親しい友人であるかのように話した。後片付けと洗濯を済ませ、10時に眠りについた。

エイブは眠れず、グレースとの生活を考えていた。11時頃、グレースが眠っていないことに気づいた。

「エイブ、眠れなかったの？

「いいえ、グレース」と彼は答えた。

「どうして？彼女は尋ねた。

"あなたのことを考えていました"

「私もあなたのことを考えていました。あなたは明日出発する。あなたはよそ者としてここに来て、今は親しい友人として、とても大切な人として去っていくのです」と彼女は言った。

「それが人生の問題なんだ。

「私たちは人生で成功するために奮闘している。しかし、心と体の間には戦いがあり、勝った方が仕切られる。どちらも勝たなければならないが、それは不可能だ」と彼女は説明した。

「なぜ不可能なのか？と質問した。

「しかし、身体は心を持っておらず、心なしには身体はいかなる決断も下せないのです」と彼女は説明した。

「私たち人間がしばしば直面する悲劇だ。肉体は弱いが、精神は肉体が思い通りに行動することを許さない。

「心がなければ、肉体は常に暗闇の中にある。明るさは焦点と視野を制限するため、視界を悪くする。夜には、空、星、銀河がよく見え、宇宙の広大さを観察することができる。自分の体の一部である小さな目の中に、巨大な宇宙を封じ込めることができる。肉体のない精神は枯れ木だ」。とグレースは言った。

「グレース、君は哲学的になっている。だから、小さな悲しみ、気だるさ、暗さを克服するために、しばらくチェスをしましょう」と阿部は提案した。

「確かに、チェスをすることで気だるさを抑えるのはいい考えね」グレースはそう言うと、突然ベッドから飛び起きて電気をつけた。チェスゲームは激しく、グレースはゲームに勝つことを決意していた。最初のゲームは 50 分続き、グレースがポーンでチェックメイトして勝った。

「グレース、あなたを負かすのは難しい」と阿部は言った。より良い守備の仕方をあなたから学ばなければならない。攻撃はできるが、守備は弱い」と阿部は告白した。

エイブ、いいプレーだ。でも、その間に集中力が切れていることに気づいたわ。

「その通りだよ、グレース。突然、君のことを思い出す。それが僕の弱点なんだ。あなたの思考が私の理性と思考パターンを支配している。もう１試合やりましょう」と阿部。

第２ゲームは１時間10分で終了し、最後は阿部がグレースをナイトでチェックメイトした。

「カスパロフのようなプレーだったよ。

「ありがとう、グレース」と阿部は試合に勝った喜びを表した。

すでに午前１時を回っていた。

「グレース、ヒンディー語映画の歌を歌ってください。阿部はリクエストした。

もちろん」と彼女は言った。

彼女は簡易ベッドに腰掛け、壁に背中を支え、足はエイブが座っているベッドの端に触れた。そしてもう一度、彼女の人差し指のシルバーリングに目をやった。とても美しく見えたが、いつか最愛の人と結婚するときには外してしまうのだろう。そのお守りは彼女に幸運をもたらすだろう。

「古い歌を歌おう。ラージ・カプールの映画『*Awara*』からの曲で、『*Awara Hoon*』はシャイレーンドラが書き、ムケーシュが歌った。

そして彼女は歌い始め、その言葉と意味が阿部の心の奥深くに染み込んでいった。突然、エイブがグレースと一緒に歌い始めた。

「グレース、今まで聴いたヒンディー語映画の歌の中で一番素晴らしいわ。

「あなたも私と一緒に歌ってくれた。楽しかった。

「もう眠ろう。

「もう1時半よ、寝る時間だわ」と電気を消した。

朝5時頃起きると、グレースがベッドメイキングをしていた。

「おはよう、エイブ。よく眠れた？

「グレース、おはよう。ぐっすり眠れたよ。チェスの対局と君の歌が、僕を大いに助けてくれたようだ」。

二人は向かい合って座り、コーヒーを飲んだ。

「グレース、話したいことがあるんだ。

「そうしてください」とグレースは答えた。

「ムンバイに行くのをキャンセルしたんだ。

「でも、どうして？グレースは驚きをあらわにした。

「今は行く気がしないけど、気が向いたら行く」。

「真剣に考えたのか？

「そうだ。自分の決断を真剣に考えた」と阿部。

「知的な決断だろうか？後でがっかりしないか？彼女は彼から思慮深い答えを聞きたかったのだ。

「私はこの2日間、この件について考え、その是非を判断し、その結果に直面する準備ができている」と安倍首相は説明した。

「エイブ、私たちは人生である決断を下し、それがチェスの一手のような失策であったことに後で気づく。しかし、人生はチェスゲーム以上のものだ。ある決断は広範囲に影響を及ぼし、後から修正することはできない。あなたはもう大人なんだから、自分の人生を左右する決断を下す自由があるはずよ。

〝わかったよ、グレース〟

「騙されたと思ってはいけないし、人生の現実に直面したときに失望してはいけない。他の状況、将来、私が突然去り、あなただけが取り残されるかもしれないのだから」とグレースは力説した。

「それは承知している」と阿部は強硬だった。

「あることを否定することで、知らず知らずのうちに別の事態を招いてしまう。

「でも、私はあなたと一緒にここにいたいし、あなたと一緒にいるのが大好きです」と阿部はグレースの許可を求めるように言った。

「しかし、私はあなたにそれをすることを勧めるのではなく、未知の未来に飛び込むことを思いとどまらせるのです」グレースは彼を思いとどまらせ、後で彼が直面するかもしれない危険を認識させようとした。

「ここにいさせてくれ、グレース」と懇願した。

「自己責任で」と彼女は言った。

それから長い沈黙が続いた。

朝食はサンドイッチにオムレツとおかゆ。カラングート・ビーチに着くと、D' Souza は、イエメンで地震があったため、ビーチ当局が漁師たちの海への出入りを禁止していると告げた。アラビア海に津波が押し寄せる可能性が大きくなった。そこでグレースとエイブは野菜市場に行った。市場に野菜を持ち込む農家も多く、荷物の積み下ろしに関連する仕事は十分にあった。グレースとエイブは、夕方 5 時まで合計 650 ルピーを稼ぐことができた。

「土曜日と日曜日は休日です」と、グレースは帰宅中にエイブに言った。

「土曜日と日曜日は何をしているのですか」とエイブがグレースに尋ねた。

「月に一度、土曜日の朝 8 時から正午まで、私たちはスラム街を清掃する。普段は 50 人ほどがその作業に参加し、みんな真剣に取り組んでいる。掃除が終わると、お茶とお菓子をみんなで分け合う。各家族は共益費として毎月少額を寄付している。清掃作業、お茶会、おやつ会、懇親会は、人々が強い絆を築き、互いに出会い、社会的・経済的な悩みを共有するのに役立っている。人々の間には本物の一体感がある」とグレースは言う。

「こういう集まりは好きです」と阿部は答えた。

「日曜日は家の掃除をし、シーツや衣類を洗濯し、アイロンをかけ、次の週の計画を立てる。昼食後は、ピクニックに出かけたり、ゴアの奥地を訪ねたりして、夜の 7 時頃に帰ってくるのが普通だ。でも、明日は日曜じゃなくて、掃除とコミュニティ活動の後、すぐにゴアを見に行こう」とグレースは提案した。

「それは素晴らしい。ゴアはとても魅力的な場所だ。

土曜日の朝 8 時頃、グレースの小屋の前には、男性、女性、若者、子供たちが集まってきた。彼らはさまざまな道具、ほうき、ちりとり、大きなモップ、かご、バケツ、シャベル、鋤、鍬を運んでいた。「茶色の帽子をかぶった女の子」と、彼らはグレースを呼んだ。そしてエイブとグレースは長いほうきを用意していた。

「4 つの小グループに分かれて、隅から隅まで掃除しましょう」とグレースは提案した。

誰がグループのオーガナイザーかを決めるのはグループであって、仕事をコントロールするリーダーではない。阿部は、グレースがスラム街で毎月 1 回、このようなコミュニティ組織のプログラムを率いた最初の人物であることに気づいた。最初の段階では、人々はこのような活動に参加することに消極的だった。しかし、グレースが示した関心と彼女が行った仕事の内容は、多くの人々を勇気づけた。最初はグレース一人で清掃作業をしていたが、1 ヵ月後には若者や女性も加わり、後には男性も加わって、3 ヵ月も経たないうちに共同作業となった。彼女は指導者ではなく、コミュニティの組織者だった。国民が彼女を選び、半ダースの若者がすべての仕事を組織した。彼らはお茶を飲みながら、今後 3 ヵ月間のコミュニティ・オーガナイザーを決めた。だから、3 カ月ごとに新しいチームができ、ほとんどの人がコミュニティ・オーガナイザーになるチャンスを得た。

彼らはすぐに作業を開始した。男たちはシャベル、鋤、鍬を使って開放式下水道を清掃した。また、廃棄物を収集し、スラムから約半キロ離れた廃棄物処理場まで押し車で運ぶ者もいた。女性たちは、ポケットの道路や小道の掃き掃除やモップがけに熱心だった。若者たちは、あちこちに散らばったプラスチックくず、木くず、金属片を集め、麻袋に分別してごみピットに捨て、自治体の作業員がそれらを取り除いた。子どもたちは、必要な道具を運んだり、提供したりして、両親や兄弟を熱心に手伝った。

これは地域社会の努力であり、止められない活動であり、昼まで続いた。阿部は男性や若者たちとともに、下水道の清掃やプラスチックごみの回収を行った。グレースはすべてのグループに参加し、スラム街のさまざまな場所で時間を割いて働いた。彼らは4時間以内にすべての作業を完了し、スラム街は清潔で、整然としていて、新鮮に見えた。

そして、スラム街の反対側にあるフォート近くの広場に集まった。公衆水道で体を洗った後、地べたに座り込む人が多かった。ビビアン・モンテイロがお茶とスナックを提供した。グレースは提供されたお茶とお菓子の質を高く評価し、ビビアンは幸せを感じた。子供たちは歌い踊り、ギターや小太鼓を演奏する若者もいた。若い女性たちはデクニと 呼ばれる伝統舞踊を披露した。数人の女の子がフグディを 演奏し、グレースと一緒に踊った。その後、クンビと 呼ばれる部族の民族舞踊を男女が踊り、阿部も太鼓に合わせて一緒に踊った。

資金担当の若者たちが寄付を募り、阿部が200ルピーを寄付した。子供が名前と金額を読み上げると大きな拍手が起こり、誰もが阿部の寛大さに感謝した。その月の全集金額は945ルピーだった。午後2時までに来月のプログラムを決定し、その日の活動は終了した。

温水風呂に入り、服を洗ったあと、グレースとエイブは野菜のプラーオ、チキン、魚の炒め物、カリフラワーのマサラにヨーグルトをかけた昼食を作った。

「グレース、君は地域の清掃プログラムをよく企画した。

「あなたが積極的にみんなと一緒に参加し、あなたの存在がみんなに好感を持たれ、若者を鼓舞することができたのは素晴らしいことです」とグレースは阿部に感謝した。

「インフラ設備が軽視されているこのような住宅地にとっては、まさに必要な活動だった。自治体は、このスラム街に住む98世帯の福祉には無関心なようだ。だから、私たちが率先して掃除をしなければならない。背後からの後押しは、このような仕事において、不必要な熱意を見せることなく、ポジティブな兆候だった」と、阿部はグレースを称えた。

「人々は一体感、一体感、親しみやすさを求めている。指示の代わりに、耳を傾け、励ます態度、そして笑顔で十分だ。小集団になり、個人の利益と地域社会の利益を含む共通の利益のために働くことが、人々は大好きなのです」とグレースは言う。

「これはコミュニティ組織における驚くべき取り組みだ。人々はそれぞれの必要に応じて仕事をする。彼らはそれを組織し、人々の仕事として計画している」と阿部はコメントした。

「その通りだ。約 50 人が 4 時間、精力的に、献身的に、献身的に働いた。彼らは互いに所属していたため、方向性や目標を持っていたし、コミュニティ組織では一体感が重要だった」とグレイスは分析した。

「私もそう思うよ、グレース。必要なのは人々の参加であり、彼らは私たちの仕事に自分自身や地域社会の利益を見出したのである。彼らは、あなたが訓練していることに気づかないまま、自分でできるように訓練を受けている。暗黙の了解だった」。

「今は、私が積極的に参加しなくても、彼らは前進することができる。たとえ私がその場にいなくても、彼女たちは自信を持って仕事をすることができる。

突然、エイブがグレースを見た。グレースが不在のままでいる状況はあるのだろうか？彼は心の中で問いかけた。

夕方、彼らはアグアダ要塞を見に出かけた。

「エイブ、あなたと歩くのは楽しいわ。

「本当に？彼は反応した。

「確かに。楽しい経験だ。あなたは私を対等に扱ってくれる。あなたのちょっとした行動から、私を尊敬し、私の尊厳を大切にしてくれていることがわかったわ」とグレースは説明した。

「私はあなたと一緒にいると自由を感じる。自分たちの価値を創造するとき、私たちは他の誰によって与えられたどんな価値よりも、その価値を尊重する。初めてあなたに会ったとき、私の安全と幸福を考えてくれる純粋に関心のある人だと思った。あなたは私を信頼してくれた。はい、グレース、私はあなたの信仰に逆らうことはできません。

「私にとっては、会う人すべてがユニークな存在であり、あなたも私にとってはユニークな存在なのだ。しかし、ユニークであることは、その人と接する上での自信にはつながらない。でも、あなたの場合は、会ったときに自信があった。あなたは私が部屋を共有する最初の人であり、文字通り私のベッドだ。人生において、絶対的かつ究極的な必要性を感じるまでは、すべてを分かち合う必要はない」とグレースは明言した。

「ありがとう、グレース。私の場合、誰かと絶対的に接近したことはなかったし、誰かと身体を共有したこともなかった。

"誰かと身体を共有する "ということは、自分自身の価値観次第である。それは共有する必要性を超えたもので、人格や心の奥底にある欲望を共有することであり、一過性のものではなく、どこまで自分を尊重できるかにかかっている」とグレースは付け加えた。

彼らはすでに砦の入り口にいた。

「アグアダという言葉はポルトガル語で「水場」を意味し、この要塞はゴアにおけるポルトガルの黄金時代を反映している。この壮大な建造物の建設は 169 年に始まり、3 年で完成した。砦の主な目的は、オランダとマラーターからゴアを守ることでした」とグレイスは言う。

「ポルトガルは小さな国で、インドのいくつかの地域を手に入れることなど夢にも思っていなかったかもしれない」と安倍首相は語った。

〞私たちの業績は常に夢にかかっている。しかし、ポルトガルは粘り強かった。ゴアは彼らの王冠の宝石であり、リスボンのように愛されていた。何かを心から愛するとき、それが自分から遠ざかるのを決して許さないでしょう」エイブを見て、グレースは言った。

阿部は心から笑った。示唆的で、象徴的で、個人的なものであるため、彼は彼女の言葉の強さを理解していた。それは彼にも同じように当てはまった。それは、彼女が彼に親しみを感じていること、そして今の状態を続けたいという願望を示していた。そして、彼女が特別な関係をすっぽかすことを許したかどうかを聞きたかったが、聞かなかった。

「何を考えているのか、何を言いたいのか」とグレースは彼に尋ねた。

「ポルトガル人のようになりたい。目標に到達するためには粘り強さが必要だ。

「辛抱強いね、親愛なるエイブ。高価な真珠を手に入れるために、あなたは貴重な未来を捨ててしまった。でも、ポルトガル人のようにスタミナと勇気を証明する必要がある。

「確かに、目的地の達成に失敗は許されない。

何百人もの観光客が砦のあちこちにいて、阿部はアグアダ砦が素晴らしい観光地であることを実感した。灯台に登るのは、2人にとってスリリングな体験だった。

「この驚くべき4階建ての灯台は、ヨーロッパからの船が安全に港に到着できるよう導くために 1864 年に建てられました」と、グレースはその珍しい建造物に登りながら言った。

タワーの頂上からのパノラマビューは見事だった。阿部には、彼らのスラム街と小屋が小さなスポットとして見えた。

「グレース、僕らの家を見てくれ。僕らの人生で一番大切な場所だ。

「そうだ。そこが私たちの家であり、私たちの鼓動が永続的な音楽を生み出す魔法の調べを奏でる場所なのだ。そこでは、私たちの夢は永続的な価値を持ち、私たちの欲望は別の日の一体感を切望する。私たちは食べて眠り、チェスをし、子守唄を歌い、温かさと愛と信頼に包まれた一日を思い描くのです」とグレースは少し叙情的だった。

「グレース、詩的になったね」と阿部が言った。

「心が幸せを感じれば、それは自然なことで、そういうときに歌詞を書くのです」と彼女は分析する。

降りた後、彼らは何百人もの人たちと一緒に緑の芝生に座り、夕日を眺めた。真紅と金色の円盤がアラビア海の上でかくれんぼをしていた。

「素晴らしい光景だわ」とグレースは言った。

「そうだね」とエイブは同意した。

二人はセント・ローレンス教会まで歩き、歌声からエイブはそこがオファートリーで、司祭がパンとワインを捧げているのだと気づいた。突然、彼は初聖体を思い出した。両親が出席を拒否したため、祖父母が両脇を固めた。人生も誰かに捧げるものだが、それを無視したり拒絶したりしてはならない。

「この要塞は、東洋におけるポルトガルの権力の座であったため、西洋世界では非常に有名であった。マンドヴィ川を眺めながら、グレイスはこう言った。「多くの船が、フォート内の絶えることのない淡水源から水を補給するために、港にたどり着きました。

日が暮れ、観光客は徐々に長い内廊下から外界へと出て行った。

「グレース、ビーチのレストランでゴア料理を食べよう」と阿部が提案した。

「確かに」と彼女は答えた。

「と阿部は言った。

「どういたしまして」とグレースは答えた。

彼らはチャーハン、アンボット・ティック（魚入りのスパイシーで酸っぱいカレー）、アロス・ドセ（甘く煮た茶碗蒸し）、バルチャオ（ジューシーな海老料理）、ベビンチャ（ポルトガルのデザート）を注文した。小麦粉、砂糖、バター、卵黄、ココナッツミルクの7層からなるエキゾチックなデザートだった。二人は様々な話題、特にヴァスコ・デ・ガマのカリカット航海について大いに語り合った。

「ガマはマラバルの海岸で繁栄し、幸福な人々を発見した。カリカット王は彼と乗組員を歓待した。彼らは国賓であり、マラバールで黒胡椒、カルダモン、シナモン、その他の主要な貴重品を購入することを許されていた。ガマとその乗組員は、リスボンに向けて出発する前に4隻の船をすべて満員にできたのは幸運だった」と、阿部はグレースに語った。

「ポルトガル人はその後、カヌール、コチ、ゴアで多くの貿易センターを始めたと聞いています」とグレースは言う。

「しかし、マラバール海岸のあちこちにごく小さなエリアしか作れず、それを維持できたのは不思議だった」と阿部は付け加えた。

「比較的、ゴアは大きかった。

「その後、ゴアは強大な英領インドに包囲された。ポルトガルがイギリスと平和に暮らせるわけがない」。阿部は訝しんだ。

「オランダとは血なまぐさい争いがあったとはいえ、ポルトガルはイギリスと平和的な関係を築くことが不可欠だった。イギリスと友好的な関係を持つことは、彼らにとって必要なことだった」とグレースは言う。

「人間関係は人生において重要な要素だということですか」と阿部は質問した。

「確かに、あなたは関係を発展させ、維持する必要がある。

エイブはグレースを見た。彼女は知恵がある、と彼は思った。

「遅くなってしまった。動きましょうか？とグレースは尋ねた。

「と阿部は言った。

「エイブ、豪華な夕食をどうもありがとう。楽しかったです」とグレースはエイブに感謝した。

「あなたとの食事は楽しい。もちろん、毎日やっているよ。

「あなたとの食事は楽しいわ、親愛なるエイブ」とグレースはコメントした。

「グレース、招待を受けてくれてありがとう。ゲストとしてお招きできて光栄でした」と安倍首相。

「お付き合いは大切です」とグレースは答えた。

ビーチから家まで歩いた。阿部はグレースの顔の中で光がかくれんぼしているのが見えたが、アグアダ要塞のシルエットを背景に輝く瞳の彼女は女神のように見えた。突然、彼はグレースの絵を描きたくなり、今度市場に行ったときにキャンバス、絵の具、筆を買うことにした。阿部はグレースとともに一歩一歩を楽しみ、彼女といつまでも一緒に歩こうと考えていた。他人と過ごすことにこれほどの喜びを感じたことはなかった。

家に着くと、スラム街の薄明かりが見え、グレースは鍵を開けた。

阿部は服を洗い、ぬるめの湯につかった。彼が出てきたのはグレースの番だった。色とりどりのナイトシャツとパジャマを着て、彼女は戻ってきた。グレースは驚くほど美しく見えた。

「しばらくチェスをしましょう」とエイブを誘い、グレースは言った。

55分間続いた好ゲームだった。ポーンのスマートな動きで、グレースはチェックメイトを決めた。ナイトとクイーンが彼女のポーンをサポートしたのだ。彼はグレースを祝福した。

次の試合はスリリングだった。エイブは 40 分以内にグレースをナイトでチェックメイトできる。

「とてもいいプレーだった」と阿部を称え、グレースは言った。

「あなたの方がいい選手だから、あなたからいろいろな動きを学ぶ必要がある。チェスは美しいゲームだし、考える助けになる」と阿部は反応した。

「チェスは面白いゲームだ。私たちが作ったんだ。我々はその複雑なルールを作り、何百万もの可能性を提供した。知性がなければ、チェスは成立しない」とグレースは言った。

阿部は驚いて彼女を見た。彼女は本当の知恵を語り、その言葉には知性が満ちていた。

「あなたが説明してくれたことは、考える材料になる」と阿部は言った。

「そう、人間の知性に勝るものはない。私たちの知性は存在に意味を与える。何かを知ることによってのみ、存在することができる。だからこそ、知ることは存在することであり、存在することは知ることなのだ。だから人間の知性は、私たちが観察するどんなものよりもはるかに優れているのです」とグレースはコメントした。

もう一度、阿部はグレースを見た。それが彼が南洋大学で展開していた理論だった。

「グレース、どうやってこの知恵を身につけたの？

「これらの観察は私の人生から得たものだ。観測がなければ、観測者の外に現実は存在しない。しかし、それはモノを否定するものではない。私たちは分析を通して知り、それに意味を与える。現実は個人的なものだと言える。私が「愛している」と言うとき、愛という概念は観察であり、私自身の経験である。その先にあるのは、誰かを愛するということは、自分自身を愛するということだ」。グレースは分析した。

「私たちはコンセプトを共有しているのだから。観察しなければ現実はない。それは数学のようなもので、人間の知性の外には存在しない。我々はその価値、理論、定理をすべて発展させた。すべての科学は、私たちが作り出した境界の中に存在する。私たちは、私たちが開発したあるモデルの下で宇宙を観測している。もし私たちがパラダイムを作ることに失敗していたり、観察することに怠けていたら、私たちはまだ洞窟の中にいただろう」。阿部はこう説明した。

グレースが彼の話を熱心に聞き、深く考えているのがわかった。しかし、グレースには彼の言っていることが理解できた。彼女の分析は理路整然としており、彼は高度に発達した頭脳を観察していた。

「エイブ、あなたは理にかなったことを言う。

「私たちの宇宙は理解できる。私たちが宇宙を知るとき、初めて宇宙が存在するのです」。阿部は言った。

「宇宙は自分自身を知っているのか？とグレースは尋ねた。

「そうでなければ、すべての源として存在することはできない。宇宙は自意識を持っているかもしれない。私たちはそれを知っているし、存在している。

「さあ、もう 11 時だから寝ましょう。寝ている間に、このことを考えましょう」とグレースは言った。

時半頃、エイブはグレースがベッドでコーヒーを入れているのを見た。

おはよう、親愛なるグレース。

「おはよう、親愛なるエイブ」と、グレースは彼の手にコーヒーの入ったマグカップを渡しながら言った。

グレースは椅子に座り、ベッドに座るエイブと向かい合った。

「よく眠れましたか？

「ぐっすり眠れたわ」とグレースは答えた。

「何か夢を見た？と質問した。

「ああ、君の夢を見たよ。私たちは遠く離れた土地、おそらくラジャスタン地方を一緒に旅していたの。

「私たちが一緒にいる夢を見たのね。素晴らしいことだ」と阿部はコメントした。

「君と僕は一緒だった。あなたとの旅が大好きで、私たちの旅が永遠に続き、終わることがないように祈っていました」とグレースは説明した。

エイブはグレースを見ながら、彼女の話に耳を傾けた。彼は彼女の唇の動き、頬の表情が好きだった。話しながら、彼女の美しい歯はキラキラと輝き、その瞳はアグアダ要塞の夜空に輝く星のようだった。エイブは彼女と永遠に旅をしたいと願い、自分がグレースとともに旅をしていることを知っていた。

「何日も、何カ月も、何年も、あなたと一緒に航海するのが大好きです。一緒にいることが愛の真髄です」と阿部は言った。

「それは素晴らしい。私たちの旅を体験するために、現実を創造しましょう」とグレースは言った。

「ところで、私たちはジャイプールからウダイプール、あるいはジョードプルからアジメールへ向かう列車に乗っていたのだろうか？

「私たちふたりはラクダに乗っていて、ラクダは鈴をぶら下げて堂々と歩いていた。とても気に入ったわ」とグレースは語った。

「グレース、私を起こしてくれれば、ラクダとそれに乗る私たち二人を見られたのに」。

「エイブ、君は僕と一緒にラクダに座っていた。私は前のほうに座っていて、あなたは私が倒れないように、あるいは私があなたを一人残してどこかへ行ってしまわないように、後ろから私を抱いていた。

「と言って阿部は笑い、コーヒーが彼のナイトシャツにこぼれた。

突然、グレースが立ち上がって布を持ってきた。彼女は彼の方に屈み、コーヒーが生地に落ちたナイトシャツを拭いた。彼女の額は彼の胸に近かった。阿部は彼女の心地よい存在を感じた。彼女の髪には独特の香りがあった。阿部は彼女の匂いを嗅ぎたいと思い、彼女の髪に鼻を近づけた。彼女を抱きしめたい、彼女を感じたい、彼女の心臓の鼓動を味わいたい、彼女が発する香りを楽しみたい、そんな欲望に駆られた。

「グレース、愛している、いつも一緒にいてくれ」と心の中で何度も何度も言った。彼は、ラクダに乗ってラジャスタンを走り、砂漠の大地を駆け抜ける彼女といつも一緒にいたかった。

彼の気持ちはとても激しく、電撃的だった。

「阿部さん、もう大丈夫ですよ」と彼女は顔を上げた。そして彼女は微笑んでいた。

「ありがとう、親愛なるグレース。

"親愛なるグレース、あなたが私を呼ぶのが大好きです。魅力があり、特別な愛着があり、特別な意味がある。もし、あなたが私を親愛なる人と呼ばないなら、私は誰にとっても親愛なる人ではない。だから、あなたの言葉は、誰かにとってとても大切な、新しい人間を私の中に生み出すのです」とグレースは言った。

阿部はコーヒーを飲みながら微笑んだ。

ベッドでコーヒーを飲んだ後、二人は並んでベッドに座り、背中を壁で支え、足をベッドの端に伸ばした。阿部は彼女の両足の人差し指にリングがあるのを確認した。そして、古いヒンディー語映画の歌を何曲か一緒に歌った。グレースは、その背景と映画名、作詞、作曲、歌、監督について説明した。阿部は彼女のヒンディー語映画の知識に驚嘆した。

エイブはグレースと一緒に歌うのが大好きだった。彼は、ヒンディー語映画で主人公が最愛の人と踊るように、庭、草原、丘、川岸、海辺、そして道路でさえも、恩寵と踊ることを考えていた。それは最高に魅惑的な経験だろう。

「グレース、僕は君の歌が大好きだよ。私はあなたのやり方が大好きです」。

エイブの賛辞を聞いてグレースは笑い、彼も一緒になって笑った。

「一緒に歌ったり笑ったり、一緒に歩いたり食べたり、一緒に働いたり旅行したりするのが大好きなんだ。私はあなたのラクダが大好きで、ラクダに乗ってあなたの後ろに座っています」とグレースを見ながら言った。

「それはお互い様よ、親愛なるエイブ」とグレースは言い、微笑んだ。

エイブは彼女が朝食を作っているとき、イングルヌックで彼女のそばに立っていた。オムレツを作り、おかゆを炊き、野菜カツを作っている彼女の様子が気に入り、不思議な気持ちで胸がいっぱいになった。

エイブは好奇心と興味をもって、グレースが手を動かしてサンドイッチを準備するスピードを見ていた。キッチンテーブルの近くに立ち、フライパンから直接料理を取り出して食べ始めた。彼はそのことに特別な喜びを感じ、グレースが野菜カツレツとオムレツの入ったサンドイッチをかじっている様子を見ていた。彼は彼女が噛んでいるのが好きだった。

「エイブ、一口食べなさい」グレースはサンドイッチの小片を指で彼の口に入れた。

「最初の一口の後、彼は言った。サンドウィッチよりも、彼女が指でサンドウィッチを口に運ぶ方法が、エイブの大好きな体験だった。そして彼の心は喜びに溢れた。

「グレース、愛しているよ。それは吉報の前触れだった。

朝食後、彼らは家を掃除し、ベッドシーツやリネンを洗濯した。家の中を動き回り、あらゆる仕事をグレースと一緒にこなし、彼はグレースとの生活を魔術師の詩人が書いた素敵な詩だと感じていた。

マンドヴィを越えて

エイブとグレースはその晩、マンドヴィ川で泳ぐことに決め、4時頃、川岸に着いた。観光客も多く、泳いだり、釣りをしたり、砂浜で遊んだりしている人もいた。グレースとエイブは上流に向かって、数人しか泳いでいない場所まで歩いていった。エイブはグレースから借りたショートパンツをはいていたが、彼にはきつかったようだ。グレースはカラフルなショートパンツに黒のTシャツを着ていた。

水は新鮮で、二人は並んで対岸まで泳いだ。マンドヴィ川がアラビア海に合流する河口からそれほど離れていなかったため、強い流れはなかった。泳ぐのは楽だった。グレースの動きは優雅でエレガントで、エイブは彼女のそばで浮いていた。

エイブはマラバールのアヤンクヌにある先祖代々の村の川、バラプーザで泳いだ経験がある。川を泳いでいる多くの若者たちが、自分たちから少し離れた対岸で水投げボールで遊んでいるのが見えた。

阿部

「はい、グレース

「私は池で泳ぎを習った。でも、川で泳ぐのは初めてだ。それでも、気持ちよさそうだ。水は冷たく、それでいて生き生きしている」とグレースは言った。

「川で泳ぐというのは特別な魅力がある。あの感覚は池では味わえない」と阿部はコメントした。

「その通りだ。池は人工的な水域である。川は自然であり、生命を運んでいる。川で泳ぐと元気が出る。マンドヴィ川は素晴らしい。もっと早く気づくべきだった。人生における多くの物事の本当の意味を理解するには時間がかかる。あるいは、何かに意味を見出すのがかなり遅くなってしまうこともある。それには経験が必要です」と阿部を見ながら説明した。

「グレースと対岸に着くと、エイブが言った。

二人は砂の上に仰向けに寝転がり、澄み切った空を眺め、手足を伸ばしてしばらく休んだ。その孤独は雄弁で、濡れた体から砂に染み出たペトリコールは魅力的だった。

「グレース、聞きたいことがあるんだけど？阿部は彼女に言った。

「エイブ、どういたしまして」。

"他人との関係をどう築くか？"

「その一人が切っても切り離せないと強く思わない限り、一人に投資してはいけない」とグレースはコメントした。

"それなら、なぜ私にそんなに投資するのですか？"阿部は率直だった。

「私があなただけに投資していることをあなたが観察するなら、あなたの直感は正しい。

阿部はしばらく黙っていた。彼はグレースを見たが、彼女は青空に浮かぶはかない雲の切れ端を数えているようだった。

「グレース、いつも冷静でいられるのはなぜ？

「利己的な人間に対してストレスを感じることはない。彼らはあなたの人生において問題にする資格はない。観察しないことで、あなたのために存在しなくなる」とグレースは言った。

阿部は再び沈黙した。

「エイブ、あなたが人生で学んだ最高の教訓は何ですか？

「人生の目的を作り、他人に何も期待しないことで、心配せずに生きることを学ぶ。自分の足で立つんだ。

「それは豊かなコンセプトだ。自分の足で立つことで、物事や人々に意味が生まれると信じている」とグレースは反応した。

「私たちは不完全な世界にいる。

「確かに、完璧なものなどない。もし私が完璧であれば、私はあなたを愛することはできない。なぜなら、私はあなたを必要としていないからだ。もしあなたが完璧なら、あなたは愛を必要としないし、何よりもあなたは存在しない。私たちの不完全さこそが、私たちの存在と強い絆の秘密なのです」と、グレースは阿部を見て言った。

〝私もそう思うよ、グレース〟

「水投げボールを取ってくるわ」とグレースがキオスクに向かうと、数分もしないうちにバスケットボール大の白いボールを持って戻ってきた。お互いにボールを投げ合い、相手がキャッチして投げ返せるようにした。エイブはグレースの限りない熱意に驚嘆した。彼女は叫び、子供のように手を叩き、楽しそうにボールに向かって泳いだ。グレースとプレーできたことは、この上ない幸せだった。アラビア海がマンドヴィ川に接する場所で、日が傾くまで遊んだ。そして歩いて家に戻った。

夕食後、グレースとエイブはヒンディー語映画の歌を数曲歌った。

翌週、2 人とも野菜市場で働いた。グレースとエイブは 1 日平均 300 ルピーを稼ぐことができた。エイブがグレースとの結婚 1 カ月を終えた日、ふたりは休暇を利用してサリム・アリ・バード・サンクチュアリに行き、ふたりの絆を祝うことにした。朝食後、彼らは水筒とチェス盤をバックパックに詰めた。

グレースとエイブはアグアダ要塞からバスに乗り、ゴアの首都である美しい小さな町パナジに向かった。彼らは迷宮を歩き回り、博物館、教会、寺院、古いポルトガルの別荘などを昼まで見学した。グレースは、エイブと一緒に歩き、町に点在する数々の魅力的な場所、特にマンドヴィ河岸を訪れることに喜びを表した。阿部はまるで人生で最も幸せな時を過ごしているかのように感じた。彼にとってパナジは何でもないが、グレースはすべてだった。

彼らは川に面したレストランで昼食をとったが、そのレストランには美しい庭があり、彼は庭にテーブルが美しく配置されているのに気づいた。観光客もいたが、グレースとエイブは他の人のことなど気にしていなかった。レストランの隅にある2人掛けのテーブルを陣取り、海老、チキンロースト、プラーオ、ベビンチャを堪能した。食事中、ふたりはたくさん話し、お互いの距離を縮め、表情豊かな目を見つめ合った。

昼食後、フェリーに乗ってバード・サンクチュアリに向かった。マンドヴィ川は素晴らしく見え、小さな船はゆっくりと進んでいった。グレースとエイブは手すりにつかまり、川の両岸のマングローブを眺めた。グレースはエイブのすぐ近くに立っており、彼女の息遣いを感じることができた。阿部は、フェリーが潮流の上をときどき揺れると、彼女の鼻が彼の頬に触れるのではないかと思った。細く、細長い眉毛、黒い瞳、紅い頬、形の良い愛らしい唇。彼女を抱きしめて胸に抱き、鼓動を感じたいと思った。彼女の同意なしには触れないと約束したのだから。

「グレース」と突然声をかけた。

"そうだよ、エイブ"

「何を考えているんだ？

「あなたのことを思っています」と彼女は微笑みながら言った。

阿部は笑った。

「今日、私はあなたとの１カ月を終えた。この１カ月で、あなたは私の人生に対する認識を一変させた。綿密に描いた多くのプランを書き直すことができた。あなたたちはたくさんの幸せ、一体感、一体感をもたらしてくれた」と彼は説明した。

「そうなのか？彼女はそう言った。阿部はその答えを聞いて、まるで質問のようにドキッとした。

「確かに、あなたはとても純粋な人間で、一緒に投資するのが大好きです。

"投資、何？"と彼は尋ねた。

「待っててね」と彼女は答えた。

エイブはグレースの近くに立つことを楽しんでいた。実際、彼女は彼と同じくらい背が高く、少し低いかもしれない。豊かな目、健康な体、健全な精神、鋭い知性。ジーンズにＴシャツ、茶色のキャップ姿のグレースはいつも美しく、魅力的だ。しかし、帽子をかぶっていない彼女は、非常にチャーミングではつらつとしていた。立ったまま、彼女の頬が知らず知らずのうちに彼の顎をさすっていたのだろう。グレース、愛しているよ」突然、エイブが心の中で言った。

フェリーの旅は終わってはならない。川、湖、海を通して世界中に広がってほしいと願っていた。それは彼にとって最高の経験であり、最高に高揚し、スリリングで、エキゾチックで、豊かな気分になるものだ。

「エイブ、見て、バード・サンクチュアリに着いたわ」グレースは穏やかな声で、まるで愛情を込めて彼の耳たぶを噛むかのように、彼の耳元で言った。

突然、グレースと別れるかのような悲しみがエイブを覆った。エイブは決心した。彼女への執着は強烈で、切っても切れない、反論の余地のない、切っても切れないものだった。エイブにとって、グレースは人生の重要な一部だった。彼女がいなければ、目的ある人生を送ることはできない。

「エイブ、私たちは桟橋にいるのだから、フェリーを降りましょう」とグレースは言った。

マンドヴィ川に向かって突き出た半島には、広大なマングローブがあった。他の観光客と一緒になりたくなかったので、彼らは森の奥へと続く細い道を歩いた。エイブはグレースの横を歩くのは難しいと思い、自分の前を歩くように頼んだ。森全体がコオロギの鳴き声、リスの金切り声、サルのおしゃべり、さまざまな鳥のさえずりで反響していた。

「この熱帯雨林の中にいるのは気持ちがいい」と、30分ほど歩いたあと、グレースは言った。

「緑が好きなんだ。魅惑的だよ」と阿部は答えた。

彼らは長い尾、鮮やかな羽、巨大なくちばし、赤、茶色、または黒っぽい櫛を持つエキゾチックな鳥を見つけることができた。近くの池には何百羽もの水鳥がいて、グレースとエイブはその一羽一羽をじっくり観察し、木の影に孔雀のカップルを見つけることができた。

そして池の近くの平らな岩の上に座った。

「エイブは、この美しい鳥たちの中でチェスをさせてくれた」とグレースは言った。

阿部は白と戯れた。1時間以上続いたエキサイティングな試合だった。彼らは何も話さず、チェス盤に集中した。結局、阿部はクイーンに支えられたルークでグレースをチェックメイト。手強い攻撃だった。グレースは最後の阿部の動きに驚いた。

「おめでとう、親愛なるエイブ。素晴らしい試合だった。とても楽しめたわ。

「ありがとう、親愛なるグレース。あなたは鋭く鋭い。

「エイブ、今日は君の日だ。あなたに敬意を表して、ヒンディー語映画の歌を歌わせてください」とグレースは言った。

″はい、お願いします、親愛なるグレース″

グレースは映画『*Guide*』の曲を歌った。エイブは歌うグレースを見て、グレースの気持ち、言葉、歌詞、音楽が自分の心に入ってくるのを感じた。

「グレース、とても上手に歌ったね」とエイブがグレースを祝福した。

「親愛なるエイブ、あなたのためだった。私が最も愛している曲のひとつだ。あなたがうちに来る前は、いつもどこでも歌っていた。あなたがここにいるのだから、歌う必要はない」。

それを聞いた阿部は大笑いした。しかし、心臓はドキドキしていた。彼は、グレースが長い間、未知の最愛の人を探してこの曲を歌い続け、そして今、彼を見つけたので歌うのを止めたと聞いて、高揚感を覚えた。

ところで、『ガイド』ではデヴ・アナンドとワヒーダ・ラフマンが主役だった。監督はヴィジャイ・アナンド、原作はR.K.ナーラーヤンの小説（*The Guide*）。*Gata Rahe Mera Man* の作詞はシャイレーンドラ・スィン、作曲はS.D.バーマン、歌はラタ

・マンゲーシュカルとキショール・クマールです」とグレースは曲の背景を語った。

彼らは再びフェリーでアグアダ要塞に向かい、帰路についた。エイブは、まるで水平線から赤いサクランボを摘み取ろうとしているかのように、マンドヴィ川を夕日に向かってフェリーを操る操舵手の姿を、畏敬の念を持って見つめていた。

「太陽も、空も、マンドヴィ川も、フェリーさえも、そのひとつひとつに存在があって、それを観察し、知ることに意味があるのです」とエイブを見てグレースは言った。

「私があなたを知ったとき、あなたは私のために存在し、私はあなたのために存在した。

「その通りだ。あなたが私を知っているときだけ、私はあなたのために存在する。それが私たちの人生の最大の秘密であり、私を知り、私に知られる人がいるはずです」とグレースは付け加えた。

「誰かを知れば、その誰かが自分になる。

「その通りだ。知ることは常になることだ。そして、何かになるとき、あなたは分離されたくない。自分を知っているその人から自分を切り離すことはできない」とグレースは言う。

「つまり、観察することとなることの間には違いがあり、なることはより深く、より高く、切っても切り離せないということですか？阿部が提案した。

「観察には欠けている愛着、感情的な一体感、絆がある」とグレースは言う。

"私たち 2 人がそうなっているという意味ですか？"と阿部は尋ねた。

「確かに。それぞれのために"グレースは微笑みながら答えた。

阿部は彼女の頬に夕日が反射しているのを見た。

グレースは常に普遍的なルールを人間関係に結びつけていた。彼女は個人的な絆を大切にし、それが永続的な幸福と満足感をもたらしていた。エイブにとって、グレースは唯一無二の存在だった。

帰り道、阿部は色合いの異なる大判のクラフトペーパーを 6 枚、水彩絵の具のチューブ、色鉛筆、筆を購入した。

"エイブの絵を描いていますか？"グレースは尋ねた。

「絵を描くのが好きで、特に肖像画が好きなんだ。

「あなたが絵を描いているのを見るのは大好きよ」とグレースは言った。

仕事から戻ったエイブは、6 週間にわたってグレースの肖像画に取り組んだ。夕食後、夕方の時間帯にベッドの上にクラフト紙を広げ、少なくとも毎日 1 時間は絵を描いた。グレースはバイザー付きのギリシア風フィッシャーマンキャップを被写体として、彼の近くに座った。美術は印象派風だった。肖像画の中のグレースの顔は自信と希望を漂わせ、幽玄な感情を発していた。絵が完成すると、エイブはそれを『茶色の帽子をかぶった少女』と名付け、タイトルの下に小さな文字でこう書いた：親愛なるグレースへ愛をこめて　。

絵が完成すると、エイブはその日のうちにグレースに肖像画を贈った。彼女は長い間キャンバスを眺め、阿部のサインにキスをした。

「エイブ、魅力的な絵を描いたな。とても貴重なものだから、ずっと手元に置いておきたい。大好きよ」とグレースは言った。

「気に入っていただけてうれしいです」と阿部はコメントした。

それから 15 日間、エイブとグレースは D'Souza の冷蔵倉庫で働き、その後 1 ヵ月間はレストランでカトラリーや皿を洗った。まるで切っても切れない友人のように、彼らはいつも一緒に旅をし、仕事をし、太陽の下で何でも話し合った。昼も夜も彼らを包み込み、さらに分かち合うことを楽しみにしていた。二人はお互いをより深く知りながらも、その存在のある側面については謎のままだった。過去や将来の計画について共有することはなかった。二人とも、それが議論すべき問題だとは思っていなかった。歴史も未来も存在せず、まるで現在しかないかのように。悩みも不安も夢もない生活だった。

エイブは肖像画を描き続け、グレースがその被写体となった。次の作品は『アグアダのチェス選手たち』と名付けられた。大きなポーンがクイーンを食べているのだ。その絵は非論理的に見えても、狼狽させるような、唐突で突拍子もない感じを醸し出していた。キャンバスの隅に、大きな頭、突き出た目、小さな胴体を持つ 2 人の人影が現れた。彼らは無意識のうちにチェスゲームの現実を作り出しているように見えたが、それをコントロールすることはできず、出来事を指示することもできなかった。強大なポーンは万能で、クイーンは偶然の産物だった。こうして絵は、人間が生きる世界の恐ろしい超現実を描き出した。

彼はその画像に*安倍として署名*し、その署名の下に安倍は「*親愛なるグレースへ愛をこめて*」と小さな手書きで書いた。エイブは仕事を終えるとすぐにグレースにそれを贈った。グレースはこの写真を手にして喜んだ。

「エイブ、素晴らしい絵だよ。あなたは有名になり、国際的なアイコンになる」とグレースは予言した。

グレースの言葉を聞いて、エイブは笑った。

「ありがとう、エイブ。一生大切にするわ。

「絵画は、人間とその創造物に関する驚きの環境を作り出す。チェスもまた人間の創造物であり、チェックメイトはその驚きを表現している。ここでは、チェスは人間の状況を象徴的に表しており、人間は自分の創造物の手先となる」と阿部は分析する。

エイブとグレースは地域組織の常連で、隣人たちとともにスラム街を掃除していた。入居者たちは、彼らの仕事と祝賀会を慕った。エイブとグレースは、結婚、新生児の命名式、その他家族や地域の祝賀行事に出席した。特にディーパーワリーやラマダンの日には、パーティは人々にとって欠かせないものであったからだ。子どもたちや若者たちは、彼らのスラム街の向かいにあるアグアーダ要塞に隣接する空き地で、クリケットやサッカーをしようと誘った。グレースとエイブは、イベントが休日や仕事のない日に企画されても、いつもそこにいた。

二人はいつも一緒にいて、話は尽きなかった。しかし、グレースとエイブは、まるでセックスが自分たちの生活の一部ではないかのように、セックスに関することを話し合うことはなかった。セックスは彼らにとって異質なものだった。しかし阿部は、なぜ彼女がセックスや日常生活におけるセックスの重要性について黙っているのか、しばしば不思議に思っていた。グレースを深く愛し、彼女と一緒にいることを楽しみ、彼女の自由を尊重し、平等を重んじ、女性としての尊厳を大切にしていることを、彼は何度も伝えたかった。しかし、彼は彼女を愛し、彼女と一緒にいることを愛していると伝えることを恐れていた。彼は彼女を抱きしめ、キスをし、セックスをするのが大好きだった。阿部はしばしばグレースの振る舞いに微妙な意味を感じ、彼女の言葉は記号に満ちていたが、実際の定義を読み解くことはできなかった。

エイブはグレースが思いやりのある人だと知っていた。同時に、彼女は自由、平等、尊厳を愛していた。グレースは、日々の活動の中心であるエイブの世話をした。

彼らはチェスを楽しみ、キングを守り、ポーン、ナイト、ビショップ、ルーク、クイーンを攻撃した。チェス対局の喜びはとてつもないスリルをもたらし、彼らはそれを分かち合った。阿部はグレースから多くの動きやスタイルを学んだ。それにもかかわらず、グレースは、阿部に積極的なプレーをさせるために、序盤でわざと負けたという阿部の推測を受け入れようとしなかった。

グレースはエイブを讃えるヒンディー語映画の歌を歌うのが大好きで、ベビーベッドの上に座り、壁に背中を支え、ベッドの端で足を伸ばすのを好んだ。阿部は彼女の前に座り、彼女と向かい合った。彼はいつも彼女の足と、グレースが最愛の人と結婚するときに外すであろう指輪のある人差し指を見ることができた。グレースは何百もの曲を知っており、彼女が歌う曲の関連する背景も知っていた。阿部は畏敬の念と驚き、そして愛と賞賛の念をもって彼女の話に耳を傾けた。

エイブがグレースとの6カ月を終えた日、彼女はシャールク・カーンとカジョールが主演する映画『*Kuch Kuch Hota Hai*』に彼を連れて行った。

「この映画を観るのは 2 度目だ。私はこの映画が大好きなので、皆さんに観てもらおうと思いました。私たちは、人生で最高のものを最も愛する人に贈るのが大好きだ。だからあなたは、とても貴重で、とてもユニークなあなたの絵を私にくれたのよ」と、劇場にいるときにグレースは言った。二人は隣の席で、エイブは彼女と一緒にいるのが大好きだった。彼女の手を握り、指を撫で、手のひらにキスをしたかった。彼はしばしば彼女に優しく触れ、彼女はヒンディー語映画のスターであり、絵画のテーマであり、チェスのクイーンであり、ラクダ乗りの仲間であり、遠征のパートナーであるとグレースに伝えようとした。マンドヴィ川で一緒に泳ぎ、砂漠や森を旅したかったのだ。

映画が始まると、グレースはエイブを見て、彼がそれぞれのシーンを気に入っているか、登場人物と一体感を感じているか、ストーリーを楽しんでいるかを判断した。

映画の後、二人はビーチレストランに向かって歩いた。エイブがグレースを見ると、彼女は微笑んでいた。

「エイブ、映画を楽しんでくれたかな？

「監督の仕事ぶり、撮影の素晴らしさ、ストーリーの魅せ方、俳優たちの魅力。この映画はすべての面で注目に値するし、何よりも希望を与えてくれる」と阿部は答えた。

「気に入っていただけてうれしいです」とグレースはコメントした。

「確かに」と彼は言った。

"私はこの作品が大好きです。なぜなら、登場人物の女性たちの深い感受性を表現しているからです。女性を理解し、その愛を大切にするには第六感が必要です」とグレースは映画を評価した。

「あなたは映画の核心に触れている」と阿部は感想を述べた。

「このストーリーは、女性たちが周囲の人々、その世界観、問題、願望、価値観、そして人生における焦点について理解することと密接に関係しています」とグレースはレストランに入りながら語った。

「阿部はこう言った。

「生前、ある愛妻が娘に手紙を書き、父親とその大学時代の友人との仲人役を依頼した。この女性は夫の気持ちや心理的ニーズを理解していた。夫の死後、彼女は夫が男やもめの人生を送るのではなく、女性の柔らかな感触を味わいながら、人生を満喫することを意識した。彼女はまた、夫が自分の死後に結婚すべきであると気づき、娘に父親の大学時代の友人が最高の人生の伴侶になると提案したのです」とグレースは語り、ストーリーを分析した。

「斬新でダイナミックな、いいテーマだった。女性の心理にとても近い」と阿部は答えた。

「それ以上に、この映画はシンボルとサインに満ちていた。自分の価値を理解し、経験するためには、特別な感覚が必要なのです」とグレースは料理を食べながら説明した。

「観客が考え、振り返る機会を提供する」と阿部。

「実生活と同じだ。言葉に込められた意味や、恋する女性の意図を理解する必要がある」と、グレースはエイブを見つめた。

エイブはグレースの唇の端に笑みを浮かべた。

小屋まで歩きながら、グレースは映画の曲を口ずさんだ。まるで自分の存在と阿部の存在を愛しているかのように、彼女の心は喜びに満ちていた。彼女は彼のすぐ近くにいた。

グレースとエイブは翌週、道路工事を請け負う業者と働いた。時給は 40 ルピーで、朝 8 時から夕方 5 時まで働き、午後は 1 時間の休憩が必要だった。最低 8 時間の労働が義務付けられていた。約 100 人の労働者が請負業者とともに働いていた。夕方、仕事が終わると、請負業者はグレースとエイブに、5 日働いた週明けにしか支払わないと告げた。グレイスは、5 日後にしか支払わないことを勧誘前に明かさなかったと話した。しかし、しばらく間を置いてから、彼女は今週いっぱい働く用意があると言った。そしてさらに 4 日間、彼と仕事をした。請負業者は週明けに 1,500 ルピーしか支払わなかった。グレースとエイブは請負業者に、契約書では 1 日 8 時間で 320 ルピーを支払うことになっているので、5 日間で合計 1,600 ルピーを支払わなければならないと告げた。しかし、請負業者は支払いを拒否し、1 日 20 ルピーが仕事を提供するための手数料だと言った。グレースとエイブは抗議し、請負業者が毎日 320 ルピーを支払っていることを示す登録簿への署名を拒否した。彼らが言うには、仕事を依頼する前にコミッションのことを伝えてくれれば、検討しただろうとのことだった。

業者は、最初にすべてを話す必要はないと答えた。業者の言い分を聞いたグレースとエイブは近くの警察署に行き、警部補にこの話をした。検査官が自分に向かってくるのを見て、その業者は 1,600 ルピーずつを机の上に置いたまま事務所から逃げ出した。金額を回収しながら、エイブとグレースは検査官に礼を言った。警察官はエイブとグレースに、どこにでもうさんくさい人物はいるから、そういう人たちと戦う必要があると言った。グレイスは、社会には立派な警部もいる、と答えた。

翌月、エイブとグレースはゴアの首都パナジで、与党の年次総会があったため、道路の掃除や清掃をした。全国各地から数百人の党員が集まり、2 週間以上にわたって党の政策や実績の評価、セミナー、懇親会などさまざまな活動を行った。道路、レストラン、バー、公共の場、寺院、売春宿は、夜の時間帯になるとパーティー関係者で溢れかえった。

時半ごろ、グレースとエイブがバス停でバスを待っていると、2 人の体格のいい政治家の男が近づいてきた。彼らはグレースの近くに立ち、彼女のジーンズ、T シャツ、帽子について攻撃的な発言をした。グレースとエイブは二人から離れ、バスターミナルの隅に立っていた。待機小屋にいた他の人たちは、彼らと政治家たちを見ていた。

「もしまた嫌がらせをしてきたら、私が何とかする。何もするな、動くな”グレースはそう言ってエイブを安心させた。

しばらくして、二人の男がグレースのところに行き、彼女の脇に立って肩でつつこうとした。

「やあ、チョッカリ」とグレースの帽子を取ろうとした。彼のもう片方の手は、彼女の胸の上に移動した。阿部は呆れたように男の仕草を見ていた。

彼の手が胸にかかると、グレースは左足で政治家の股間を蹴った。一瞬のうちに、彼女は右手で彼を引っ張ったので、彼は地面に平伏し、大きな音を立てて床に顔をぶつけた。すべてはほんの一瞬の出来事だった。

「このメス豚！」と叫んだもう一人のバンダナ頭は、グレースを平手打ちしようとしたが、一瞬のうちに彼も床に顔を打ちつけ、重い音を立てて倒れ込んだ。

そこに立っていた人たちは、まったく信じられない思いでその一部始終を見ていた。突然バスが現れ、グレースとエイブはバスに乗り込んだ。

「この政治家たちは、女性との接し方を学ぶ必要があったのです」とグレースは笑顔で安倍に言った。

阿部は畏敬の念と賞賛のまなざしで彼女を見つめた。

「どうやったんだ？

「簡単なことだ。そのような状況では冷静さを保つこと。あなたに対して不作法を働く者を注意深く観察しなさい。そして、強い気持ちになって、この状況を何とかできると考える。誰かに襲われたら、自分の足と手を最大限に使い、電光石火の速さと獰猛さで身を守る。ある女性から護身術の訓練を受けた。使うのはごくまれで、誰かが私の尊厳を脅かすときだけだ」。微笑みながらグレースは言った。

夕食後、彼らは寝る前にヒンディー語映画の歌をたくさん歌った。

しかし、エイブは眠れなかった。11時頃、彼はグレースに電話をかけ、彼女も眠っていないことに気づいた。

「もう少し歌いましょう」と阿部は提案した。

「確かに」と彼女は言った。

そしてベッドに横たわり、枕に頭を乗せて見つめ合いながら一緒に歌い、阿部は2、3曲歌ったところで深い眠りについた。

翌日、エイブはベッドにコーヒーを入れた。そしてグレースとエイブは並んで座り、コーヒーを楽しんだ。

「エイブ、ゴアの一部だけでも観光しようと思っていたんだ。

「それはいい考えだ。あなたと一緒に旅行するのが大好きです」と阿部は答えた。

「では、この土曜日に行こう。ツアーバスもある。チケットは2枚予約できるわ」とグレースは言った。

「確かに」と阿部は確認するような反応を見せた。

「でも、あなたは私の名誉あるゲストよ」とグレースは言った。

"毎日稼いだお金で何をするか?"と阿部が質問した。

「持っていなさい。すぐに必要よ」とグレースは言った。

「どうして?なぜ "すぐに " と言ったのですか?と阿部は質問した。

「人間は自分の置かれた状況に応じて、生活や行動を決定するものです」とグレースは微笑んだ。

「グレースの答えはエイブを心配させた。しかし、1 日も経たないうちに、彼はそのことを忘れてしまった。グレースは土曜日の観光バスのチケットを 2 枚予約した。

土曜日、朝食の後、準備が整った。バスはアグアダ・フォートから出発し、グレースとエイブはマンドヴィ川に面した隣の席に座った。エイブは川の青い水面にグレースの顔を映していた。

「エイブ、あなたとの旅はいつも楽しいから、このツアーのことをずっと考えていたのよ」とグレースは言った。

「私もあなたとの旅を楽しんでいますよ、グレース」。

阿部は彼女の柔らかな息づかいと、のびのびとした生き生きとした眼差しを感じた。彼女は恋をしていた。恋人はあらゆる障壁を越え、一体となることに充足感を求めた。エイブにとって、グレースのチャーミングな顔を見るのは楽しいことだった。しかし同時に、彼は彼女の表情に寂しさと言い知れぬ悲しみを感じた。そしてエイブは、なぜグレースは悲しみを感じるのだろうと考えた。

エイブ、私はあなたと一緒にいてとても幸せよ」と突然グレースが言った。

″あなたが私と一緒にいて幸せなのは知っているわ、グレース″

「私の幸せは、あなたと一緒に旅をしているからです。

エイブはすぐに、彼らのツアーは場所やモニュメントを見るためではなく、互いの心を巡り、互いの存在を体験し、永遠に一緒にいるための機会なのだと気づいた。

彼はグレースの手を取り、「グレース、僕も君を愛している、君を大切に思っている、永遠に一緒にいたい」と言いたかったが、彼女に心を開く勇気はなかった。エイブはグレースに、彼女の尊厳を尊重しない無神経な人間だと思われることを恐れていた。彼女は彼の愛の言葉を拒絶することさえできる、と彼は思った。彼は常に恐怖に引き戻され、彼女への愛を鮮明に表現することを抑えざるを得なかった。常に葛藤があり、心と頭が正反対の方向を向いていた。疑念や不安を打ち消すためには、それを乗り越えることが必要だったが、彼女に対する本当の気持ちを表現することが難しいことは理解していた。

別離の歌

二人の間には沈黙があった。グレースの愛は彼の想像力だとエイブは思った。グレースは非常に成熟した人だった。繊細でありながら、客観的で、状況や出来事の根本的な本質を分析することができた。阿部は、自分の想像や願望を彼女に帰することは不適切であり、不当であると判断した。彼は二人の関係の万が一のことを考えると気が気でなくなり、彼女から離れようと考えた。カラングートのバスターミナルで彼女と出会ったセレンディピティは、彼の人生を永遠に変えた。しかし、ある曇り空の朝、彼は彼女に黙ってどこか遠くへ、おそらくヒマラヤへ、僧侶になるために姿を消さなければならない。ベッドでコーヒーを飲もうと起き上がると、彼がいない。彼女はベビーベッドの下、浴室、家の外、地域社会、そしてアグアダ要塞を探し回った。不安を感じながら、彼女はシングエリムの浜辺やアラビア海の波打ち際で、多くの苦しみと悲しみを抱えながら彼を探した。かわいそうなグレース。いや、彼女を深い苦悩に陥れることはないだろう。彼は彼女を置き去りにはしなかった。彼女が自分を愛していないから、未知の土地に行くのだと言って、彼女のもとを去ったとしても、彼はそのことを彼女に知らせるだろう。

いや、彼は彼女が自分を愛していないとは言わないだろう。それは彼女の気持ちを傷つけ、彼女の愛しい心に痛みをもたらすかもしれない。だから、彼はどこかに行くと言って、彼女と一緒にいるのが嫌だった。いや、彼は彼女と一緒にいたくないとは決して言わないだろう。そんな辛いことを言うと、彼女は泣いてしまうだろうから。ヒマラヤに行き、そこで世俗を捨て、洞窟で何年も瞑想すると。彼の周りには茂みや植物が生い茂り、鳥はその枝に寄り添い、動物たちはやって来て、永遠に彼のそばに留まるだろう。そして、彼は仏陀になるだろう。

しかし、彼は彼女の心に痛みを与えてはならない。グレースはいつまでも泣き続け、あちこちさまよい歩くだろう。チェスをする相手もいなければ、古いヒンディー語の歌を歌う相手もいない。阿部は、ベッドでコーヒーを一緒に飲める相手がいなくなることを残念に思った。

阿部はグレースを見て、荒々しく苦しい思いをしたが、彼女の目が輝いているのを見て驚いた。そして突然、阿部を見て彼女は微笑んだ。

「エイブ、外出を楽しんでいるか？と彼女は質問した。

"確かに、これは魅惑的な旅だ。そして、あなたは私と一緒にいて、私を鼓舞してくれる」。

阿部はマンドヴィ川を行き交うフェリーが船員で溢れかえっているのを見た。

「ほら、みんな旅をしている。それぞれに目的地がある。人々は大切な人を連れているか、あるいは待っている。人はいつも、愛する人たちと人生を大切にする旅をするのが好きなんです」とグレースはエイブを見つめた。

「あなたはいつも、人生における親密な関係について話している。あなたの話を聞けてうれしいわ、親愛なるグレース"

「人生とは人間関係であり、人生を共にしたいと思う相手との親密さである。人生とは、深い愛着を持ち、共に生きることです」とグレイスは強調した。

「引きこもりにはなれない。孤独な人生は送れない。自分の人生を分かち合いたくないなら、人生に意味はなかったんだ」。

「私もそう思うよ、エイブ。あなたは豊かなアイデアと生き生きとしたコンセプトを持つ人だ。少し内向的ではあるけれど、あなたは純粋に物事を考え、思ったことを口にする。

「率直だね、親愛なるグレース。自分が外向的でないことは分かっている。時々、私がオープンでないことは分かっている。でも、あなたのような憧れの女性と恋に落ちることはできる。私は、彼女の自由と平等を尊重し、彼女と一緒に尊厳ある生活を送れることを知っている」。阿部は断言した。

グレースは驚いて彼を見た。阿部は初めて、自分の気持ち、心の価値観、そして人生の伴侶となる人について語った。彼の言葉は的確で、意味を含んでいた。

突然、彼らはボム・イエス聖堂に到着した。堂々とした建造物で、何百人もの観光客が建物の複雑な細工をつぶさに観察していた。エイブとグレースはゆっくりと中に入っていった。祭壇の左側には、聖フランシスコ・ザビエルの遺影があった。

「ザビエルは、インドと中国にキリスト教を広めることに大きな貢献をしていました。

キリストの『行って宣べ伝えよ』というメッセージに触発されて、ザビエルは長い旅を始めたのです」と阿部は付け加えた。

「コミットメントがすべてを変え、人生に意味と目的を与える。それがなければ、ただ世界中をさまよって、何も探し求めることはできない」とグレースはコメントした。

エイブはグレースを見た。彼女はフランシスコ・ザビエルの遺体が納められた棺を見ていた。

「これは歴史的事実だ。しかし、もしザビエルが現代に生きていたら、彼の説教は無駄に終わっただろう。最近の人々は、そんな説教を聞いている暇はない。それに、宗教はその意味を失っている。ほとんどの宗教は生き残るのに苦労している。

「キリスト教だけでなく、神への信仰に基づくすべての宗教は、無意味な努力になっている。すべての知的な人々は、幸福で満足のいく人生には神が不可欠ではないことに気づいている。宗教や神がなければ、人生はより有意義で平和なものになる」とグレースはコメントした。

「人間と神をどう区別するのか」と阿部は尋ねた。

「神と比較すれば、人間は現実のものです」とグレースは答えた。

「私もそう思うよ、グレース。人間は人生の目的を作ることができるが、神にはそれがない。その昔、神を礼拝することが人生の主な目的だった。今では、礼拝は人生の否定であり、逃避であることが明らかになっている。だから、私たちは神を歴史のゴミ箱に捨ててしまったのだ」。と阿部は分析した。

「最高の価値とは、愛と結びついた信頼である。その人への信頼が深まる。愛と信頼には固有の尊厳がある。尊敬し、愛する人を信頼する。とてつもない自信を与えてくれる」とグレースは説明した。

"私を信頼していますか？"突然、彼女の目を見て阿部は尋ねた。

「私のベッドで一緒に寝ましょう。そんなことをする人はこの世にいない。私があなたにしたことは、信頼の最高の見本だった。私は純情ではなかったし、あなたを惑わすつもりもなかった」とグレースは言った。

「グレース、グレース」とエイブが呼んだ。

「グレースはエイブの目を見て言った。

〝決して、決して〟

「私もあなたを騙そうと思ったことはない」とグレースは言った。

〝やっぱりね、絶対無理だよ〟

「容認できない行動には意味がない。狡猾さ、策略、欺瞞、詐欺的行為はあまりにも一般的だ。しかし、それらはすべて、望まぬ悲しみや不幸を生み出すものです」と、グレースはエイブを見て言った。

彼女の言葉には陳腐さや平凡さはなく、阿部はそれを知っていた。

〝あなたへの信頼は絶対です、親愛なるグレース〟

「つまり、エイブ、あなたは私を信頼しているということですね」とグレースは言った。

〝私はあなたを崇拝しています。〟突然の反応に、彼の言葉は稀に見る自信を爆発させた。

グレースはしばらく彼を見つめ、触れずに耳元で言った：〝私もよ〟

「音楽が聞こえてくるようだ」と阿部は答えた。

さあ、次のモニュメントに行きましょう」前を向いて歩きながら、グレースは言った。

彼らは *サンタ・カタリーナ大聖堂* を訪れた。荘厳な建物だった。

ほら、この建物を建てるためにどれだけの人が苦労したことか」と安倍首相。

「しかし、彼らは皆、生活賃金を受け取っていたかもしれない。仕事の創出は発展の証であり、何千もの家族が飢餓や貧困、非識字、不健康から逃れる助けとなる」とグレースは語った。

「しかし、搾取はあってはならない」とグレースを見ながら阿部は言った。

「賃金は、一次的、二次的ニーズといった日常生活に必要な費用と、国民の生活水準に見合ったものでなければならない」とグレイスは分析した。

「これらの建造物は当時、人々に仕事を提供するために必要だった」と阿部はコメントした。

「その通りだ。しかし最近では、教会もモスクも寺院も必要ない。学校、大学、病院、プライマリー・ヘルスケア・センター、銀行、コンピューター・センター、研究所、産業が必要だ。私たちは時代に応じて変化する必要がある」とグレースは明言した。

「エイブはグレースにこう尋ねた。

"私は以前、自分の周りのすべてのことを考え、分析していた。毎日が私にとって新しい学びの機会だ。私は観察し、実践することで学ぶのです」とグレースは声明を出した。

彼らはすでにアッシジの聖フランシスコ教会の中庭にいた。

「私はアッシジのフランチェスコを尊敬しています。彼は偉大な環境保護主義者だった。

「彼は鳥や動物、草木と友好的だった」と安倍首相は声明を発表した。

「フランシスは共感力に富んだ人だった。自分自身を扱うのと同じように他人を扱う人々が必要なのだ。人間は一次的な欲求と二次的な欲求、愛とケア、保護と尊厳ある待遇を求めている。動物、鳥、植物、木々、川、山、森、渓谷、サバンナは、人間の生活に欠かせないものです」とグレースは詳しく説明した。

「考え方が違う。あなたは内なるビジョンを持っている。

「パンのみにて生きるにあらず。私はその原則を信じている。

グレースとエイブは庭に座り、ミツバチ、スズメ、ミンナ、リスがそこにいた。グレースは、動物や鳥、匍匐茎や木々、川や山、そして自然の中での人間の居場所について歌ったヒンディー語映画の歌を歌った。

「どうやってあんなにたくさんのヒンディー語映画の曲を覚えたんですか」と阿部は質問した。

「子供の頃からヒンディー語の歌に夢中だった。私は 5 分以内に曲を暗記することができた。それは天賦の才能で、私はそれを開花させたのです」とグレースは言う。

「知っている曲は何曲ありますか?

「100 人かもしれない。どの曲も違った経験を与えてくれる。そのほとんどは純粋なロマンスと別離だ。しかしそれらは、愛、ノスタルジー、穏やかな悲しみ、喜び、高揚感といった別世界へとあなたをいざなう。これほどバラエティに富み、聴く者の心を奪うような歌は、他の言語にはないでしょう」とグレースは答えた。

バスでゴア中心部のスパイス農園を訪れる前に、グレースとエイブはマウントの聖母教会と サンタ・カテリーナ教会を訪れた。バスは起伏のある丘陵地帯を通り、草木が生い茂り、小さな農場が広がる牧歌的な風景を抜けていった。景色は壮観だった。

「人間は環境を守らなければならない。

「バスから眺める牧場や森林のパノラマが目を引きます」と阿部はコメントした。

「しかし、ゴアには採石場や鉱山がいくつかあり、環境の均衡を徐々に崩していくかもしれません」とグレイスは言う。

エイブは驚いてグレースを見た。グレースは、人間社会、環境、存在に関わるそれぞれの問題に対する考え方が、他の人とは大きく異なると考えていた。

「阿部は彼女に言った。

「と彼女は答えた。

「どうして？阿部は知りたがった。

「私はいろいろなことが違う。人を信頼すること、人と働くこと、愛を表現すること、そして人を評価すること。"彼女の言葉は客観性と自信に満ちていた。

「君は変わっているね、グレース。

「あなたが私を知っているからこそ、私はあなたを信頼し、一緒に働き、一緒に旅をし、一緒に暮らすことができるのです」とグレースは言った。

「この関係を続けたいですか」と阿部は質問した。

「どうして？私はそれがいいことだと思うし、幸せを感じる。

スパイス農場は数百エーカーの土地に広がっていた。さまざまなスパイスやココナッツ、ジャックフルーツ、マンゴー、アレカナッツ、バナナなどの果樹があった。小さな小川が丘の周りを蛇行し、農場内のあらゆる生命体の永遠の渇きを癒し、驚くべき緑と活力を生み出している。その岸辺にある小さな小屋やキオスクは、竹やコイヤーのロープで建てられ、藁や乾燥したココナッツの葉で葺かれている。農場内にはたくさんの小道があり、観光客は歩いて自然の美しさを楽しむことができた。訪問者にとっては実に見事な光景だった。ガイドが彼らを案内し、農場内のいくつもの小川には小さなアーチ橋が架かっていた。グレースとエイブは3時間ほどかけてジグザグ走行を終え、それを楽しんだ。農産物を使った様々な料理が並ぶ豪華な昼食が彼らを待っていた。

彼らが最後に訪れたのは、丘の上にある荘厳なマンゲシ寺院だった。寺院群にはガネーシュとパールヴァティーの祠が併設されており、何百人もの信者が寺院や祠の中で礼拝を行っていた。

帰りは快適だった。グレースはエイブのために多くのヒンディー語映画の歌を歌い、エイブもグレースと一緒に歌った。エイブは、グレースがなぜ別れの歌を歌うのか不思議に思っていた。

"最近、テーマ発進の曲が増えたのはなぜですか？"阿部は彼女に尋ねた。

「実際、愛の後には必ず別れがある。愛の喜びは、離れることによってのみ実現する。しかし、別れを経験するには忍耐が必要だ。邪魔されたり、慌てたりしないように、また甘い結合を待つといいわ」とグレースはエイブを見た。

「しかし、それは悲しみ、言いようのない痛みを生む」と阿部は言った。

「別れは愛に不可欠な要素だ。別れがなければ愛は存在しない。愛はそこになければならない」とグレースは説明した。

"心に苦悩は生じないのか？"と阿部は尋ねた。

「確かに、別れを思うと胸が張り裂けそうになる。あれがなければよかったのに」とグレースは言った。

エイブはグレースを見て尋ねた：「まだ痛みますか？

「確かに、押しつぶされそうな苦しみがある。でも、勇気と大胆さをもってそれを経験し、味わわせてください」とグレースは言った。

しかし、エイブにはグレースが語ったことの本当の意味が理解できなかった。彼は、彼女が歌う歌に隠された意味合いがあるのではないかと考え、グレースはそれが何なのか教えたがらなかった。彼はまた、グレースがしばらくの間沈黙し、しずかに心配していることに気づき、エイブはグレースの不快感と沈黙を悲しく思った。理由はわからないが、グレースの心が痛んでいることを受け入れるのは、彼にとってあまりにも大きなことだった。それは概念かもしれないし、感情かもしれないし、思考かもしれないし、恐怖かもしれないし、出来事かもしれない。

阿部にとって、グレースとの生活は 9 カ月目に入った。そして 2 週間、彼らは建設現場で働き始めた。仕事はかなり重労働で疲れるものだったが、請負業者が毎日 325 ルピーを支払ってくれたので、賃金は上々だった。帰ってくる間、彼らは何日も市場で新鮮な魚や野菜を買った。そしてまた、グレースが悲しげでもなく、黙っているのを見て、エイブは幸せな気分になった。エイブは、料理、洗濯、家の掃除など、家事全般をこなすことに特別な喜びを感じていた。毎月実施されるコミュニティ組織のプログラムは、素晴らしいイベントで楽しかった。グレースとエイブは、スラム街の清掃作業や懇親会、文化プログラムに参加した。ダンス、歌、ティーパーティーは続き、彼らの生活の一部となった。

毎日たくさんのチェスが行われている。ヒンディー語映画の歌を歌うのは夕食後の恒例行事で、エイブはグレースが歌うすべての歌を一緒に歌うのが大好きだった。しかし、彼は惨めな気持ちになった。一緒に歌っているときにグレースの肩に手を回すこともできず、朝起きたときに彼女を抱きしめることもできなかった。阿部は、チェスに勝った後、彼女の美しい頰にキスをすることも、人差し指にある銀の指輪に触れて感じることもできないことを不憫に思った。グレース、僕は君を愛している、君と結婚したいんだ。しかし彼は、彼女に触れ、ハグし、キスし、セックスできるときが来ることを知っていた。

ある晩、エイブは新しい肖像画を描き始め、グレースがその題材となった。表現主義のスタイルだった。キャンバスには３人のグレースが描かれ、１人は高揚した感情を抽象的に表現している。２枚目は、グレースが心の底からの悲しみを表現している比喩的なイメージだった。３作目では、グレースが別離の際に好きだった歌を歌う。阿部は、この３つの図すべてに、被写体の精神構造を投影しようとした。個人的な感情表現がキャンバスを埋め尽くした。壮大な色彩が、鮮烈な感情反応、大脳の脆弱性の両極化、人の中の葛藤の激しさを描き出した。３人の人物のダイナミックな構図を通して、この絵は人間が自分の環境をコントロールできないことを映し出した。

阿部は絵を完成させるのに約１カ月かかった。この作品に与えられたタイトルは「*The Trinity（三位一体）*」。エイブがサインしたんだ、*エイブ*。そしてサインの下には小さな文字でこう書かれていた：愛をこめてグレースへ。ディナーの後、エイブはグレースに絵を贈った。彼女はその写真を前の２枚と一緒に壁に掛けた。

「親愛なる安倍さん、*トリニティ*をありがとう」と彼女は言いました。

阿部はグレースから感謝の言葉を聞き、喜びを感じた。彼女は完全に客観的だった。しかし、現実は分析的であったため、絵に与えられた価値は主観的なものであった。

家の掃除を終えたグレースは、エイブに敬意を表してヒンディー語映画の歌を歌った。今回のテーマは「愛」、つまり少女から少年への愛だった。少年は王子であり、少女は王の軍隊の兵士の娘であった。彼女は彼との結婚を強く望んでいた。王子は、父の王国にそのような少女がいたことを知らなかった。しかし、彼女は王子に会い、彼は彼女のために生きていた。エイブはグレースに、一緒に歌えるようにもう一度歌ってくれと頼んだ。

「愛は時として、その目的を達成することはない。

「とグレースは答えた。

「どうして？と阿部は尋ねた。

「愛とは感情であり、さまざまな段階、色合い、色彩がある。ゴールにたどり着けるかどうかは、あなたの愛がどの段階にあるかによるわ」とグレースは答えた。

「しかし、恋人たちがどのステージで愛を育むかは自由だ。

「彼らは自由だが、恋人たちのレベルは同じではないかもしれない。ある人は最初の段階にいるかもしれないが、もう一人はすでに頂点に達しているかもしれない」とグレースは説明した。

「と阿部はコメントした。

「この対立が心を痛める原因だ。恋人同士がどのような段階にあるのか、相手の精神段階を知らずに、約束を果たすのは難しい。到達不可能な状況や目標を想定しているかもしれない」とグレースは言う。

「でも、恋人たちがどの次元にいるのか、どうやって確かめるんですか？

「それは難しい仕事だ。恋人が現れる分岐点は、その人の生い立ち、情緒の安定度、心理的成熟度、欲望の強さ、そして目標志向によって決まります」とグレースは説明する。

エイブは驚いてグレースを見た。彼女はすべてを知り、すべてを分析する、

「あなたの分析は的確だ。

「分析は、その人の心の中にある感情や苦悩と同時に行われる必要がある」とグレースは反応した。

その通りだ。知っているようで知らない。

「でも、知ることは存在すること」とグレースは力説した。

「どうして？と阿部は質問した。

「自分が恋をしていることを知ると、相手になりきることができる。でも、相手は自分のように進化しないかもしれない。相手が恋する人の必要性を知らないかもしれないから」とグレースは説明する。

「あなたにとって、あなたとあなたの愛は同じということです」と阿部は声明を発表した。

「相手が同じ波長で応えてくれれば、衝突することはない」とグレースは答えた。

「それは理想的だ」と阿部は言った。

「確かに、それが究極のステージだ。それを超えるものは何もない。一体感は切り離せない。恋をしている人たちは、そのステージに到達するために取っ組み合いをする。すべての闘いは

その一体感のためにある。究極的には、すべてはひとつなのです」とグレースは哲学的だった。

阿部はグレースのコメントを聞いてまた驚いた。

"グレース、どうやってそんな知恵を蓄えたの?"阿部が尋ねた。

「エイブ、それは人々を観察し、彼らとともに働き、分析し、個人的に内省することから生まれる。

"知識は分析的である"阿部は解釈しようとした。

「そう、知識は分析的なものだ。しかし、それは他の何かの現れでしかない。ベースや対象がなければ、知識を創造することはできない。つまり、知識は純粋に客観的なものでもなければ、純粋に主観的なものでもない。つまり、知識とは解釈なのだ。愛は知識のようなものだ。私たちはそれを解釈し、そのさまざまな段階を理解する必要がある。そのセグメントを決めるのは我々だ。愛は究極の観察の到達点である。しかし、私たちは愛を成長させ、人生として開花させる必要がある。そうでなければ、停滞してしまう」とグレイスは分析する。

「あなたにとって、人生としての愛と経験としての愛、どちらが顕著ですか」と阿部は質問した。

「人生としての愛と経験としての愛は共存する。しかし、愛を知るためには、それを解釈する必要がある。愛を分析することなしに、それを理解するのはむしろ面倒なことだ。最愛の人と恋人の間の愛のあらゆる段階において、両者は常にそれを解明している。この釈明は、人生の多様な段階にほかならない。意識的な努力ではないかもしれないが、無意識でもない。つまり、愛とは人生であり経験であり、それらは同時に同居しているのです」とグレースは詳しく説明した。

「我々はそのような分析の産物なのだろうか？と阿部は質問した。

「確かに、人間の存在そのものが分析的だ。知識の習得は生存戦術の不可欠な部分であり、純粋に説明できる。私たちは状況や出来事を解釈し、それに応じて行動し、反応する。

「つまり、愛とは生きることなのですね」と阿部は言った。

「愛は分析的なものであるだけでなく、経験された感情であり、現実でもある。だからこそ、それは人間にとって不可欠なものになる。愛がなければ生きていくことは難しい。それは人間の総合的な経験の内なる核心であり、感情や情緒をもって他の人間と深い関係を築くことである。愛があるからこそ、人は関係を断ち切ることが非常に難しいと感じる。こうして、個人の思考パターンや性格全体が愛の産物となる。そのせいで、恋人同士が別れると死ぬまで泣く人もいるのです」エイブを見てグレースは言った。

「では、なぜ別居を？と阿部は尋ねた。

「それは人間が経験する葛藤だ。私たちはそれを実存的不安と呼ぶことができる」とグレースは言う。

グレースの言葉を聞いて、阿部は長い間黙っていた。

グレースは次の週もずっと悲しげに黙っていた。エイブはグレースを見て胸を痛めた。グレース、何があったんだ？なぜ悲しいの？自分の問題について話してみたらどうだ？阿部は彼女に聞きたいことがたくさんあった。しかし、そんな質問をしたらグレースが惨めになると思った。

ある土曜日、エイブは朝食を作っていた。グレースがやってきて、彼のすぐそばに立った。フライパンを立ったまま食べ始めた。エイブはグレースの目が濡れているのを見た。

「グレース、落ち込んでいるようだね」とエイブが言った。

「悲しく、心配です」とグレースは言った。

「何について？と阿部は質問した。

「私は人生で最も苦しい決断をしようとしている。

「その決断が何なのかは聞いていない。あなたが不幸になるのを見ると、胸が痛みます」と阿部は言った。

「エイブ、私の気落ちのせいで苦しい思いをさせてしまって、本当にごめんなさい」とグレースは言った。

阿部はそれ以上の質問をしなかった。グレースが内面に大きな葛藤を抱え、個人的な決断に苦しんでいることを彼は知っていた。

「エイブ、今晩はパナジで食事をしよう」とグレースはエイブに言った。

「特別な日とは？

「ここで 9 カ月を終えたばかりだと気づかなかったのか？グレースは笑顔で答えた。

「どんな些細なことでも覚えているのね、親愛なるグレース。

「私は、あなたと私の間に起こったすべてのことを思い出すのが大好きです。そして、私はそうした出来事を大切にしている」とグレースはコメントした。

阿部は微笑んだ。

「ズボンと長袖シャツにネクタイを締めてください。

「そんなに盛大なことなんですか？と阿部が質問した。

「あなたとの時間はいつも素晴らしい。将来、ひとつひとつを思い出すのが好きなんだ」とグレースは声明を出した。

「でも、そんな未来になるのが好きなんだ」と阿部は笑顔で言った。

「確かに、他に誰もいないが、しばらく一人で待つ必要がある。そして一緒に未来を作ろう」とグレースは言った。

エイブはグレースの目が光に満ちて輝いているのに気づいた。しかし、彼は彼女が話した文脈を把握することができなかった。彼女が発した言葉の意味さえ、異なる意味合いを持っていた。

グレースは、赤みがかったグリーンのゴッサムを使ったカンジプラムのシルク・サリーと、同じ色の組み合わせと質感のノースリーブ・ブラウスを着用した。黒髪のショートヘアが耳たぶに触れる。そして彼女はエレガンスと自信を漂わせていた。グレースは、彼がこれまで会った中で最も魅力的な人物であり、エイブはそれを確信していた。

「エイブ、元気そうだね。大好きよ」とグレースは言った。

「とても素敵よ、グレース」。

タクシーでパナジに向かった。

「パナジに到着したとき、「私は町の一番上のレストランを 2 席予約しておいた。

2 人掛けのコーナーテーブルが用意され、2 人は向かい合って座った。

「この日を何カ月も、実際には何年も夢見ていた」とグレースは言った。

「何年も？阿部は驚いた。

「エイブ、女の子には夢があるんだ。人生で出会った中で最も魅力的な人物と食事をしたいという願望。私にとって、あなたはその人です」とグレースは笑顔で言った。

「光栄に思う」と阿部。

料理は美味しかった。そして、グレースがフォーク、ナイフ、スプーンを優雅に扱っているのを見て、エイブは驚いた。

エイブはグレースを見て、彼女の外見を気に入った。彼は彼女の目、鼻、唇、頬、顎、耳、頭、髪を見た。彼女の手は魅力的で、指が絶妙に美しかった。グレース、愛しているよ。私があなたを愛しているのは、あなたが驚くべき威厳、比類なき勇気、永遠の気品、見たことのない成熟、無限の愛、想像を絶する信頼を備えた偉大な女性だからです。あなたとともに人生を送ることは、充実した経験になるでしょう。阿部は心の中で言った。

「エイブ、あなたには魅了されるわ。まったく落ち着いていて、決して傲慢にならず、常に他人とその意見を尊重し、知的で、思いやりがあり、啓発的で、威厳がある」グレースは微笑みながら言った。

「あなたの経歴について何も知らないけれど、私はあなたに会えて幸運だった」と阿部は言った。

「他人の背景は知らないほうがいい。私も、あなたの前例を詮索することはない。私が人を愛するのは、経歴でもなく、外見でもなく、言葉や約束でもなく、その人の尊厳です」とグレースはコメントした。

「グレース、あなたに対する私の尊敬の念は、いかなる基準も超えている。無条件です」と安倍首相。

「肯定的な関係とは、個人的に何かを期待することはなく、どんな事態も受け入れる必然性がある。愛する人や出来事によるショックや突然の痛みに、あえて耐えているのです」とエイブを見てグレースは言った。

エイブはグレースを見た。愛する人や *出来事によって 引き起こされるショックや突然の痛みとは*何なのか？彼は彼女の言葉を振り返った。

エイブとグレースはレストランで 2 時間ほど過ごし、通りを歩いた。彼らはパナジの隅から隅まで知り尽くしている。何百人もの若者たちがどの通りでも抱き合い、キスをしていた。マンドヴィ川のほとりの木々が街灯に照らされて幻想的に見え、その影が巨大な傘のように若い恋人たちのプライバシーを守っていた。それぞれの分岐点では、音楽家たちが単独で、あるいはグループで、中世ポルトガルの王子や王女にまつわるラブソングを歌った。女の子たちは音楽に合わせて踊り、立っている人たちは輪の真ん中に広げられたシートの上にコインを投げた。乙女たちの腰に巻かれた鈴はジャラジャラと鳴り、彼女たちの裸のお腹は柔らかな色に塗られていた。ギターとヴァイオリンが主な楽器で、ミュージシャンたちはそれらを上手に演奏していた。

グレースはヴァイオリンを弾く女性の近くに立ちながら通貨を投げた。彼女は一人で、音楽は哀愁を帯びたものだった。彼女は失われた愛、永遠に消えてしまった恋人との失敗した関係を演じていたのかもしれない。ヴァイオリニストは鮮やかな花があしらわれたスカートをはき、緑色のシミーズには金色の糸がみぞおちに向かって垂れ下がっていた。

別の交差点で、グレースは踊り子の手のひらにいくらかのお金を渡した。彼女はダンスを止め、グレースを見た。彼女の鼻の横には小さな石が光っていた。

「ありがとうございます。「ご厚意に感謝します」と彼女は付け加えた。

「音楽もいいし、踊りもよかったわ」とグレースは頭を下げた。

アラビア海のはるか彼方に、何百もの光に覆われた船があった。

グレースとエイブは、愛、一体感、充実感について語り合った。彼らは熱心にお互いの話に耳を傾け、相手と一緒にいることが大好きだった。

家に着いてから、2人はチェスを2局した。そしてグレースは、阿部と向かい合う椅子に座りながら、ヒンディー語映画の歌を何曲も歌った。そして、彼らが眠りについたのは真夜中だった。グレースは朝6時頃、ベッドにコーヒーが用意されるとエイブを起こした。朝食には、オムレツ、トースト、野菜カツレツ、おかゆが用意された。二人は再びコンロの近くに立ち、フライパンで食事を始めた。彼らはその方が魅力的で快適だと感じたようだ。そこには、一体感や温かさを共有する独特の方法があった。グレースはチーズ入りのトーストを何度もエイブの口に入れ、この味を気に入るだろうと言った。阿部はそれを気に入っただけでなく、高く評価していた。彼女の存在は、彼がこれまでに経験したことのないほど親密で、愛情深く、居心地のいいものだった。説明のしようがないほど賞賛していた。

皿洗いと家の掃除を終えたグレースは、エイブに近づき、彼の前に立った。

「エイブ」と彼女は呼んだ。

「と彼は答えた。

「彼の目を見て、彼女は言った。

阿部は立ちすくんだ。彼は一瞬、彼女が何を言っているのか理解できなかった。阿部はショックを受け、自分の反応を表現する言葉がなかった。数秒間、彼は黙ってじっとしていた。

〞グレース！〞と低い声で呼びかけた。

「はい、親愛なるエイブ。もうお別れだ。愛と信頼に感謝します」とグレースは短く言った。

彼はどう反応していいかわからずに彼女を見ていた。

「あなたが贈ってくれた 3 枚の絵を持っていく。私は何も持たずに来ました。今はこの貴重な贈り物だけを持って帰るのです」。

「行くのか？本当に？

「そうだよ、エイブ。このキャップは手元に置いておいてください。グレースは茶色の帽子を渡しながら言った。

阿部は彼女からそれを受け取り、じっと立っていた。彼は何の感情も表さず、グレースが家から出て行くのを見送った。彼は彼女を見て、アグアダ要塞の半円形に向かって歩き、姿を消した。

最愛の人

エイブは孤独、悲しみ、喪失感を感じた。玄関先に 1 時間ほど座っていたが、何も考えることがなく、頭の中は真っ白だった。虚空を見つめながら、彼は拳で床を叩き、自分自身に怒りを覚えた。

家に鍵をかけた後、バスターミナルまで歩き、グレースを探した。バスは 4 台あり、阿部はそのすべてに乗った。"グレース、彼から電話があった"が、誰も応答しなかった。チケット売り場には数人の乗客しかおらず、ほとんど空っぽだった。彼の心は不安と失望で沈んだ。

「どこへ行ったの、親愛なるグレース」と彼はつぶやいた。

ビーチに向かって歩いていると、カヌーもなく沖は暗く見え、カラングートでの最初の日を思い出した。もう一度、彼女の話を思い出した：「心配しないで。一晩泊めてあげるから、バス代をあげるから、あとで返して」。阿部は心の中で言った。

ビーチで阿部はしばらく歩き回っていた。彼は 25 隻近いボートの後ろにいるグレースを探し始めた。突然、彼女の呼ぶ声が聞こえた：「エイブ、エイブ」彼は声のした場所に駆け寄った。エイブは彼女の声、愛するグレースの甘い声を思い出した。「エイブ、私はここに隠れている。"グレース、愛するグレース、どこにいるの？"彼は叫んだが、何の反応もなかった。彼の声が海の波に混じって反響するのが聞こえた。ビーチは閑散としていて、漁師はひとりも見当たらない。この日は日曜日で、彼らにとっては休日だった。

「グレース、隠れてないで出てきなさい。申し訳ないと思っている。出てきてください」彼の声には不安と恐怖がにじんでいた。ビーチは彼にとって未知のものに見えた。野良犬たちは彼を追いかけて走り、エイブは恐怖に包まれ、濡れた砂の上に倒れ込んだ。強大なアグアダ要塞が彼の顔に立ちはだかり、犬たちが威嚇するように彼の周りを取り囲んでいた。自制心を取り戻した彼は飛び上がり、犬を追いかけた。「消えろ」と叫んだ。

もう一度、グレースが漁船の中に隠れていないか、漁船の中を探した。犬は彼女を襲ってはいけないと彼は判断した。彼女は、彼に冗談を言ったので、犬から守られたのかもしれない。この9ヵ月間、グレースは切っても切れない関係になった。彼は恩寵のない世界を想像できなかった。エイブはグレースなしではどこへも行けず、何を食べる気にもなれなかった。恩寵はとても貴重で、限りなく高価な宝石だった。

太陽は頭上で燃え、空は晴れ渡っていた。海上の多くの船は水平線に触れながらゆっくりと動き、港の船は止まっていた。

午後になると、頭を覆うものが何もないため、日差しのせいでめまいを感じた。彼はボートの方に移動し、その影に身を横たえた。夕方になり、波の轟音が聞こえてきた。アグアダ要塞には明かりが灯っていた。しかし、ビーチは真っ暗闇だった。餌を探しているのだろう、犬が群れをなして交差しているのが見えた。

阿部は孤独を感じた。ボートの中にいたほうが安全だろう、と彼は考え、ボートの中に入った。彼はしばらく孤独の中に座り、海の轟音に耳を傾けていたが、海の上には暗闇しかなかった。空は雲ひとつなく、星が見えた。何百万、何千万もの星々が彼を見守り、守っていた。星は、あなたが観測したからそこにあった。もしそれを見つけなければ、あなたにとって何も存在しないことになる。彼は他のすべてのことを忘れていた。それからエイブは眠り、彼の意識の中には愛するグレースしかいなかった。

夜半に起きて頭を上げると、砂の上に犬の群れが寝ていた。敵であっても、時には救世主になることもある。空は晴れ渡り、星が増えていた。そして、欠けていく月が東の地平線、アグアダ要塞の上にあった。穏やかだが暗い海からは涼しい風が吹き、真夜中のビーチはとても心地よかった。突然、彼はグレースのことを思い出した。どこにいるんだ？とても寂しいよ。私は犬たちに襲われないようにここにいる。歩き回るな。ボートに乗っているなら、そこにとどまっていなさい。太陽が東に現れたら、一緒に家に帰ろう。私はあなたのベッドにコーヒーを入れ、私たちは椅子に座り、向かい合って話をする。ベッドでコーヒーを飲んだ後は、チェスをしたり、キショール・クマールやラタ・マンゲシュカルのラブソングを一緒に歌ったりする。サンドイッチやオムレツ、野菜カツ、おかゆなどの朝食を作り、キッチンテーブルの近くに立ってフライパンから食べる。一体感という特別な喜びがある。あなたの近くに立って朝食を食べるのは素敵な経験だ。もう一度、親愛なるグレース、もう一度だけ。

恩寵は本物ではなかったかもしれない。おそらく彼女はリップ・ヴァンウィンクルを体験したのだろう。酩酊と幻覚の影響で、彼女のその姿は非現実的だった。もし彼女が実在しないなら、彼女は神だ。グレースのような人物は存在し得ない。人間の想像を超えて、彼女は優雅で、知的で、才能があり、成熟していて、威厳があった。グレースのような生き物は、星の数を数えながらこの地上を歩くことはできない。でも、もう一度あなたに会いたい。私たちが一緒に体験した幻覚のような経験を私にさせてください。とても素晴らしく、きらきらと輝いていた。あなたと一緒に歩くことで、説明のつかない欲望が満たされ、一体感のある高揚した瞬間が生まれる。心はそれらを削除することはできない。たとえ非現実的な存在であったとしても、グレース、あなたは私にとって現実の存在です。

私は人生の最後の日まで、あなたの愛の歌を暗唱するのが大好きです。私と一緒にいましょう。あなたが微笑むのを見るのも、歌うのを聞くのも、私とチェスをするのも大好きだ。戻ってきてくれ。バード・サンクチュアリに行き、内在する小道を歩き、新種の鳥を見つけ、永遠に続くまで素敵なラブソングを歌う。それらの曲は、私の心の奥深くに入り込むような違った魅力を持っている。グレース、あなたは非現実でありながら現実であり、神でありながら人間である。生身の人間のように非現実的であることはできない。一緒に料理をし、一緒に食べ、一緒に歩き、一緒に働いた。あなたは愛と別れ、痛みと不安について話してくれた。

エイブ、エイブ、と呼ぶ声が聞こえた。グレース、私はここにいる。夕食に行こう。君の名誉のためだ。グレース、今あるお金で何をしよう？手元に置いてください。後で必要になる。グレース、あなたは私にこの分離、差し迫った災難、衝突する運命を警告した。でも、私はあなたを理解できなかった。あなたは私にムンバイに行くよう頼み、ずっと一緒にいることを思いとどまらせた。あなたは私の将来を予言した。

犬たちは動き回っていて、1匹か2匹が吠えていた。そして、少し離れたところに明かりがあった。誰かが話していた。漁師たちは深海に行く準備を整え、彼らにとって新しい日が明けた。

「おい、誰だ？と誰かが尋ねた。

「誰が？もう一人が質問した。

「ボートの中に男がいるようだ。

阿部は 7、8 人の頭を数えることができた。彼は立ち上がり、ボートから降りた。

「寝坊したのか？と一人が尋ねた。

「はい」と阿部は答えた。

「他に寝る場所はないのか？漁師が訊ねた。

「ビーチに来たんだ。犬たちは威嚇しているように見え、戻ることができず、ボートに避難した。ボートの中で寝たよ、大変だったけど」と阿部は語り、彼は真実を伝えたかった。

松明を手にした 8 人が不思議そうに彼を見た。

「安全ですか？犬に襲われたのか？釣り人たちは彼の安全を心配していた。

「私は安全だった。夜の間、彼らはボートの周りで寝て私を守ってくれた」と阿部は言った。

彼の話を聞いて、漁師たちは笑った。

"さて、一人で戻れるだろうか？"と一人が尋ねた。

「確かに、バス停は近くにあります」と阿部は答えた。

「バスターミナルまで連絡します。一緒に行こう」漁師の一人が言った。

阿部も彼に続いた。二人は一緒に歩いた。

「朝の 3 時だし、一人で歩くのは危険だ」と漁師は言った。

「ご親切にありがとう。お騒がせして申し訳ない。大漁で素晴らしい一日になりますように」と、阿部はバスターミナルに到着した漁師と握手を交わしながら言った。

"ベストを尽くします。安全な旅を。幸運を」と漁師は言った。

ムンバイ行きの始発バスは午前 6 時だった。表示された時刻表を見て、阿部は理解した。彼はしばらく待合室に座っていた。バスターミナルの外に 2 台のトラックが停まっているのを見つけ、近づいていった。

「阿部はトラックの運転手に言った。

「ムンバイではなく、プネーに行くんだ」とトラックの運転手は答えた。

「分かった。プネーまでご一緒させてください」と阿部。

「500 ドル」とトラックの運転手は言った。

「同感だ。阿部は言った。プネーに着いたらお金を払います」と阿部。

「完了。でも、警察には本当のことを言うんだ。君が言わないなら、私が言おう」。

阿部は何も言わなかった。彼は嘘もつきたくなかった。トラックの運転手が同乗者だと言えば、大丈夫だと思ったのだろう。

トラックの運転手はがっしりとした中年男性で、その運転には威厳があった。エイブは窓際で、座席の配置も快適だった。

「旅に出るたびに、私たちは誰かを乗せて、会社を得る。ところで、どこに行くの？"と運転手に尋ねた。

「プネに行く」と阿部は答えた。

「プネーは大都市だ。もし、あなたが行く場所を教えてくれて、その場所が高速道路の近くだったら、そこで降ろしてあげるよ」と運転手は言った。

「初めて行くんだ。この街のことは何も知らない」と阿部は答えた。

「とても面白い。あなたはムンバイに行きたがっていた。これからプネーに行くのに、プネーのことを何も知らないんだね」と運転手は言った。

「その通りだ。現地に到着したら、いろいろな場所を歩き回るつもりだ。まずは街を見させてください」と阿部は説明した。

〝放浪者〟か。私も長年、放浪の旅をしていた。10歳のとき、私はビハール州の村にある家を出た。それから5年間、北インド中を放浪した。その後、サーダルジーのもとで10年間トラックの助手をしていました。

「長年ドライバーをされているんですね」と阿部は言った。

「そうだ。パンジャブ出身のシーク教徒で、素晴らしい人だった。彼は私を息子のように扱い、運転を教えてくれた。この写真を見てください。サルダール・ランビール・シンのものだ。彼とは何千キロも一緒に旅をしました」と、運転席脇の窓の上に飾られた額入りの写真を見せた。

「分かった。ひげを生やしターバンを巻いた獰猛そうな男の写真を見て、阿部は言った。

「ええ、サルダール・ランビール・シンは私のグルでした。危険や事故から守ってくださるよう、毎日祈っています。トラック運転は危険な仕事だ。それに、途中の警察官はみんな賄賂を欲しがる。マディヤ・プラデーシュ州やラジャスタン州にはダコイトがいる。危険なものもいるが、友好的で無害なものもいる。でも、一番危険なのは政治家です」と運転手は話を続けた。

トラックはまだゴアの沿岸部におり、ハイウェイの両側にはたくさんのココナッツの木があった。早朝の彼らは神秘的に見えた。トラックもバスも車も、逆方向に向かっていた。ゴア経済は主に観光業に依存していた。

「どこから来たの？運転手は阿部に尋ねた。

「私はカリカット出身です。でも、この 9 カ月間はゴアにいた」と阿部は答えた。

「ここで働いていたのでは？運転手が訊ねた。

「はい」と阿部は一言で答えた。

「アシスタントとして、25 歳までの 10 年間、グルと共に働いた。私は彼と一緒にインド、パキスタン、バングラデシュ、ネパール中を回った。彼は私によくしてくれた。サルダール・ランビル・シンのような善良な人物はめったに見かけない。運転手はため息をついた。

「彼は今どこに？と阿部は尋ねた。

「私のグルはもういない。運転手は低い声で言った。

阿部は反応せず、長い沈黙が続いた。ドライバーは運転に完全に集中していた。

「デリーに行くんだ。何日もかかるだろう。途中、数時間の休息をとり、夜は眠る。事故を起こさない運転には十分な睡眠が必要だと経験から学んだ。私が 6 時間運転し続けた後、私は休み、彼は一気に 3 時間運転する。彼は運転免許を持っています」と運転手は助手について語った。

「デリー到着後、2 日間の休暇を取る。またしても帰路につき、1 カ月でゴアへ 2 回行く。私はヤムナー川の対岸のヴァイシャリーに家を持っている。ヴァイシャリーはデリーの一部です」運転手はしばらく立ち止まり、それから尋ねた：「デリーに行ったことはありますか？

「と阿部は言った。

「どこに？運転手が尋ねた。

「私はインド工科大学で学んだんだ。

「君は IIT のエンジニアなんだね。100,000 人中 1 人しか入学できないほど評判の高い大学だ。あなたがこれほど聡明で教養のある人だとは知らなかった。運転手は叫んだ。

「お会いできて光栄です」と阿部は言った。

「私には 2 人の娘がいる。2 人ともエンジニアになりたいと思っている。長女は 14 歳で 9 級、次女は 10 歳で 5 級である。彼らは IIT のコンピューターサイエンス科に行くのが夢なんです」と運転手は語った。

「夢を持つのはいいことだ。子供たちは進学のための長期的な計画を立てなければならない。彼らを励まさなければならない。

「確かに、それは私の夢だ。私は 2 人の娘を愛している。彼らは勉強面でも優れている。いつかきっと、彼らは世界的に有名な企業で働くエンジニアになるだろう」と運転手は願望を述べた。

彼らに強い願望があれば、きっと達成できるはずだ」と安倍首相はコメントした。

彼らは西ガーツ山脈に登り始めた。ハイウェイは狭くなり、運転は激しくなり、トラックはゆっくりと森の中をジグザグに進んだ。運転手は話をやめ、運転に集中した。阿部は、マラバール海岸を守る西ガーツ山脈、別名サヒャドリ山脈をグジャラート州南部からカンニャークマリ付近まで知っていた。山脈を越

えるのに 2 時間近くかかった。デカン高原の南西端に到着した
のは、すでに朝の 7 時だった。運転手は道端のレストランの近
くでトラックを止め、深い眠りについていた助手を起こした。
エイブは、この日が月曜日であり、日曜日の朝にグレースと朝
食をとった後の最初の食事であることを知っていた。

運転手は再びトラックを発進させた。

「平原での運転と山道での運転は違う。私のグルは素晴らしい
ドライバーで、どこへでも堂々と運転できた。彼は変わってい
た。彼と出会ったのは 15 歳のときだった。彼は私が孤児であ
ることを知っていて、家を与えてくれた。私はヒンドゥー教徒
で、彼はシーク教徒だったが、彼は宗教を区別することはなか
った。しかし、彼は殺された、彼の宗教のために。

阿部は彼が運転するのを見ていた。彼は堂々としていて、手の
動きは細心の注意を払っていた。一瞬たりとも横を見ることは
なかった。

「なぜ、誰が殺したのか？と阿部は尋ねた。

「私は今でもその質問を毎日している。サルダール・ランビー
ル・シンはムンバイからデリーに向かって車を走らせ、デリー
に入った。彼女の警備員がインディラ・ガンディー首相を暗殺
した翌日。1984 年 10 月 31 日、私たちは剣と鉄の棒を持った小
さな群衆がやってくるのを見た。彼らはトラックを一周させ、
サルダージに降りるように言った。ひげとターバンからシーク
教徒だとわかった。彼はトラックを止めて走った。しかし、彼
らは彼を捕まえ、圧倒した。そして私の目の前で、彼の頭を叩
き割った。その時の彼の血まみれの顔は今でも覚えている。私
は声をあげて泣き、私も殺してくれと頼んだ。私がシーク教徒
でなかったから殺されたのではない。リーダーは私に何度も平
手打ちをし、逃げろと言った。私を平手打ちした彼の顔をよく

思い出す。彼の写真は新聞で何度も見たことがあった。彼は議会党の指導者だった。後に、インディラ・ガンジーがボディーガードに射殺された後、暴動が起こり、何千人もの罪のない人々が虐殺されたことを知った」。再び長い沈黙が訪れた。

阿部は何も言わずに彼の話を聞いていた。

「彼らはトラックを燃やした。

「彼らは誰？と阿部は尋ねた。

「彼らは皆、地元の指導者に率いられた議会党員だった。彼らは、インディラ・ガンジー殺害とは無関係の罪のないシーク教徒を追っていた。その議員たちはデリーだけで 3 千人以上のシーク教徒を殺した。ポグロムはインド全土の 40 以上の都市や町に広がった。万人以上のシーク教徒が虐殺された。私がラム・ヤーダヴだったから、彼らは私を助けたんだ。私はチャンパランの人里離れた村の孤児でしたが、愛情深く面倒見のいいシーク教徒が私の面倒を見てくれました。私にとって、彼はこれまで出会った中で最高の人間だった。しかし、狂った議員たちは彼の頭を叩き割って虐殺した」。彼の声には深い悲しみがあった。

「実に悲劇的な話だった。あってはならないことだ」と阿部はコメントした。

「グルジの写真を見るたびに、毎日そう願っている。私は 10 年間、彼のアシスタントとして働いた。彼は私のために銀行口座を開き、毎月の給料を入金してくれた。そのお金と同じ銀行からのローンで 5 年前にこのトラックを買った。グルは私にとって神でした」と運転手は悲しそうに言った。

「サルダール・ランビル・シン、あなたのグルは良い人でした。彼に敬意を表する"

「彼は本当にいい人だった。彼は私に素晴らしい価値観を教えてくれた。私のアシスタント、ジャベド・カーンを見てください。彼には行くところがなかった。彼も孤児だ。この 8 年間、彼は私と一緒だった。私は彼のために銀行口座を開設した。彼は今後 10 年以内にトラックを買うでしょう」と、運転手は朝食を終えて眠っている助手について話した。

午前 10 時頃、ラム・ヤーダヴは道端の茶店の近くにトラックを止めた。*サモサと一緒に温かいお茶を飲んだ。*15 分の休憩の後、ジャベド・カーンの出番となった。彼は優れたドライバーだった。ラム・ヤーダヴは中央席のエイブの近くに座り、居眠りを始めた。トラックの中は静寂に包まれた。

コラープルのサトウキビ畑は、稲とサトウキビ畑で緑豊かで肥沃に見えた。マンゴー、ジャックフルーツ、ココナッツの木々は、マラバルのレプリカを思わせた。サヒャドリの東斜面は、デカン高原近くの活気ある町サングリまで不毛の地だった。ハイウェイの両側には、ブドウ畑、綿花栽培、ピーナッツ畑が広がっている。午後 1 時頃、彼らはバナナ農園に囲まれたガソリンスタンド近くのレストランに立ち寄った。軽油を満タンにした後、彼らは昼食をとった。そして再びラム・ヤーダヴが運転を始めた。

「政治家の多くは犯罪者だ。彼らは私たちの憲法を破綻させた。私たちは代表を選ぶ。ネルーを除いて、ほとんどの大臣や首相は絶望的で腐敗していた。私利私欲に走ることなく、国の発展を真剣に考えた唯一の人物だった。彼は、宗教、カースト、信条、肌の色、言語、家庭環境などを超えて人々に働きかけた。IIT や IIM のような最高の大学を設立することで、彼は自立したインドの基礎を築いた。ネルーはすべての主要なダムを建設し、農民、労働者、ビジネスマン、実業家を奨励することで、わが国の顔を変えた。彼は女性の平等な地位を主張し、ヒンドゥー教典を通じて家父長制を大きく破壊した。ネルーこそが、この国の最果ての地から飢えと貧困を取り除いた理由であり、彼は先見の明があり、大衆の人間であったからだ。ネルーには失敗もあった。しかし、インドの人々に対する彼の貢献に比べれば、それほど深刻なものではありませんでした」とドライバーは詳しく語った。

「あなたが言ったことは事実です阿部は驚いて運転手を見た。彼はインドの歴史や社会的、政治的状況をよく知っていた。

「なぜ私が運転しながら話すのか、不思議に思うかもしれませんね」と運転手が突然言った。

「はい、わかっています」とエイブが言った。

「わかりました、理由を教えてください」と運転手は主張した。

「理由は2つある。最初は、運転中に居眠りをしてはいけないということだった」。

「それは素晴らしい。6 時間以上運転し続けると眠くなるので、そうするように教祖から言われている。ほら、このジャベド、運転中は決して眠らないんだ。ラム・ヤーダヴはまっすぐな表情で言った。

「運転がうまいですね」と阿部。

「褒めないでください。傲慢になり、自分の技術に慢心するかもしれない。それは災難につながるかもしれません」とラム・ヤダヴは訴えた。

「その通りだ。

「2つ目の理由は何だ」と運転手は主張した。

〝あなたは豊かな経験をたくさんしている。それを他の人たちと分かち合いたい。あなたの経験には人間的な物語があり、そこから学ぶことは多い。それはすでに、人間関係について熟考するのに役立っている。困難な状況にある人々、特に子供たちを助ける必要性がある」。阿部が説明した。「政治的暴力、宗教的憎悪、リンチの無益さについても書かれています」と阿部は間を置いて説明した。

「その通りだ。常に話しかけていると、心は信頼しがちになる。あなたの心はあなたを信頼し、あなたが心に言うことをすべて信じる。愛と正義についての真実を心に告げるのだ。心が悪に進化するのを避けるために、憎しみ、暴力、復讐について心を扇動してはならない。ひとたび邪悪になれば、その段階にとどまり、そこからの脱出や出口はない。多くの政治家は悪意があり、善に帰ろうとしない。復讐、レイプ、殺人を考えている。私たちが出会う一人ひとりは、あなたや私と同じだ。彼らには一定の権利と固有の尊厳があり、誰もそれを侵害することはできない。それは人類を愛し、その背景を忘れてすべての人を受け入れることにつながる。正義とは、人間に対する愛にほかなりません」。

彼の言葉は阿部の心に深く突き刺さった。彼が言ったことは知恵であり、深い価値観を含んでいた。知恵を語るのに首相である必要はなかった。首相、大臣、政治家たちはしばしば人間性を憎み、自分たちの存在のために人々を分断し、生存のために暴力を生み出した。彼らは周囲に暴徒を率いてリンチし、憎悪と対立を広め、死と破壊が彼らの貢献だった。彼らの言葉は強力で、何百万人もの人々に影響を与え、悪を受け入れるように変えてしまう。信者たちは、幻想の世界にとどまるために真実を憎み、どんな状況でも憎み、殺す用意がある。

夕方４時頃、彼らはプネー郊外に入った。30分ほど走ったところで、ラム・ヤーダヴはトラックを止めた。

「ここに降りてきてください。鉄道駅はここから約 10 キロ。お望みなら、デリーまでご一緒しましょう。

「ここで降ります」と阿部はポケットから 500 ルピーの現金を取り出した。「と言いながら運転手に渡した。

「いや、君から金を取るべきじゃない。あなたは私たちのゲストだった。それに、私はあなたから多くのことを学んだ。あなたは、私の娘たちの進学を後押ししてくれた。お金は持っていてください」と運転手は主張した。

「このお金は、娘さんたちの進学資金として贈ります。ささやかな贈り物だ。受け取ってください″

「確かに。私はアーシャとユーシャに、あなたに会ったことを伝えます。ご厚意に感謝します」ラム・ヤーダヴは現金を受け取りながら言った。

「ありがとう。阿部はトラックを降りながら、「あなたとの旅は楽しかった。

「またね」と運転手は言い、エイブに手を振った。

阿部は視界から消えるまでトラックを見ていた。そしてオートリキシャで駅に向かった。そこでロッジの部屋を予約して滞在した。部屋は清潔で、バスルームとトイレが付いていた。阿部は近くのレストランで夕食をとり、戻ってから服を洗濯して翌日まで寝たが、ベッドにいたいという気持ちが強すぎてベッドから起き上がろうとせず、クリノマニアではないかと心配になった。そして彼は昼まで眠り、恩寵の夢を見た。

昼食後、彼はバスで市内をぶらぶらと歩き、ネームボードを見つけた：*ロヨラ・ホール：イエズス会養成所*。彼はそこに降り

て、門の近くに立った。中から歌声が聞こえてきた。エイベが
セント・ジョセフの学生だった頃、ミサの時に歌っていたおな
じみの賛美歌だ。そして、その歌は彼の心の奥深くに染み込ん
でいった。

イエスよ、私の心に触れてください。

私を癒し、完全なものにしてください；

イエスよ、私の心に触れてください。

私のゴールが再び見えるように；

私の不純物が私をひざまずかせる；

イエスはいつも私の必要を見ていてくださる。

エイブは門の前に立っていた。突然、彼の心は学校へと向かい
、まるでイエスが彼の心に触れたかのように、心に変化を感じ
た。「イエスよ、私の心に触れてください」と彼は賛美歌を繰
り返し唱えた。それから安倍さんは、祈りのことを考えながら
、そこから約 12 キロ離れたロッジまで歩いた。*イエスは彼の
心に触れました。*部屋に着くまで、少なくとも 100 回は復唱し
たかもしれない。

その夜、エイブはとても遅くまで眠っていた。彼は聖ヨゼフで
の学生時代を回想し、非常に優秀で、教養があり、勤勉で、革
新的で、自由な発想を持つイエズス会士たちについて語った。
作家、音楽家、ジャーナリスト、映画監督、俳優、思想家、教
育者、哲学者、活動家、ソーシャルワーカー、詩人、画家、放
浪者、放浪者、弁護士、医者、芸術家、宇宙物理学者。彼らは
イエズス会に属していた。イグナチオ・ロヨラと 6 人の友人た
ちによって、1534 年にパリのモンマルトルで設立されたカトリ
ックの修道会である。フランシスコ・ザビエル以外は全員パリ
大学の学生で、自分たちをイエスの仲間と呼んでいた。ザビエ

ルはパリ大学の教授だった。教皇パウロ 3 世は、イグナチオたちに司祭になる許可を与えた。カトリック教会の改革は個人から始まると確信した彼らは、清貧、貞潔、服従の誓願を立てた。ヨーロッパ各地に 100 以上の学校、カレッジ、大学を設立し、彼らは短期間のうちにヨーロッパのスクールマスターと呼ばれるようになった。安倍首相がイエズス会を尊敬したのは、イエズス会が何事にも恐れず、教育機関で多様な哲学を奨励し、無神論さえも教えていたからだ。彼らの多くは、聖書に記されている神の存在に反論することを恐れなかった。

翌日の朝、阿部はバスでロヨラ・ホールに向かった。ゲートを開けるのは、彼にとって新しい世界であり、スリリングな体験だった。彼は、緑の木々や運動場に隣接する地味な外観の建物の間に庭園を見た。外には十字架も彫像もなかったが、いたるところに静寂が漂い、すべてを包み込むような、心に響く音楽が流れていた。入り口の右手には大きな礼拝堂があり、多くの人々が深い瞑想にふけっているのが見えた。先に進むと、庭園に面した長い廊下が見えた。左手には大きな扉と名札があった：神父 Joe Xavier, S.J. とその下に書かれている：*RECTOR*。

禁欲主義者の間で

阿部はドアの前に数秒間立っていた。そしてボタンを押すと、中から「どうぞお入りください」という声が聞こえた。阿部がドアを開けた。広い部屋で、大きなテーブルがあり、その後ろに誰かが座っているのが見えた。

「おはようございます、神父様、私はエイブラハム・プッチェンです。「親しい人たちは私のことをエイブと呼ぶ。

黒いズボンに白いシャツの男が立ち上がった。彼は背が高く、180 センチ以上あった。「おはよう、若者よ」と阿部と握手を交わし、神父も挨拶を返した。

「エイブ、着席してください」。ジョーはエイブに席に着くように言った。

″神父ジョー、私はイエズス会に入会したいという希望を伝えに来ました」阿部はストレートに言った。

神父は数秒間、彼の顔を見てその意図を見極めた。

「これは重大な決断だ。自分の願望の長所と短所をよく考える必要がある。あなたはそれを評価し、なぜイエズス会に入会したいのかを分析しなければなりません。綿密に考えていないのであれば、私はあなたを落胆させたい」。

「私の意図を疑うのは自由だ。しかし、私の根深い欲望を消し去ることはできない」。

「阿部、多くの若者がここに来て、イエズス会に入りたいと強く願っている。1 年後に戻ってくるように言って、彼らを送り返す。それでも、彼らは同じ憧れ、抑えがたい渇望を強く経験し、1 年後には、人生のすべてを忘れてイエスの呼びかけを聞くことができるほど力強い願いを抱く。イエズス会の会員になるには、少なくとも 3 年間の訓練が必要で、司祭になるには 10 年間の厳しい教育を受けなければならないかもしれない。イエスはイエズス会をお呼びになっています」と司祭は説明した。

「神父様、私はイエズス会の学校で 12 年間学びました。読み、書き、算数、そして論理的に考えることを教わった。彼らは私に人生哲学を植え付け、私は合理的で説得力のある哲学を自由に受け入れることができた。彼らは、より良い人間になるために自分の才能を広げるよう励ましてくれた」と阿部は語った。

「それでいい。それはイエズス会とその使命とビジョンに共通する普遍的な真理である。私たちは、私たちに接するすべての人を教育する責任がある。私たちはその人を考える人間に変えようとする。あなたの特別な使命は何ですか？イエスの呼びかけにどのように応えますか？この呼びかけがイエスからのものだと、どうしてわかる？"神父はとても率直だった。

「私が生まれたとき、祖父は私をイエスと呼んだ。学校ではアブラハムという洗礼名だった。高校時代、私は学校のイエズス会のようになりたいと深く願っていた。彼らは私を魅了した。イエスについて真剣に考えたことはなかった。私はただ、祖父母から受け継いだ自分の信仰に従っただけだ。私はイエスの幻影を見たこともなければ、イエスに特別な愛着を抱いたこともない」と阿部は語った。

「エキサイティングな話だ。あなたは自分の言葉に正直なようだ。高校生がイエスに対して特別な感情を抱くことはないだろう。彼はそうすべきではなかった。特別な思いがあるとすれば、それは深い反省の後にしか生まれないだろう。合理的な思考、評価、人生の分析から生まれるものでなければならない。イエズス会への入会は、幼稚な決断であってはならない。それは、心ではなく、洗練され、感情を排除した脳の明瞭な表現によるものでなければならない。私たちイエズス会は、心理的外傷のない決断を信じています。とジョーは説明した。

「私は理由と論理的思考を信じている。私は知的な人々と無神論や有神論について議論することができる。そして、私がイエズス会に入会しようと考えていることは、私が有神論者か無神論者かに左右されるものではないと確信している。私は無神論と有神論が非合理的であると強く信じている。存在という概念は、神にとっては無意味なものだ」と阿部は自らの立場を説明した。

「神の存在を証明することも反証することも無意味だからだ。そのような議論は神とは何の関係もない。ところで、明日も同じ時間にここに来られますか？私はイエズス会の仲間二人に、あなたのイエズス会への入会希望について相談するよう依頼します。一人はイエズス会養成所長のマテュー・カダン神父、もう一人は養成所長のシルベスター・ピント神父である。

翌日、阿部は同じ時間にロヨラ・ホールに到着した。カダン神父とピント神父が彼を待っており、10人ほどが入れる会議室に案内した。座席の配置はエレガントで快適、部屋には大きな窓があった。

「エイブ、ようこそ。私はマタイです」と阿部と握手しながら、カダン師は自己紹介した。

「会えてよかったよ、カダン神父」と阿部は言った。

「私はシルヴェスターです」とピント神父は言った。

「こんにちは、ピント神父」とエイブが言った。

「阿部さん、ファーストネームで呼んでいただいて結構です」
とカダン師。

「もちろん」と阿部は答えた。

阿部は彼らと一緒にいて居心地がよかった。まるで何年も前から知っていたかのように。マタイとシルヴェスターは、両親のこと、社会的、教育的背景、人生、イエズス会での仕事についてエイブに語った。エイブは、マシューがブラウン大学で人類学の博士号を取得し、人類の進化に関する多くの研究を発表していることを理解していた。ピントはプリンストン大学で数学の博士号を取得している。

両親は大学教授で、カトリック信者として生まれたが、無神論者だった。彼らは彼に、自由、平等、社会正義の価値観、例えば人間の尊厳、大切にすべき最も重要な利益を植え付けた。宗教に関しては、祖父母の影響が大きい。とはいえ、阿部は、神とは固定的な仮定や観念ではありえないので、神という概念は人間の状況に応じて進化していくものだと考えていた。彼にとって、それは人間のニーズに応じて変化する説得力のあるアイデアでなければならない。

「エイブ、あなたの経歴を話してください」とシルヴェスターが彼に尋ねた。

阿部は、聖ヨゼフでの学校生活、イエズス会との出会いとその人生への影響、デリーのインド工科大学での研究、南洋大学での卒業後、人工知能の研究などについて語った。

「人工知能が人間を支配する日が来ると思いますか？

「多くの大学の研究によれば、AI には人間のような達成動機がない。たとえ AI が人間の 100 倍や 1000 倍の知識を創造し、開発し、処理できたとしても、AI には達成動機がないため、人間を支配することはできないかもしれません」と安倍首相は答えた。

「人間と AI がチームとして協力し、人類の進歩を達成することは可能なのだろうか」とマシューは疑問を投げかけた。

「進歩や発展は人間だけのものであり、価値観は人間だけのものである。私たちは AI をさらに増やすことができるが、AI は自然に成長することができない。AI は美的感覚を備えた明確な思考を欠くため、独立して考えることはできない。共感やその他の感情がないのだから、それ自体が知性なのではなく、偶然の知性なのだ。AI には意識と良心がないため、心から笑ったり、笑ったり、泣いたりすることができない。痛みも悲しみも不安もない。私たち人間は、親しい人に会う喜びや、最愛の人と一緒にいる幸せを表現することができる。私たちは愛をもって他人を抱きしめることができる。そして、こうした人間の感性や感情は、機械に過ぎない AI には欠けている。プログラムされていれば、最高のチェスプレイヤーに勝つこともできるし、最高のピアニストよりもピアノを上手に弾くこともできる。しかし、AI がモーツァルト、ベートーヴェン、バッハ、ショパン、ブラームス、チャイコフスキーよりも優れた作曲家になることはできない。ハムレット』、『水仙』、『アンナ・カレーニナ』、『老人と海』、『百年の孤独』、『フェイミッシュ・ロード』、『砂の女』、『チェメン』、『シャクンタラム』などは、人間の創造性の優れた例である。エローラのピエタ、踊るシヴァ神、眠る仏陀はユニークな芸術作品である。AI はモナリザ、最後の晩餐、星降る夜、真珠の耳飾りの少女、叫び、裸の真実、ゲルニカ以上の傑作を描くことはできない。AI は神になることはできないが、ヒトラー、スターリン、毛沢東、ポル・ポト、イディ・アミン、ムッソリーニとして現れることができる。つまり、人間が AI を形成することは可能だが、絶対的な意味での逆は不可能なのだ」。阿部はこう説明した。

「人間が至高ということか」とマシューは尋ねた。

「確かに、観測された宇宙では、人間の知性を超える知性は存在しない。

「どうして？とピントが質問した。

「人間は実在するのだから」と阿部は言った。

「エイブ、10分だけ待ってくれないか？ジョー神父と相談しましょう」とマシューは言った。

阿部はしばらく待った。

すると、ピントとマシューがジョーと一緒に入ってきた。

「エイブ、もし君が望むなら、明日から１年間、修練院で前期修練生になることができる」とジョーは言った。

「もちろんです、お父様。明日の朝、ここに来ます」と阿部は答えた。

その晩、阿部は半ダースのズボンとシャツ、その他必要なものとスーツケースを購入した。翌朝、ロヨラ・ホールに着くと、ジョー、マシュー、シルヴェスターが入り口で待っていた。

「イエズス会士官学校へようこそ」とジョーはエイブに握手を求めた。

「ありがとう、ジョー」とエイブは答えた。

マテューとシルヴェスターは彼を歓迎し、エイブをカレッジのプレノビテートのセクションに案内した。エイブにとっては新しい世界だった。全国から集まった 15 人の青年が予科練に参加し、マテューが舎監としてエイブを皆に紹介した。彼らはイエズス会になることを強く望んだ卒業生か大学院生だった。全員が独立した個室、ベッド、壁面の戸棚、テーブルと椅子 2 脚を持っていた。

タイムテーブルの特定の項目だけがフレキシブルではなかった。起床は朝の 4 時半だった。5 時半から 6 時まではキュービクル内での個人的な瞑想の時間だった。その後 30 分、主にイエズス会の会員が書いた霊的な文献を読む。6 時半から 1 時間は礼拝堂でのミサ、その後 30 分は朝食、30 分は自由時間だった。その後、1 時間は朗読とスピーチ、もう 1 時間はグループディスカッション、そして 15 分の休憩時間だった。15 分の瞑想の後、1 時間だけ舎監と会う約束をしていた。ランチタイムは 1 時から 1 時半までで、3 時半までは個人的な仕事、その後 30 分はティータイムだった。1 時間は屋外でのゲームやスポーツの時間、5 時から 8 時までは個人ワークの時間だった。夕食は 8 時からで、8 時半からの 30 分は自由時間だった。9 時から 10 時までは礼拝堂での共同祈祷、次の 30 分は個人的な仕事、そして 6 時間は休息である。

休日や日曜日には、自由な時間やプライベートの時間が増えた。土曜日の午前中は共同作業で、午後は 6 時まで敷地全体を掃除した。日曜日は外出、レクリエーション、演劇、祝賀会が行われた。重要な祝祭日には、トーナメント、映画、文化プログラム、娯楽があった。当初、阿部は時間割に慣れるのが少し難しいと感じていたが、次第にそれを内面化し、彼にとってはイエズス会への第一歩となった。多くの模範的なイエズス会の霊性文学を読むことは、スリリングな経験だった。イグナチオ・ロヨラ、フランシスコ・ザビエル、アルノス・パディリ、マッテオ・リッチ、ピーター・クレバー、セバスチャン・カッペン、ペドロ・アルペに関する 10 冊の本を読んだ。アルノス・パディリの人生と作品が阿部にインスピレーションを与えた。1681 年、ドイツのニーダーザクセン州に生まれたアルノスは、

1700 年にケーララ州にやってきた。本名はヨハン・エルンスト・ハンクスレンデンで、マラヤ人は彼をアルノスと呼んだ。マラヤーラム語とサンスクリット語を学び、イエスの生涯を描いた叙事詩『Puthen Pana』をはじめ、その両方で多くの詩集や論文を書いた。彼はマラヤーラム語の辞書で、サンスクリット語とポルトガル語の単語を説明している。彼のマラヤーラム語の文法は、外国人による最初のものだった。インドの文化や倫理観に触発されたアーノスは、サンスクリット語の文法書や、ヴェーダやウパニシャッドに関するラテン語の論文を数多く出版した。マックス・ミュラーは彼のことをインスピレーション源だと考えていた。

エイブはそうした男たちからインスピレーションを受け、彼らのアイデアと使命を体感した。彼らはエイブを励まし、イエスの仲間についてもっと知りたいという欲求を抑えきれなくさせた。彼はイグナチオ・ロヨラが創設した協会への愛を育んだ。兵士から神秘主義者に転身した彼は、あらゆるものの中にイエスを見出した。

毎日のスピーチセッションは非常に充実していた。このような行事には、16 人の修道士、管区長、その他の司祭が出席した。ポスチュラントは、1 人 3 分ずつテーマについて話さなければならなかった。その後、テーマ、アイデア、話し方についての討論と評価が行われた。ディスカッションの中心となったのは、ディクション、インパクト、そして聴衆を納得させる力だった。そして、全員がそれに徹底的に参加し、そのプロセスが豊かで力強いものになった。人前で話すセッションは、阿部が仲間や彼らの性格を理解するのに役立った。どのスピーカーの評価や分析も、かなり公平で客観的であり、どのスピーカーや評価者にも恨みを持つ者はいなかった。

舎監は、公開読書会で聴衆の前で 5 分間、文章を読むよう修道士に勧めた。朗読は、発音、話の流れ、明瞭さ、インパクトの強さなどで評価される。そのおかげで、彼らは恥ずかしさや恐れを抱くことなく、人前に立つことができた。朗読は聴衆を感動させ、強いメッセージを伝える芸術だった。他者による修正は、エイブが仲間に対して謙虚で敬意を払い、才能を向上させるのに役立った。

マテューとの出会いは新鮮で、彼のアイデアや意見を伝える真摯な姿勢には目を見張るものがあった。人類学者であるにもかかわらず、マテューは優れたカウンセラーであり、エイブは自分の問題、恐れ、不安について話すことに絶対的な自由を体験した。

学長であるジョー神父は、修道女たちに瞑想の訓練を施した。ジョーは、彼らが心地よく座れるように手助けをし、すべての恐れ、欲望、不安、心配、喜び、そして幸せさえも心から取り除いてくれた。

「マインドはあらゆる思考から解き放たれ、境界線がなくなる。「徐々に、心は肉体から離れていくんだ」とジョーは付け加えた。

安倍が必要な教訓を学ぶには時間がかかった。しかし、しばしば瞑想中に、彼はグレースという人物と彼女の思い出でいっぱいになった。グレースのことを考えずに瞑想するのは、いささか難しいことだった。エイブはジョーと話し合った。彼は、自分の感情やグレースとの思い出が繰り返されるのは、まったく自然なことだと言った。瞑想するためには、長年にわたる絶え間ない訓練と一貫した実践が不可欠だった。

つまり、瞑想とは、感覚、知覚、想像、判断を一切持たずに、心を肉体から解き放ち、最終的に完全に自己を経験することだったのだ。あなたは宇宙と一体化し、虚空と一体化する。

数カ月間、エイブはジョーの指示通りに行動しようとした。しかし、彼は集中することができなかった。何度も何度も、エイブはジョーと話し合った。最後にジョーは、イエスでさえ、完全に気を散らさずに調停することはできなかったと話した。砂漠での 40 日間の黙想の間にも、彼は何度も悪魔の誘惑を受けた。だから、ジョーはエイブにがっかりしないでくれと頼んだ。

エイブはジョーに、グレースを親密な友人とみなし、しばしば切っても切れない関係にあり、彼の人生の一部になっていると告げた。学長は、異性の友人を持つことは自然なことであり、彼女が祈りや瞑想の中で繰り返し幻視を見ることは何の問題もないと言った。阿部は何かに集中することなく、深く考えようとしたが、グレースは彼の心の中に留まったままだった。

最後にジョーはエイブに、グレースについて、彼女の外見、美しさ、容姿、価値観、言葉、笑い、微笑み、悲しみ、そして彼女の存在そのものについて瞑想するように言った。彼らは阿部の瞑想の対象かもしれない。「あなたの人生における彼女の存在を楽しみ、彼女を抱きしめ、心のそばに置いておく。グレースはエイブだ」とジョーは言った。阿部はジョーが提案した新しいテクニックを何日も続けて試した。それは、調停、祈り、そして宇宙との一体感に対する彼の認識を変えた。エイブは最愛のグレースと何時間も一緒にいることができ、瞑想中に彼女を抱きしめ、キスをした。彼にとっては最高にエキサイティングな経験だった。

ジョー神父は、アビラの聖テレジアも同じ技法を用いて調停を行っていたと説明した。彼女はイエスを最愛の夫とみなし、瞑想中にイエスを抱きしめ、キスをし、セックスをした。テレサはしばしばイエスとオーガズムを体験し、ベッドで何時間も一緒にイエスを抱いた。彼女は、何日間も食べ物も飲み物もなしにイエスと一緒にいて、深い瞑想と祈りを捧げ、イエスとの性的な親密さを楽しむことができた。「性の喜びは異質な概念ではなく、イエズス会の黙想と祈りの一部です」とジョー師は説明する。

阿部は瞑想の中でテレサン・テクニックを試してみた。彼はいつでも安心していられた。思索における性的な親密さは、放縦ではなく、痴情であった。マグダラのマリアがイエスに、あるいはアビラの聖テレジアがイエスに恋したのと同じ感覚である。こうして、グレースとの性的関係はアベの精神生活に不可欠なものとなった。そのような考えを避けることは、バランスの取れた宗教生活に影響を与えるだろう。

「性的な感情や抑圧された思いのない修道生活は、下らない精神的な環境をもたらす」とジョー神父は言う。そしてエイブは瞑想中にグレースと饒舌になり、親密さを楽しんだ。

阿部は自由時間に広大な庭園を見て回り、ロヨラ・ホールには予科練以外にも多くのセクションがあることを知った。20人ほどの若者が修練生として別の建物におり、2 年間の修練を受けていた。チャペルも食堂も違うし、志願者との交流もない。しかし、ゲームやクリスマス、イースター、イグナチオ・デー、独立記念日、共和国記念日、ディーパワリなどのお祝いには、プレ初心者と初心者が一緒に参加した。

ロヨラ・ホールにはリトリート・ハウスもあった。イエズス会はリトリートの説教師として非常に人気があり、考え方も近代的だと考えられていたからだ。さまざまな教区や修道会から、3日間、7日間、15日間、30日間と、多くの司祭や修道女が修養に訪れた。修練会に参加した者たちは、修道士や修練生と交わることはなかった。

屋外でのゲームやスポーツは、健康な心身を保つために欠かせないものであり、全員に義務づけられていた。当初から阿部はバスケットボールをプレーしており、志願者や初心者の中にも優れた選手がいた。絶え間ない練習で、阿部はその技術を高めていった。バレーボール用のコートがあり、初心者の多くは卓越したバレーボール選手だった。芝生のテニスコートがあったにもかかわらず、このゲームはそれほど人気がなかった。

日曜日と祝祭日を除き、朝食、昼食、夕食の間は絶対的な静寂に包まれている。ある志願者は、食事中に聖人に関する本の一節を音読した。かつては祝祭日にはお祝いがあり、誰もが自分の気持ちや物語を語り合ったものだ。出された食事は栄養価が高く美味しかったが、値段は高くなかった。イエズス会は、貧しい人々の福祉や恵まれない人々に対する献身的な意識を示すビジョンと使命を持つため、高価な衣食住を持たず、質素な生活を維持していた。彼らの行動や活動には共感が溢れていた。

歌ったり楽器を演奏したりすることは、一般的な祈りの不可欠な要素だった。ほとんどの人が歌ったり、バイオリン、ギター、ピアノなどの楽器を演奏したりした。阿部はシルヴェスターからピアノ演奏の基本的なレッスンを受け、半年も経たないうちに集団礼拝でピアノを弾くようになった。イエズス会の祝賀行事である毎日のミサでは、たくさんの歌も歌われた。しかし時々、エイブはミサの最中にグレースのことを思い出し、会衆が最後の賛美歌を歌うまでグレースは彼のそばにいた。

毎週土曜日の朝、司祭を含むすべての修練生は、スラム街や近隣の村、老人ホーム、児童養護施設、捨てられた女性たちのために、自発的な社会活動に出かけた。みんな午後 1 時まで働いた。人々と共に働くことは、イエズス会の形成と生活に不可欠なものだった。「イエスに愛されたように人を愛すること」が彼らの原則だった。阿部は最初の 2 カ月間、老人ホームで働いていた。彼は、年老いた人、体の弱い人、病弱な人の移動の手助けをした。主な仕事は、老人たちの衣服の洗濯、家の掃除、風呂の世話、髪の手入れ、ひげそり、医師や看護師の補助などだった。それから 3 ヵ月間、彼はスラム街のコミュニティで、人々が家を建てるのを手伝い、下水道を掃除し、文盲の人々に読み書きを教えた。エイブはいつもこのような仕事を楽しみ、人々との一体感を感じていた。彼は、アグアダのスラム街で人々を組織し、彼らとともに働くグレースの熱意をよく覚えていた。グレースは本物のイエズス会士だった。

土曜日の午後は、ロヨラ・ホールの敷地全体を掃除する時間であり、ジョー、マシュー、シルヴェスターを含む全員がその活動に参加した。イエズス会は、すべての建物とその敷地を清掃することを宗教的義務と考えた。彼らは 1 カ月以内に 1 ラウンドの研磨を終えることができる。日曜日になると、彼らは遠出やパニックに出かけ、屋外で料理を作るのもピクニックの一部だった。ゲーム、特にチェス、スクラブル、トランプが普及していた。エイブはチェスで多くの仲間を負かすことができたが、シルヴェスターは完璧なゲームをすることがわかった。

エイブは暇さえあれば絵を描いていたが、ほとんどの絵でグレースが被写体だった。彼は主に印象派的なスタイルで、彼女のケルビックな顔を記憶から描いた。エイブはジョーに 3 枚の絵を見せ、頭を隠せば聖母マリアの絵のようになるとエイブに言った。学長の提案で、エイブはグレースの肖像画を 2 枚、マイルドなブルーのヘッドスクラップで描いた。ジョー、マシュー、シルヴェスターの 3 人の神父は、この絵に感嘆し、そのうちの 1 枚を額に入れて、名札を付けて祭壇の脇に飾った。 *「微笑む聖母マリア」*。学長は 2 枚目の写真をイエズス会管区長に送った。彼はすぐにエイブに、この絵が非常に気に入ったというメモを送り、*『プネの聖母マリア』* と呼んで*礼拝堂に飾った。*ジョー、マシュー、シルベスターの 3 人の神父は、プロヴィナンスからの祝電を喜んで受け取り、賞賛の言葉を添えてエイブに渡した。

阿部にとっては、1 年が終わろうとしていた。ロヨラ・ホールでの日々を評価する時が来たのだ。他の志願者同様、彼はジョー、マテュー、シルベスターの 3 人の神父と長時間話し合った。イエズス会に入るために修練院に入るかどうかを決める時だった。修道生活を続けることに興味がなければ、自由に去ることができた。全員が 1 週間の静養を余儀なくされた。それは、司祭の指導の下、瞑想と祈りに費やすことだった。瞑想と祈りの間、エイブの心には常に恩寵があった。修養会の手伝いをしてくれていた神父に相談したところ、神父はエイベに、恩寵の顔をマグダラのマリアの顔と同じように考える必要があると言った。週間後、阿部はフレッシュでスピリチュアルなエネルギーを感じた。彼は、恩寵を永遠に心に留めておくことは、イエズス会の精神的倫理に反しないことを知っていた。阿部はグレースを、イエスへの完璧な愛を象徴するマグダラのマリアに変えることができた。エイブはジョー、マシュー、シルヴェスターに、イエズス会に入るために修練院に入りたいと告げた。すべての修練生は、修練生たちの霊的成長と養成を監督する司祭である修練院長と、個人的に長い話し合いを持った。

最終日は共同体の祈りの日であり、全員が修練院に喜んで入る新人のために祈った。16 人の志願者のうち、12 人が参加を決め、他の志願者は参加を見送った。最終日はお祝いだった。ミサが捧げられ、学長が休日を宣言した。

阿部はついに、イエズス会の会員になるために修練院に入ることを決意した。修練期間は 2 年間で、2 年の終わりに清貧、貞潔、従順の誓願を宣誓する。清貧とは、物質的な富を持つことを拒否することであり、独身とは、性的な関係を避け、未婚でいることであり、服従とは、上司の指示に疑問の余地なく従うことである。イエズス会の中心は人々であり、すべてはイエズスを通して人々のより大きな栄光のためにある。"と修練生たちに語った。阿部は長い間、彼の言葉を考えていた。グレースはそのようなコミットメントを信じ、イエズス会の理念については知らなかったかもしれないが、彼女の人生は人々の福祉のためにあった。

阿部は 11 人の仲間とともに修練院に入った。修道院長のアントニー・ロボは、プネー大学で心理学を修め、ルーヴァンで神学の博士号を取得した。彼は気さくな男で、いつも思いやりがあり、励ましてくれた。2 年目には 15 人、合計 27 人の修練生がおり、エイブは多くの修練生と深い友情を育んだ。

修練院での時間割は、プレ修練院とほぼ同じであったが、黙想、内省、個人的な祈りの時間がより多く設けられた。自発的な社会奉仕活動は、修練生たちのトレーニングの不可欠な一部として続けられ、阿部は困窮している人々とのあらゆる活動において、熱心さと献身を示した。修練生たちは、週に 1 度、あるいは必要を感じたときに修練生マスターと会って話し合う時間を持った。修練院では、共同体の歌や音楽の練習を除いて、昼夜を問わず深い精神的な沈黙が支配していた。阿部はミサの最中にピアノを弾き始め、初心者のマスターは彼を高く評価した。

阿部はロボがチェスの名手であることを知り、休日や祝祭日に彼と遊んだ。ロボはチェスの腕前ではグレースと同じくらい手強かった。

シルヴェスター神父は優れたバイオリニストで、聖歌隊のマスターだった。ピアノも難なく弾いた。毎週1回、彼の合唱指導の下、3時間の練習があった。初心者全員とマスターが参加した。イエズス会士は、人前で話すことが自分たちの仕事の不可欠な部分だと考えていたので、人前で話すプログラムは毎週続けられた。

修練院での生活は穏やかで何事もなかった。祈りの雰囲気はエイブの心の奥深くに入り込み、彼はチャペルの中にいても恩寵を心に刻んだ。礼拝堂の壁には青い布で覆われた彼女の写真が飾られ、彼は聖体拝領の間、感嘆と変わらぬ愛をもって彼女を見つめた。恩寵は彼の思考パターーンとビジョンを支配し、瞑想の中心となった。グレースは成長し、激しさを増し、エイブはグレースと自分の2人だけの世界に入り込んだ。阿部はアビラのテレジアのように変身し、恩寵は彼のイエスとなった。

年目には、最後の月の直前に、12人の修練生が3つの誓願に備えるための1ヶ月間の修練プログラムがあり、修練生長が修練会の説教師を務めた。日々の生活から離れ、30日間、深い内省と祈りに浸った。1ヶ月の調停の最も重要なルールのひとつは、精神修養を受ける者は全員、30日間毎日24時間の沈黙を守ることだった。彼らは懺悔と祈りの生活を送るために、他の共同体のメンバーから自らを切り離した。彼らは毎日、聖イグナチオ・ロヨラの*霊操*を振り返った。

ベツレヘムの飼い葉桶での誕生からエルサレム郊外の十字架上での死まで、イエスの生涯の出来事を幻視することは瞑想の一部だった。修養会の説教師は、ロナバラのイエズス会瞑想センターで修行を積んだ若い司祭だった。論理的妥当性も歴史的根拠もない幻想を作り出すことは、確かな精神的成長にとって逆効果だと感じたこともあり、阿部はグレースとの対話に多くの時間を費やした。

修練生たちは、1ヶ月の修養会の一環として、修練院長の前で個別に告白した。告白されたのは、彼らが*十戒を破った*かどうかということだった。告白の際、修行僧は阿部に女性と性的関係を持ったことがあるかと尋ね、阿部は男性とも女性とも性的関係を持ったことはないと告白した。その修行僧は、セックスは人間が生きていく上で不可欠なものであり、その結合によって女性との美しい関係が築かれるのだと言った。そこから得られる幸福はこの上ないものだったが、イエズス会士たちは他人と性的な関係を持つことを控えた。

エイブは修道院長に、グレースとの出会い、彼女の誘い、ベッドを共にしたこと、そしてその約束について告白した。彼は9カ月間、彼女のそばで同じベッドに寝たが、意図せずとも彼女に触れることはなかった。それは、阿部がこれまでの人生で経験したことのない、最も困難な体験だった。阿部は修行僧に、彼女としばしばセックスしたいと願ったが、彼女との約束に基づいてグレースの信念を尊重し、自分の心の奥底にある欲望をコントロールし、感情に打ち勝ったと語った。エイブは新米マスターに、誰よりもグレースを愛し、尊敬していることを認めた。瞑想中も、祈りの最中も、聖なるミサの最中も、常に彼女のことが頭から離れなかった。イエスよりも恩寵の方が彼の心を満たしていた。

「グレースと一緒にいることは悪いことではない」と修行僧は言った。男女の愛は常に尊いものだ。マグダラのマリアはイエスの親しい友人だった。イエスがマリアと性的関係を持ったという人もいる。たとえセックスがあったとしても、それは彼らのプライベートな問題であり、私たちはそれを判断することはできない。イエスにはマグダラのマリアに恋する権利があり、マグダラのマリアにもイエスに恋する権利があった。二人のセックスは、二人の愛、コミットメント、そして永遠に続く心の結びつきを表現している。イエスに貞潔の誓いはなかった。しかし、もしイエスがマグダラのマリアに許可なく故意に触れたのであれば、それはマリアの権利侵害であり、不正行為であったでしょう」と司祭は説明した。

「では、愛し合い、尊敬し合う二人の間のセックスは*十戒違反*ではないと思いますか」と阿部は尋ねた。

「*十戒は*モーセによって書かれ、エジプトから逃れてきたイスラエルの民のために神に帰せられた。それは特定の意図と文脈のためだった。*十戒は*、6000年前に生きていた、主に野蛮で未開な人々のためのものでした。モーセの主な意図は、彼らをコントロール下に置き、内紛や殺戮を減らすことだった。時代は変わり、価値観も変わった。何が善で何が悪かという認識が変わったのです」と司祭は答えた。

「男女が互いに愛し合い、尊敬し合い、信頼し合っているのであれば、セックスをしても何の問題もないということですね」と安倍首相は発言した。

「セックスは愛と信頼、尊敬と尊厳の表現である。これらの価値観に反することがなければ、セックスは唯一無二の関係を築くものです」と初心者マスターはコメントした。

「グレースと何度も性的な親密さを持ちたいと切望していたにもかかわらず、彼女は私とのセックスを期待していなかったからです」と阿部は告白した。

「このような状況では、女性とセックスすることはできない。セックスは無私の行為だ。愛と信頼の完璧な証である。これらが欠けていれば、セックスは相手の権利と尊厳を侵害することになる」とロボは主張した。

「今、私の心には平安がある。私はグレースの権利を侵害したことはありませんし、彼女の信頼を卑下したことも、彼女の尊厳を冒涜したこともありません」と安倍首相は語った。

「エイブ、私はあなたを尊敬している。あなたは正直な人だから、本物のイエズス会になれる」と司祭は意見を述べた。

阿部は修練院が終わるとき、清貧と貞潔と服従の誓いを立ててイエズス会に入ることを知っていた。禁欲の誓いを立てることによって、イエズス会はセックスの喜びを故意に避けることになる。セックスをしないことが良いか悪いかは問題ではないが、セックスの快楽を持たない人生を送ることを意図的に決断することは、イエズス会の人生において重要であった。イエズス会はセックスが罪であるとか、セックスしないことが美徳であるとか信じてはいなかったが、独身主義が彼らの生き方だった。エイブは最愛のグレースを思い出した。彼女は欲望をコントロールし、処女の誓いを立てることなく禁欲生活を送ることができた。グレースはイエズス会の誰よりもはるかに優れていた。

修行僧に告白した阿部の心には、この上ない喜びがあった。今、恩寵は彼の人生において新たな意味を持ち、彼は瞑想や祈り、聖なるミサの中でより頻繁に恩寵を思い浮かべ、いつも彼女を思い出すことに幸せを感じ、彼女はイエスよりも尊く、聖母マリアよりも純粋になった。

神の無神論者たち

修練院は阿部にとって楽しい経験だった。自由な雰囲気があり、罪の心配のない環境だったからだ。マグダラのマリアが復活直後のイエスに会い、復活した主を抱きしめるというテーマだ。作業は何カ月も続いた。マグダラのマリアは、イエスが死から復活すると信じ、昼も夜もイエスの埋葬地の近くに留まった。イエスの弟子たちの中で、マグダラのマリアがいた場所に立ち会う意思と勇気を持った者はいなかった。彼女は昼も夜も一人だった。ついにイエスが彼女の前に現れた。阿部はそうした親密な瞬間を絵に描きたかったのだ。

アベは、マグダラのマリアがイエスの復活後も親密な関係を持ち続けていたと信じていた。意図的に相手に触れないという約束は2人の間にはなかったからだ。イエスとマグダラは互いに愛し合い、信頼し合い、触れ合い、愛撫し合うことを愛した。彼らは自分たちだけの世界にとどまっていた。

人間学の科学的発展、罪の法的・社会的意味、イエスの概念の哲学的・心理学的分析を修練生に認識させるため、修練院はパネルディスカッションを企画した。ホモ・サピエンスの進化、罪の概念、そしてイエスについて　で、　*審議*は3時間ほど続いた。マタイは罪の概念から観察を始めた。この考えは、市民社会が人間の行動をコントロールし、形成することができなかったときに生まれた。司祭のなかには、集団や社会における行動のルールを書き、それを全能の存在に帰する者もいた。彼らにとって、それは全能で、全知で、遍在する存在だった。残酷で、獰猛で、執念深い男性で、すぐに襲いかかろうとし、誰に対しても用心深く、アポフィス、シヴァ神、ゼウス、ヤハウェ、アラーのように振舞った。司祭たちは、恐怖を作り出すことによって人々を支配し、統治しようとしたのだ。彼らの指示に反する精神的な思索や行動はすべて罪となり、神に背く行為となる。何世紀も経って市民社会が出現し、繁栄したとき、人間は神を超えた社会を維持するために、刑法や民法という適切なルールを作った。彼らは罪、司祭、神をガリレオの瞬間に置き換えたのだ。罪と民法との間に対立が生まれ、罪の支配がゴミ箱に捨てられた。市民社会は現実の科学的説明を求め、それによって自由を獲得し、神父の搾取、服従、抑圧を拒絶した。罪は事実に反し、人間の尊厳を侵害するため、悟りを開いた人間にとって非合理的な概念となった。個人的な生活、共同体、社会から罪の観念を捨てた者だけが自由となり、他者と平等になり、強制や征服に立ち向かうことができるのだ。

短い分析の後、ある初心者が「罪という概念は文明社会にふさわしいのか」と質問した。

罪は奴隷制と非合理性を象徴していた。人間は理性的なので、神が人間のために法律や規則を作る必要はなかった。知性に恵まれ、固有の尊厳に従って法を創造する能力を持つ人間は、社会的な必要性と科学の進歩に基づいて罪の概念を否定した。罪という考えを作った人々は、より広い世界や科学に対する認識がなかった。彼らは静的な宇宙の中にいて、創造論や人間の被支配以上のことは考えられなかった。罪の概念がない世界では、人権や平等、特に女性や子供に対する意識が向上していた。それに、罪は決して市民社会の繁栄を許さなかった。科学的探求の結果、人間は神が宇宙を創造したのではないことを発見した。それは哲学的、科学的な認識であり、悟りだった。科学と哲学が文明社会の定義に多大な貢献をしたのに対し、人間の繁栄に対する神の貢献はゼロに等しい。

阿部は講演者の話を要約し、神と進化論という科学はイエズス会の人生に二項対立をもたらすのか、と質問した。

罪のアンチテーゼは、司祭の専制と神の独裁に対抗するものである。人間は進化の産物だ。彼らの周りで観察されるものはすべて進化の過程にあり、それは自然で必然的なことだった。進化のプロセスに決まったプランはなかった。人間もまた、あらかじめ決められた計画なしに進化してきた。アウストラロピテクスからホモ・サピエンスに至るまで、進化は何のデザインもなく緩やかに行われた。人類にはいくつかの種があり、ホモ・サピエンスはそのうちのひとつだった。彼らは、銀河、星、太陽、月、植物、動物、そして人間とともに天に座す非人間的存在である神という概念を作り出した。人間が神を個々の存在として概念化したとき、創造、支配、奴隷、抑圧、贖罪、栄光という概念が生まれた。それは、科学に無知で、自分たちが生きている宇宙を意識していない人々が生み出した非科学的な考えだった。科学と知識の創造により、啓蒙の夜明けが訪れ、そこでは神という概念は無関係に見えた。イエズス会は啓蒙的な哲学と科学を歓迎し、迷信を否定した。彼らは人類の福祉、進歩、前進のために立っていた。イエズス会は、宇宙から神を消し去ることが不可欠だと主張した。事実を受け入れることが、彼らの人生に二分化をもたらすことはなかった。

別の初心者は、マタイは神も被造物も存在しないという意味なのかと質問した。

神は客観的な事実ではありえない。神という概念は、恐れと想像から生まれた主観的なものだった。このように、神の概念は主観的なものと客観的なものの相互作用から生まれた。知識を得るために、人間は対象を解釈したが、対象を正確に認識することはできなかった。物体としての物体は心の中に存在し得ない。それゆえ、個人は具体的な物体ではない物体のイメージを観察していた。つまり、対象から受け取った知識は不完全であり、彼らはそれを超えて分析したのだ。帰納と推論から、彼らは知識を創造した。分析的知識は空間的、時間的、概念的に制約されていた。個人が観察しなければ、知識はない。神についての知識は、抽象的な熟考ではなく、経験的な分析の結果である必要があった。しかし、経験的な神は存在せず、人間が人間のニーズや状況に基づいて神を作り出した。神が創造されたとき、創造は不可能であった。2 つの永遠の存在が一緒に存在することは不可能であったため、神はその存在に疑問を抱いたのである。その上、創造は神の不在という限界を示した。

もう一人の初心者は、イエスは個人ではなく、象徴に過ぎないのかと知りたがった。

イエスという概念は象徴に過ぎないとマタイは主張した。いわゆる福音書のイエスを作ったものはすべて、現代世界にとって適切で、有効で、受け入れられるものではないかもしれない。現代の人間は、処女懐胎や、水をぶどう酒に変えたり、ラザロを死からよみがえらせたりといったイエスの魔術を否定し、最後には復活を否定した。あの信じられないような物語は、抑圧され、敗北した人々に希望を与えるために創作された。それらは、アッシリア人、シュメール人、ギリシャ人、エジプト人、ローマ人、そしてインド人から借用した物語であり、最終的に聖パウロによって信仰として造形された。彼の物語は現代には何の関連性もない。しかし、イエズス会士たちは、人類愛、博愛、共感、正義という文脈でイエズスを信じた。彼らはその価値観を内面化し、人類の福祉のために働いた。イエズス会のビジョンと使命は、神話であるイエズスという人物ではなく、そうした価値観に基づいていた。

マタイは、イエスが神であるという概念をどのように説明できるのか、と阿部は尋ねた。

イエスは人間であったが、聖パウロは彼を神にしようとした。パウロはイエスについて伝聞的な証拠しか持っていなかったので、イエスに会ったことはない。イエスの死から約 100 年後に書かれた福音書は、ゴシップに依存していた。パウロにはイエスについての歴史的証拠がなかった。この 100 年間、イエスの名前は当時のパレスチナで親しまれていたため、多くの人々がイエスにまつわる多くの神話を作り上げた。説教者、教師、治療者、活動家、魔術師、狂信者、指導者、預言者、そしてローマ帝国に対する闘士がいた。福音書記者たちは、さまざまな人物の物語を一つの名前で体系化した。その合体のキャラクターを彼らはイエスと呼んだ。特に 1 世紀には、人生の出来事を正確に記録する設備がなかったからだ。今日でさえ、人間は特定のスパン、たとえば 5 年間の出来事について、大きな混乱に直面している。学者たちがこの 5 年間に起こった出来事の歴史性を分析すると、矛盾した結果になる。初期のキリスト教徒はイエスが誰なのか知らなかった。彼らが学んだのは、善意、共感、人間福祉の象徴だった。イエズス会士にとってのイエスの概念も同じだった。マテューは断言した。

阿部はマタイ神父の言葉を深く振り返り、幸せな気持ちになった。彼は、自分の人生にはそのような意味があり、神話や魔法の名のもとに無駄にするものではないと考えていた。

やがて阿部とその仲間たちは、2 年間の修行期間を終えて誓願を立てる準備を始めた。約束を発表した後、彼らはイエズス会の会員と呼ばれることになる。修練生にイエスに関するさまざまな神学的視点を明確に伝えるため、修練生長は若いイエズス会のトマス・キザッケン師を招き、修練生と参加型のトークを行った。講演者はインスブルックで博士号を取得し、*キリスト教*における*無神論*について講演した。

最初の頃、キリスト教はパレスチナ、シリア、ギリシャ、トルコ、ローマの抑圧され、服従させられた、最も貧しい人々の運動だった。富裕層、強力な支配者、そして残酷な神々に対する運動だった。キャンペーンの基本原則は、福音書として知られるイエスの物語に基づいていた。しかし、キリスト教が抑圧者の宗教となった 18 世紀から 20 世紀にかけて、ニーチェ、カフカ、ハイデガー、カミュ、サルトルなどの思想家に触発された別の運動がキリスト教の中に生まれ、キリスト教における無神論運動と呼ばれるようになった。神学者トーマス・アルタイザーは『キリスト教無神論の福音』の中で、"神の死は最終的なものであり、それは私たちの歴史の中で新しく解放された人間性を実現した"と主張している。アルタイザーは神を"人間の敵"として映し出した。"神が存在する限り、人類は潜在能力を最大限に発揮することができないからだ"。

キズハケンはイエスと神をどのように区別したのか？と阿部が質問した。

無神論者にとって、イエスは神ではなく、善良な人間だった。それがアーネスト・ハミルトンの理由だった。"イエスという言葉は、人間であること、他の人間を助けること、そして人類をさらに発展させることを意味していた"。

神学者たちは自分たちの運動を何と呼んでいたのだろうか？と初心者が尋ねた。

彼らは自分たちの運動をイエズス　主義と呼び、福音書にその基盤を置いていた。しかし、イエズス会を信じる人々は、キリストと神の概念を否定した。

イエズス会の教義とは何だったのか？別の初心者が尋ねた。

イエズス主義はキリストとは何の関係もなく、その中心思想は神としてのキリストの否定だった。彼らはイエスをキリストから引き離した。彼らにとって、イエスは実在の人物であり、キリストは神話的な存在だった。しかし、彼らにとってイエスは良い人生の源であり、意味であり、模範であった。彼らは、イエズス会のように、人々は社会の福祉と進歩のために努力することが期待されていると断言した。

イエズス会はイエズス教を信じているのか、と阿部は尋ねた。

イエズス会は次第に立場を変えていった。彼らにとって、イエスは善人だった。彼はキリストではなく、したがって宇宙の創造主である神でもない。イエスは神話かもしれないが、重要なのは福音書に描かれたイエスをめぐる考え方だった。正義の概念は、彼の説教に基づいて発展し、それまでの 2 千年間に発展した。アンベードカル、ジョン・ロールズ、マイケル・サンデル、ネルソン・マンデラの正義の概念は、イエスのそれに似ていた。イエズス会は権利を擁護し、個人を尊重し、正義とイエズス主義の核心である自己所有の考えを考慮することなく人間の尊厳を守った。

突然、エイブはグレースの言葉を思い出した：「正義は自己主張なくして成り立つ。人の長所、能力、資質、才能、経歴、美徳は正義の基準ではない。それは事実、人間の尊厳という概念に基づいている」。

正義に関するイエズス会の基本的な立場は何だったのか。また別の初心者が質問した。

イエズス主義の基本原理は愛だった。それがイエズス会の主な信仰だった。しかし、イエズス主義は万能の神を否定する。スピーカーは答えた。

イエズス会が万能の神を否定しているかどうかは別の問題だった。

イエズス会にとって神は人ではなく、象徴であり、観念であった。「キリストの神性を否定するとき、あなたはイエスの人間性と愛を受け入れる。神であるキリストは愛することができない。他者を愛することができるのは人間であるイエスだけだ」と講演者は続けた。

彼はイエズス会とイエズス主義をどのように結びつけていたのだろうか？会場の誰かが質問した。

聖パウロはキリストを製造した。キリストは神学的な定式化であり、ナザレのイエスとは何の関係もない。人間イエスは急進的であり、人類と文化に広く影響を与えた。イエズス会の神学者であり、インスブルック大学の教授であったカール・ラーナーは、イエズス主義とは生活に焦点を当て、イエズスの生活に倣うことであると述べている。ラーナーは無神論者として死んだと言う人もいる。キズハケンは答えた。

「教会はイエスのメッセージを忠実に伝えているか？と阿部は尋ねた。

「デューク大学のオーウェン・フラナガン教授は、教会はイエスを神として崇めようとするため、真実のイエスの説教を支持しないと言っています」と司祭は答えた。

イエスは神だったのか？

イエスは他の人と同じ人間だった。ますます多くのイエズス会がこの立場を受け入れた。イエスを神格化すれば、実際のイエスから逃れようとすることになる。福音書を読めば、彼は血と肉を持った人間であり、自分が神だと主張したことはないことがわかるだろう。ドイツでは、ヨハン・アイヒボーンが福音書を読む近代的な批評法を適用した。彼は、福音書はイエスの死後 100 年以上経ってから書かれたものであること、福音書は伝説と神話であることを発見した。ルートヴィヒ・フォイエルバッハによれば、キリスト教の神は抑圧的な人間の構築物であった。つまり、神への信仰とは、専制的な人間に対する人間の信仰にほかならない。フォイエルバッハは、神への信仰は人間の外にあるものではないと主張し、「神という観念はキリスト教徒から自信を奪った」と講演者は説明した。

イエスは難民だったのか？会場からはもうひとつ質問があった。

福音書にあるように、イエスは難民だった。赤ん坊の頃、両親は彼をエジプトに亡命させた。おそらくエジプト人はイエス、マリア、ヨセフに好意的だったのだろう。何年かエジプトに滞在していたかもしれない。この世界には何百万人もの移民、ホームレス、亡命希望者がいた。イエズス会は、ホームレスや移住者に共感する必要性を支持した。

イエスは無神論者だったのか？と阿部は尋ねた。

おそらく、イエスは無神論者だったのだろう。彼は正統派ユダヤ人と協力するため、神学者のふりをした。ステファン・ホーキングが主張したように、「天国は神話である」。ダーウィンの進化論は創造論の考えを完全に打ち砕き、自然淘汰説は神の存在を証明する科学的根拠がないことを証明した。フロイトは「無神論の真理は自明なので、正当化する必要はない」と考えた。教皇にとって、アドルフ・ヒトラーは〝神の奇跡〟であった。こうして、カトリック教会はナチズムを生活様式として容易に受け入れ、ホロコーストを非難することを拒否した。このような立場から、欧米では多くの人々が神、キリスト、宗教を拒絶するようになった。こうして、キリスト教無神論はキリストを否定した。神ではない人間のイエスだけを信じていた。このポジションは若者たちに希望を与えた。自治、正義、希望を経験することで、人生は有意義なものとなった。それがますます多くのイエズス会の立場だった。講演者は最後にこう述べた。

その夜、阿部はキズハッケンが強調したアイデアについて長い間考えていた。説得力のある話で、彼の心に広範囲に影響を与えた。イエスへの信仰は彼にとって分析的な現実であり、イエスは人間であった。イエズス会は、キリストでも神でもない人間イエズスを信じるイエズス主義を信じていた。

阿部とその仲間たちは、誓いを立てる前に１週間の黙想会を行った。グレースは瞑想と祈りの間、常に彼の伴侶であり、彼はピアノを弾いて彼女の存在を喜んだ。そしてついに、エイブと友人たちがイエズス会の会員になる誓いを立てる日がやってきた。イエズス会の管区長が主司式を務め、シルヴェスターが聖歌隊を指揮した。宣誓の直前、州知事が挨拶した：

「親愛なる兄弟の皆さん、今日から皆さんはイエズス会の会員となります。イエスについて考え、彼のようになるよう努力することを強く勧める。心を開き、イエスのようになるために人生を謳歌しよう。愛が欲しければ愛を与え、真実が欲しければ真実であり、尊敬が欲しければ尊敬を与える。あなたが人に与えるものは、何倍にもなってあなたに返ってくる。"あなたはイエスのようになる。

オフェルトリーの前に、修練生全員が祭壇の前にひざまずいた。プロヴィナンス神父が祈りを読み上げると、修練生たちはそれを繰り返し、清貧、貞潔、従順の誓いを立てた。エイブは、プロヴィナンス神父、ロボ、ジョー、マシュー、シルヴェスター、アントニー、キズハカンと同じようにイエズス会に入った。ロボは説教の中で、「ある旅には道など必要ない。さらに彼は、「イエスのように人々を助け、奉仕する意欲を持つこと」と言った。

マテューはこう言った：「人々を愛しなさい。しかし、あなた
が表現する愛は、出口のない水が溜まった湖のようであっては
ならない。あなたの愛が、世界中の多くの人々の渇きを癒す、
流れる小川となるように。イエズス会の愛は常に拡大するもの
であり、一人の人に集中するものではない〝

最後に、シルヴェスターは次のように述べた。距離を愛し、愛
する人を腕の中で経験することで、愛を豊かにする。イエズス
会士にとって、イエスは最愛の人なのです」。

自分を愛するように互いに愛し合うことは、最も難しい課題で
す。しかし、相手の中に自分を見ることができれば、その人を
気遣うことは簡単なことになる。そして、私が相手を愛すると
き、その人は私の中にいるのです」。阿部は話しながら、台所
のコンロのそばで彼女と一緒にチェスをしたり、そばに座って
ヒンディー語映画の歌を歌ったりしたときに何度も経験したグ
レースの香りを感じた。バスやフェリーで一緒に移動するとき
、あるいは彼女のそばで眠るときの微妙な距離の近さ。グレー
スとの距離は縮まり、彼女は彼の人生の一部となった。礼拝堂
を出る前、エイブはグレースの絵に目をやった。青い頭巾をか
ぶった彼の絵は、誘惑する処女で、聖母マリアとして祭壇の横
に飾られていた。

学長はこの日を休日とした。夕方、エイブとその仲間たちは、
一幕劇『大勢の人々に食事を与えるイエス』を上演し、エイブ
はイエスを演じた。もしグレースがその場にいたなら、マグダ
ラのマリアとして劇に参加し、イエスが群衆に食べ物を配るの
を手伝うように頼んだだろう。

修練生たちの宣誓式から１週間以内に、プロヴィナンス神父は
新イエズス会士全員と長い話し合いを持った。誓願を宣言した
後、新会員は「摂政」として、イエズス会が運営する学校や大

学で 1 年間教えたり、開かれた共同体で働いたりして、人々と一緒に働くために派遣されるのが通例だった。オプションは、スラムの人々、舗道の住人、見捨てられた人々、浮浪者、声なき人々、抑圧された人々、被支配者、ホームレスの人々と共に働いていた。児童養護施設、未亡人保護施設、身体的・知的障害者施設など、ボランティア団体が運営する施設に行く者もいた。個人は自分の選択に従って自由に意思決定ができた。イエズス会は、搾取される人々とともにあり、彼らの重荷を分かち合い、乗り越える手助けをしたかったのだ。質素な生活を送りながら、その多くは活動家であり、背後から人々を鼓舞した。パウロ・フレイレ、セバスチャン・カッペン、サミュエル・ラヤンの哲学の影響を受け、イエズス会は貧困、非識字、不健康の意味を理解した。決して贅沢や快適さとは無縁だった彼らは、苦悩する人類と一体化するために追放を拒否し、解放の神学と共産主義を実現した。

阿部はコミュニティ・ワーク・センターという新しい住居に移った。イエズス会の司祭であり、ニルマラ・ニケタンでソーシャルワークを学んだトーマス・ヴァダケン神父がセンターを管理した。阿部をはじめとする数人は、市内各地や地方でさまざまな慈善活動に従事した。社会の最貧困層を助けること、特に彼らに職を見つけ、衣食住を提供し、子供たちに教育を施し、一次医療を提供することが、イエズス会の主な仕事だった。ヴァダケンはすべての活動を完璧にコーディネートした。

新しいイエズス会士たちは、地域社会の運営に携わる人々に多様な経験を提供するため、3 ヶ月ごとに職場を変えた。このような異動が行われる理由の一つは、若いイエズス会士たちが、一緒に働いている人々に過度な個人的関心を抱かないようにするためであった。それに、彼らは好きなことややりたいことから完全に切り離すことができた。イエズス会は、イグナチオ・

ロヨラから受け継いだ、個人的にも集団的にも大切にしている価値観である。

阿部は出稼ぎ労働者のオープンなコミュニティに行くことを好んだ。プネーが急速に発展する都市であったため、近隣の村々に多くの産業が生まれた。インド全土から集まった何千人もの出稼ぎ労働者が、拡大し続ける都市の隅々で、工業団地、ビル、アパート、別荘の建設活動に日夜追われていた。グローバル化、工業化、自由化によって経済は繁栄した。

UP 州、ビハール州、ベンガル州、アッサム州、オリッサ州からの多くの出稼ぎ労働者が街のあらゆる場所で働いていた。しかし、これらの労働者に提供された生活施設は極めて不十分だった。彼らの多くは、線路や高速道路の脇の舗道や小屋に留まっていた。また、市内の貧しい地域の建設現場には、労働者のかなりの浮動人口が、家族とともに宿を探してさまよっていた。ほとんどの労働者は悲惨な生活を送っていたが、ビハール州やウッタラーカンド州よりはましだった。

阿部は、最も恵まれない地域の飢えと貧困の深刻さを知るために、家庭訪問を始めた。100 軒ほど回った結果、8 軒ほどを見つけることができたが、いずれも女系家族で、食料はほとんどなかった。彼女たちは仕事もなく、生活もままならない。さまざまな事情から、彼らは仕事を求めて掘っ立て小屋を離れたり、あちこちからスクラップを拾ってスクラップ屋に売ったりして生計を立てることができなかった。その 8 家族には 11 人の小さな子供がいた。ヴァダケン神父は、後援機関を通じて子供たちと女性のために食料品を集めた。子供たちが飢えに苦しむことのないよう、定期的に食料を供給することに同意した。

一方、阿部はそのような家庭の女性の就職先を探し、地元のソーシャルワーク大学の教授に連絡を取った。現場活動を担当するラダ・マネ教授は、阿部に学生たちと一緒にその家庭を訪問すると約束し、2 日後にはラダ・マネ教授がその家庭を訪問した。阿部は彼女と同行の学生をその 8 家族の女性たちに紹介し、教授は彼女たちと長い間歓談した。一週間も経たないうちに、マネは女性自営雇用センターという組織で、市内の 3 つのモールで穀物やレンズ豆の包装をするフルタイムの労働者として、女性全員の雇用を見つけたとアベに伝えた。家族には大人がいなかったので、子供たちには安全が必要だった。5 歳以下の幼児は 4 人で、あとは 6 歳から 10 歳の子供たちだった。ラダ・マネは、市営の託児施設、アンガンワディ、そして地元の公立学校にすべての幼児を入所させる手助けをした。

阿部は 2 ヵ月以内に約 350 世帯を訪問し、約 40 人の女性や男性の就職や自営業の開拓を支援することができた。適切な宿泊施設、雇用、医療、教育施設を持たない何千もの移民家族がいたため、阿部はソーシャルワークの学生たちとともに、彼らを支援するための綿密な計画を立てた。ラダ・マネは、スキルアップとフィールドワークの一環として、週に 2 回、約 10 人の学生を阿部のもとに派遣した。2 年間のソーシャルワーク修士プログラムを受講している学生は、高いコミットメントを示していた。彼らは安倍首相が不在であっても、移住者たちとの活動を続けると約束した。ソーシャルワーク・カレッジは、2 週間以内に移民コミュニティのためになる 5 年間のフィールドワーク・プロジェクトを計画し、展開した。カレッジは阿部を調整組織のメンバーに招いた。

阿部は 3 カ月目の半ばまでに 9 家族を見つけた。イスラム教徒はみな、隣国グジャラート州のアーメダバードから移住してきた。家族には小さな子供はいたが、成人男性はいなかった。両親のいない子供もいた。38 人全員が身を寄せ合い、線路の近く、大きな木の下、開けた場所に留まった。食べるものもなく、子供たちは着るものもほとんどなく、寝る場所もない。熱、咳、風邪、皮膚の発疹に苦しむ子供もおり、全員が悲惨な状況にあった。多くの子どもたちや女性たちの体にはやけどや傷があり、阿部はこのような悲惨な状況にある子どもたちや女性たちを見たことがなかった。死が大きく迫っていた。とはいえ、彼女たちは部外者にはなかなか話そうとせず、阿部も彼女たちの実態を知ることは難しいと思っていた。しかも、女性は全員ヒジャブをかぶっており、顔と指しか見えない。

阿部はすぐにラダ・マネに知らせ、女子学生たちを引き連れて1時間以内に到着した。彼らは女性や子供たちと長時間話し合った。するとラダは、女性や子供たちはグジャラート州の報復、暴力、暴動から逃れてきたアーメダバードの難民だとエイブに言った。宗教的狂信者たちが部下を虐殺したのだ。阿部は前週にグジャラートで起きた大量殺人の記事を読んでいた。一部の新聞やテレビからは、ポグロムに関するニュースがまだ入ってきていたが、これほどひどいものだとは思ってもみなかった。

「早急な医療ケア、食料、衣服、シェルターが必要です」と阿部は言う。

「ラダは警察に電話した。

10分もしないうちに、地元警察署と鉄道警察の警察が到着した。

女性警官が3人いて、女性たちに話しかけていた。警部は鉄道警察と話をした。

「線路から移動させます」と鉄道警察はアベとラダに言った。

「阿部は警部補に言った。「彼らは早急な治療、食料、衣服が必要です。

「この件は警察が完全に処理できますから」と警部は答えた。

「しかし、これは人道的危機なのだ。

「すぐにその場を離れてください。さもなければ、警察の仕事を妨害した罪で逮捕しなければならない」と警部は荒々しかった。

しぶしぶ、阿部はその場を後にした。警部はラダと話をしていた。

阿部はそのことをヴァダケンに伝え、翌日、2 人で難民に会いに行った。しかし、彼らの居場所はどこにもなかった。阿部とヴァーダケンは警察署に難民について問い合わせに行った。警部と会うために 3 時間ほど待たされた。

「サー、私たちは女性や子供たちに十分な食料と衣類を提供する用意があります」とヴァダケンは警部に言った。

「政府はインドのすべての人々に衣食住を提供することができます。

「アーメダバードからの難民のことです。

「誰がアーメダバードから来たと言った？彼らはウッタル・プラデーシュ州のモラダーバードから来た。イスラム教の 2 つの宗派の間で争いがあった。この問題はグジャラートとは関係ありません。

彼はストーリーを作っていた。ラダは、そのイスラム教徒の女性や子供たちはアーメダバードから来たポグロムの犠牲者だと言った。

「サー、どこから来たにせよ、彼らはひどい状態です。彼らを助ける準備はできている。一部のスポンサー機関は、数カ月間、食料、衣料、医療を提供することに同意しています」と安倍首相は明言した。

「政府の仕事を邪魔してはいけない。二人ともすぐにその場を離れなさい。

サー」ヴァダケンは何か言いたそうだった。

「出て行けと言っただろう」と警部は怒鳴った。「あなた方キリスト教徒が十分な資金を持っていることは承知している。ヨーロッパとアメリカから毎月数百万ルピーを受け取っている。貧しい人々をキリスト教に誘い、改宗させるために、食べ物や衣服、医療を与える。喧伝はあなたの動機だ。ここから出て行け。ローマに戻れ。今度会ったら、牢屋にぶち込むぞ」と警部が怒鳴った。

ヴァダケンと阿部はどうしていいかわからなかった。負傷した女性や子供たち、避難民を探したかったのだ。すぐに食糧と医療を手に入れなければ、彼らは滅びてしまう。

阿部はラダに電話をかけたが、彼女の電話はつながらなかった。折り返しの電話がなかったので、1時間後にもう一度彼女に電話した。1時間後、阿部は再び彼女に電話をかけた。

「こんにちは、エイブラハム」とラダは言った。

「こんにちは、マネ教授。誰かが女性と子供たちをアーメダバードから知らない場所に移しました。彼らを見つけ出し、助ける必要がある」と安倍首相。

「ほら、エイブラハム、私は大学の校長から、警察や政府当局の活動に口を挟むなと言われているんだ。申し訳ありませんが、この点に関してはお役に立てません」とラダは答えた。

「と阿部は言った。

しかし、ラーダへの返事は衝撃的だった。社会福祉大学のフィールドワーク担当として、彼女は暴力、拷問、放火、大量殺人の犠牲となったイスラム難民の社会復帰を助けるべきだった。

銃、剣、爆弾、警棒を振り回し、暴徒と宗教的狂信者がアーメダバード、スラート、グジャラート州の他の都市や町でイスラム教徒を襲撃した。イスラム教徒の家屋、建物、施設、礼拝所が取り壊され、焼かれた。散発的な暴力が続いた。男も女も子供も宗教的憎悪の犠牲になり、都市部では集団レイプが頻発した。中立的なジャーナリストやオブザーバーによれば、宗教原理主義者たちは殺戮の最中に 2000 人以上を殺害し、イスラム教徒を守る約 200 人の警官が命を落としたという。グジャラート州では 15 万人以上が家を失い、避難を余儀なくされた。尊敬するジャーナリスト、オブザーバー、引退した判事たちは、グジャラート政府が暴徒を黙認していることを非難した。「政府は暴力を鎮めるために何もしなかった。「暴力的な暴徒は有権者の名簿を持ち、イスラム教徒の家庭や近隣の場所を突き止めた。阿部は、前日線路で見かけた女性たちがアーメダバード出身であることを知っていた。

頭が沸騰し、心臓が破裂しそうだった。エイブは女性や子供たちの居場所を突き止めたいと思った。もう一度、線路に向かった。近隣の商店主や住民に難民について尋ねたところ、阿部は彼女たちのことを知らなかった。グジャラート暴動犠牲者の苦痛や苦悩、特に見ず知らずの人々のことなど、誰が気にかけるだろうか？面と向かって交流することがなかった彼らにとって、彼らは存在しなかった。それらの商人たちは、宗教狂信者たちによる 2000 人以上の大虐殺を心配することはなかった。大量殺戮を組織することでより大きな栄光を得ようと努力し、警察や官僚を支配下に置き、近隣の政府に影響を与えることができる人物がいたとき、人々は虐殺された人々に共感することを拒んだ。その思いがエイブを圧倒し、彼の感情を支配した。しかし、救済策や出口はあるはずだ。被害者は、自分たちを助けてくれる人たちがいること、そして自分たちが生き続けなければならないことを知る必要があった。可能であれば、暴力とレイプの背後にいる犯罪者は、大虐殺の首謀者とともに起訴され、処罰される必要があった。彼は彼らが生き残るのを助けることにした。阿部は、彼らを救い、生かすために、あらゆる状況と可能性を精神的に計画した。

線路の中を1時間ほど歩いていると、阿部は少し離れた線路の反対側で、12〜14歳くらいの少年がスクラップを集めているのに気づいた。エイブはそれを横切り、少年のいる場所にたどり着いた。少年はエイブを見るやいなや走り出し、背中のバッグを左右にぶら下げた。阿部は速く走ることで5分以内に少年を追い抜き、少年になぜ走るのかと尋ねた。彼は、阿部は鉄道警察の人間だと思い、容赦なく叩かれるのを恐れていると答えた。さらに彼は、自分がこの国で最悪の貧困に苦しむビハール州出身であることを告げた。彼は4年前から線路のスクラップを集めて生計を立てていた。両親と3人の兄弟は仕事を求めてプネーにやってきた。石工だった父親は、高層ビルから転落して背骨を折った。彼は3年間寝たきりだったが、勤務先の建設会社から補償を受けることはなかった。彼の母親は建設現場で泥やレンガを運んでいたが、その賃金は彼らの食費には不十分だった。

阿部は彼がどこに住んでいるかを尋ねると、少年はそこから25キロほど離れた不毛の土地に住んでいると言った。ベンガルやビハールからの何百人もの移民が家畜のように暮らしていた。学校がなかったから、子どもたちは学校に行かなかった。毎日、少年は街に出て、線路に落ちているスクラップを拾い集めた。夕方までに袋一杯の廃棄物を拾い集め、スクラップ屋に売り、夕方には列車で自分の家へ向かう。少年は父親と2人の弟妹に食事を与え、母親が遠く離れた小川から水を汲んでくるのを手伝わなければならなかった。

なぜ彼らはビハール州に戻らなかったのか、と阿部は尋ねた。少年は、ビハールには食べるものがないから死ぬと答えた。その上、大規模な汚職、無法、暴力がビハール州を生き地獄に変えた。エイブが警察に捕まったことがあるかと尋ねると、少年は何度か警察に捕まり、ひどい暴行を受けたと答えた。警官の多くはサディストだった。彼らは低賃金で、上司から奴隷のように扱われ、警官は権力者や金持ちの法律違反を無視して、捕らえた者は誰であろうと殴り、彼らに手を出す勇気はなかった。

阿部は少年に、前日同じ場所で女性と子供のグループを見なかったかと尋ねた。少年は、ヒジャブ姿の女性と 20 人以上の子供を見たと答えた。エイブの心は震え、一筋の希望が見えた。阿部は少年がどこに行ったか知っているかと尋ねると、少年は 2 台の警察のバンを見たと答え、女性も子供もみんな警察に車内に押し込められたという。

「事件の一部始終を見たのか？と阿部は尋ねた。

「警察に捕まって、サタン・ロックに一緒に捨てられるのが怖かったからです」と少年は言った。

〝警察のバンでどこに連れて行かれたか知っていますか？〟と阿部は尋ねた。

「ここから 45 キロほど離れたところに、岩と棘のある茂みとサボテンが生い茂る荒涼とした場所がある。警察は通常、不要な人間、特に年老いた乞食やハンセン病患者をそこに捨てるんだ。

阿部は頭に震えを感じた。不要になった、年老いた、病弱で生産性のない人々を悲惨な死に追いやることは、彼の理解を超えていた。

「行ったことはある？と阿部は尋ねた。

「行ったことがない。その場所はサタンズ・ロックスとして知られている。夜にそこにいた人たちは、人間の骸骨しかないと言っています」と少年は答えた。

これは深刻な人権侵害だ。警察は無力な人々を砂漠に捨てて死なせた。警察はそのような事件を知らなかったと主張するかもしれないし、死を望んでそこに行った人もいたかもしれない。警察と官僚が考えた言い訳かもしれない。一部の政治家や宗教狂信者にとっては問題なかった。

「と阿部は尋ねた。

「サタンズ・ロックスは、私たちが滞在しているところから20キロほど離れたところにある。そこに行くには車が必要です」と少年は言った。

そしてエイブに村の名前を告げ、サタン・ロックスへの行き方を説明した。阿部は自宅に戻ってヴァダケンと話し合い、大型バンに乗ってサタンズロックへ向かった。食料、水、毛布、衣服、薬などを運んだ。道路はひどい状態で、運転は厳しかった。警察はどうやってサタンズロックに行き、不要な人間を捨てることができたのか？

すでに午後2時だった。

「一刻も早くそこに到着する必要がある。

「そうだ。女性や子どもたちを死から救う必要がある」と安倍首相。

「そういうことはよくある。そして、無神経な政府はその責任から逃げている」とヴァダケンは言う。

「政府が逃げるのは、強い抵抗がないからだ。官僚だけでなく、新聞やテレビにも多くのおべっか使いがいる。中には犯罪者を崇拝している者もいる」と安倍首相。

「有力な官僚、弁護士、ジャーナリストたちが、宗教、金、快適さに基づいて、取り巻きになることを奨励され、そそのかされているとき、正義のために立ち上がる勇気のある者は多くない」とヴァダケンは言う。

「犯罪者たちは、弱い立場にあるマイノリティの殺害を神聖化した。しかし、長い目で見れば、法律が彼らを捕まえ、罰することは間違いない」と阿部は言った。

「まず、責任者は恐ろしい犯罪に対して罰せられなければならない。宗教の名の下に暴力を煽り、無力な人々を虐殺する不良政治家たちや、後世の教訓となるはずだ。女性や子供を殺す者に慈悲はない。

「その政治家たちは、神権主義的な国家を計画し、それを達成するために多数派の目標に立ちはだかるはずの敵を作り出し、少数派を排除することが、すべてが天国のようになる目的地に到達するために不可欠であることを告げた。グジャラート出身の犯罪者たちは、そのような天国を提案している」と安倍首相。

夕方 5 時頃、彼らはサタンの岩に到着した。女性や子供たちを見て、彼らの心は沈んだ。意識を失っている子供もいれば、泣き叫び、水も食料もない絶望的な状態の子供もいた。

ヴァダケンと阿部は彼らに食事を与え、飲むのに十分な水もあった。子供たちは全員毛布で覆われ、阿部とヴァダケンを一人ずつ乗せて車に移された。彼女たちは、自分たちが安全で安心できる場所に連れて行くと言い、説得した。バンに 38 人全員を乗せるのは面倒で、1 時間以内に帰路についた。9 時頃、彼らはコミュニティ・ワーク・センターに到着した。すぐに 14 人の子供と 2 人の女性を病院に移した。女性医師 2 人と男性医師1人がセンターに到着し、残りの人々を徹底的にチェックした。

十分に保護された寝床がなかったため、阿部とヴァダケンは礼拝堂をドミトリーに改造し、その場しのぎのベッドを用意した。3人の看護師が病院から呼び出され、夜間、女性や子供たちの世話をした。

翌日、阿部とヴァダケンは難民を世俗団体の夫婦が運営する女性と子供のための施設に移した。この施設には、働くことで生計を立てられる女性のための雇用プログラムがあった。ヴァダケンは、就学年齢の子供たち全員に教育を提供するよう手配した。

阿部は陶酔していた。彼は、38人の命を避けられない死から救えるとは思ってもみなかった。阿部は何日もそれを心の中で祝い、寝ているときでさえ内なる喜びを味わった。彼はその悲劇を引き起こした責任は政府にあるとした。それでも彼は、大量虐殺や人権侵害の問題が短期間のうちに人々の意識から薄れれば、支配エリートは簡単に手を洗うことができることを知っていた。無慈悲で残忍な政府に楯突くことを恐れたため、多くの人々はそれを追求しようとしなかった。

阿部はグレースからインスピレーションを受けたからだ。ヴァダケンとの仕事は、警察には怪しげだと言われるかもしれないが、阿部は警察の意図を打ち砕くことができた。少年が家族の生存のために廃品回収を手伝ったことは、驚くべきことだった。警察はエイブを捜索することはできたが、彼が死刑囚の女性や子供たちを、小さなアウシュビッツから移したという手がかりはなかった。警察が犠牲者をサタン・ロックに遺棄した証拠がない以上、警察は犠牲者を救出した人を責めることはできな

い。しかし、阿部は警察と対立したくなかった。狂信者たちは
阿部を抹殺することができるからだ。

エマ

エイブの心はグレースを憐れんだ。それは突発的な感情ではなく、長い時間をかけて噴出したものだった。イエズス会は、彼の心に刻まれた彼女の足跡を消すことはできなかった。イエズス会の影響は彼の人生において確固たるものであったが、一過性のものであった。彼女の写真を頭から離し、自分の人生から彼女を捨てるのは、彼にとっていささか難しいことだった。彼女は彼の魂の絶え間ないサスルスの感覚へと進化し、彼の行動はすべて彼女の思考と共鳴した。グレイスは決して心の停滞を許さず、何カ月も不眠に苦しんだ。

「グレース、どこにいるの？阿部は泣いた。

彼女の呼ぶ声が聞こえた：「エイブ、あなたと別れてからずっと探していたのよ。私は孤独に耐えられない、あなたがいないことに」。

「グレース、戻ってきなさい。できるだけ早く連絡します」。

「私はあなたを待っている、あなたと離れるのはつらい」。

阿部は不協和音のような心をコントロールしようとしたが、失敗した。毎日、毎晩、何カ月も何カ月も、彼はグレースのことを考え、彼女を探し、彼女のために魂を泣かせた。エイブにとって、人生は無気力になっていた。しかし、恩寵が彼の心を完全に支配するにつれて、彼の憂鬱な精神は回復していった。夢の中で、彼はグレースに手を振ったが、彼女はヤシの葉がぶら下がっているように感じたのだろう。

阿部は嘆き悲しんだ。1 年間のコミュニティ活動が終わり、彼はヴァダケンに会い、自分がひどく落ち込んでいることを告げた。ヴァダケンは彼の様子を見て驚き、なぜ彼が寂しく陰気なのか尋ねた。

「ヴァダケンは、「私は、あなたが地域社会の活動に全面的に参加し、人々が飢えや貧困、惨めさや無力さから逃れられるように手助けしようとしていたのに、意気消沈してしまったのではないかと思っていた。

"私は人々、地域社会、施設と関わっていた。私は生涯、人と一緒に働くのが好きなんです」。

「では、何があなたを食っているのですか？ヴァダケンが尋ねた。

「ご存じかもしれませんが、私はゴアのグレースという人のところに9カ月ほど滞在していました。彼女に触れることはなかったが、私は彼女を深く愛していた。彼女を尊敬し、人生の最後まで一緒にいたいと思っていた」と阿部は語った。

「当然だ。すべてのイエズス会は、切っても切れない友人として女性と関わってきた歴史を持っている。しかし、ほとんど全員が最愛の人を捨て、人間のより大きな栄光のために新たな人生を歩み始めた。社会がより良い生活を送れるようにするためだ。私たちの目標は、人類の福祉のために努力することです」とヴァダケンは釈明するように答えた。

「私はそれを知っている。私もすべてを捨てた。私はグレースから永遠に離れることができる。でも、それは難しい。昼も夜も、彼女の思い出や考えでいっぱいだ。彼女から離れることはできない。彼女の思い出に感謝し、その近さを楽しんでいる」と安倍首相。

「完全に人間的な、美しい感覚だ。グレースとの思い出を楽しまなければならない。彼らをあなたから引き離そうとしてはいけない。彼女はあなたです」とヴァダケンは分析した。

「あなたは私のことを理解している。でも、私の問題は、イエスよりもグレースを愛していることなんだ」とエイブは率直だった。

「エイブ、それも普通のことだ。それが人間だ。イエスは理想であって、人ではない。その理想こそが、人類の進歩と発展のために働く私たちの原動力なのです」。

「私の心の中にあるものを教えてください。あなたは私の心を読むことができる。イエスのいる天国よりも、グレースのいる人生の方が好きなんだ」と阿部。

「エイブ、天国は良い人生の概念に過ぎない。グレースと一緒なら、それがあなたの天国です」とヴァダケンは答えた。

「グレースと一緒になるために、イエズス会を辞めたい」と阿部は率直に言った。

「イエズス会から休暇を取り、好きなだけグレースと一緒にいることを勧める。また来たいなら来ればいい。そうでなければ、愛する人と天国を楽しんでください」とヴァダケン。

「私の気持ち、意図、そして憧れに対するあなたの率直さ、理解に対して、なんとお礼を申し上げればいいのでしょう」と阿部は答えた。

「エイブ、イエズス会はみんなあなたのようなものだ。あなたも誓願を立ててイエズス会士となった。私たちは皆、人間の福祉のために働き、人間を全体的な存在として理解しようと努めている。あなたの幸福、充実感、人生の目的、人間の全体性は、イエズス会にとって重要です。あなたは感情、情緒、愛、信頼、悲しみ、不安、心配、憂鬱、孤独、幸福、喜びを持つ人間だ。私たちは人間としてあなたを必要としている。あなたがどこにいようと、何をしていようと、私たちはあなたのことを喜んでいる。でも、プロヴィンスキーに会って、彼と話し合ってください」とヴァダケンは提案した。

阿部は安堵し、稀に見る幸福感を味わった。彼はプロビンシャルのクリエン神父に会い、自分がイエスを愛している以上にグレースを愛していることを伝える準備をした。ミーティングは夕方に行われ、プロヴィンスキーは彼の話に熱心に耳を傾けた。

「阿部、君が地域社会での仕事を終えて本当によかった。ヴァダケンは、あなたが暴動被害者や、施設に収容されている身体障害者、知的障害者を助け、目覚ましい活躍をしたと言っていました」とクリエンは言う。

「人と関わる多様な機会を与えてくれたことに感謝している。この１年の経験で得たものは多い」と阿部は答えた。

「仕事はイエズス会の人生において最も重要な部分である。長年のトレーニングは、私たちの焦点である人々の向上に完全に専念することを助ける。イエズス会の設立当初から、創立者たちは仕事と祈りを優先していた。イグナティウス・ロヨラとフランシスコ・ザビエルは、明確な労働倫理と宗教的環境を持っていた。

「イエスの仲間たちは、人々を助けることに時間を費やすことを信条としている。彼らには使命がある。

「イエズス会の創立者たちの世界観と、私たちの世界観は大きく変わった。彼らにとっては閉ざされた世界であり、地球は平らで、既知の宇宙の中心だった。神が空に置かれた小さな星、太陽、月があった。神は宮殿に住み、豪華絢爛で、あらゆる贅沢を楽しみ、天使や聖人たちの賛美を浴び、彼らは絶えず神のために賛美歌を歌っていた。神は暴君の王であり、神に罪を犯した者はみな罰せられた。神はモーセに何千人も、女子供さえも殺すように言われた。ルネサンス期まで、殺人は神の趣味でした」とクリエンは説明する。

「そう、神、天国、罪、そして人生に対する概念は大きく変わった。私たちは、神話的世界の寓話や空想よりも、明晰な思考と科学を優先するところに到達した。人間は、観察と検証のテストに耐えられない神の存在に関するあらゆる概念を拒絶する。人工知能のおかげで、以前の世界では神聖視されていた多くの信念を捨てることができた。

「その通りだよ、エイブ。人間は理性や論理に反するものをすべて捨てる。だから私たちは、空に鎮座する神を必要としないのだ。私たちは父の概念である御子と聖霊を、砕いた紙缶の中に永遠に捨ててしまった。処女懐胎、奇跡、復活も同じだ」。

「これらはすべて、他の宗教や神話からの思い込みであり、借り物の信仰だった。彼らは行かなければならない。啓蒙された社会では、神という概念を書き換える必要があるのだから。

「神とは何か？多くの人が時々この質問をする。宇宙とホモ・サピエンスの創造主である彼は、別個の存在なのだろうか？神が宇宙と異なる存在であるならば、宇宙はどのようにして生まれ、人間はどのようにして誕生したのか？カイヴァリヤ・ウパニシャッドでは、　、*すべてが出現し、私の中にすべてが存在し、私にすべてが戻る*。つまり、宇宙と神は同じなのだ。セム系宗教であるユダヤ教、キリスト教、イスラム教がこの概念を借用したとはいえ、彼らは粘り強く創造の教義を守っている。*、私はぶどうの木であり、あなたがたは枝である*。しかし、キリスト教では、*神が世界を創造したのであり、　ブドウの木とその枝は別の存在である*というイエスの言葉を否定している。つまり、創造論者は神と宇宙は別のものだと主張しているのです」と阿部を見ながら栗園氏は説明した。

「科学者たちは、創造論は寓話に過ぎないとして疑問を呈している」と安倍首相は答えた。

「そうだよ、エイブ。この千年、私たちはカトリックの司祭であり、天文学者であり、ルーヴァン大学の物理学教授であったジョルジュ・ルメートルによって提唱されたビッグバンから宇宙が生まれたと受け入れている。アインシュタインと同時代のルメートルは、原始の原子あるいは宇宙の卵から膨張する宇宙を科学的に提唱した。その後、定常理論の提唱者であるフレッド・ホイルは、原始原子の膨張をビッグバンと皮肉った。1951年、第 12 代教皇ピウスは、ビッグバンを創世記の証拠であると権威的に宣言した：*したがって、創造主は存在する。したがって、神は存在する。*こうして、ビッグバンはローマ教皇にとって創造の出発点となったのです」とクリエンは言う。

「ロジャー・ペンローズは、宇宙はビッグバンとビッグクランチの連続的なサイクルに耐えており、現在の宇宙は前の宇宙から生まれたものであり、宇宙は無数に存在すると提唱した。宇宙はその全体において、時間と空間を超越している。そのようなシナリオでは、宇宙は永遠であるため、創造主は存在しません」と阿部は分析する。

「ペンローズが提案したことは論理的である。私たちの宇宙は、前の宇宙の死から生まれた。この現象は無限に起こり、これからも起こるだろう。だから、始まりはなかったし、終わりもない。時間と空間は宇宙の中にのみ存在し、宇宙のために存在するのではない」とクリエンは言う。

「そのセットアップでは、神の居場所はない。精神でも物質でもない神には、創造する理由がない。もし神が創造を行うのであれば、彼は時間と空間の産物であり、神ではない。不完全な神だけが創造にふけるのです」と阿部は答えた。

「その通りだ。最新の科学的証拠は、ビッグバンがおよそ 140 億年前に起こったことを示している。太陽系は約 70 億年前に誕生し、約 40 億年前の地球では、ある分子の組み合わせによっていくつかの生物が誕生した。こうして、化学変化による物理的世界で生物学的システムが発達し、進化の物語が始まった。霊でも物質でもない神が、なぜ物理的世界と生物学的存在を創造しなければならないのか？クリエンの主張は説明的だった。

「人類学者によれば、人類は 300 万年から 400 万年前に東アフリカでアウストラロピテクスから進化した。異なる人類種が存在した。約 1 万 5 千年前まで、これらの人類は地球上のさまざまな場所に住んでいた。聖書によれば、神はアダムを創造し、後にそのあばら骨から、神に似せて最初の人間であるイブを創造した。神はメソポタミアにあったエデンの園で彼らを創造された。しかし、彼らがどの人類種に属するのかは定かではない。ホモ・エレクトスがメソポタミアの主要な住民であり、*ホモ・ネアンデルターレンシス*も少数含まれていたからである。エデンの園の境界には、チグリス、ユーフラテス、ピション、ギホンの 4 つの川があった。エデンには生命の木と善悪を知る木の 2 種類があった。アダムとイブのように話すことができる蛇もいた。*ある日、神はアダムに言われた。「園のすべての木を食べてもよいが、善と悪を知る木は食べてはならない。食べたその日に、あなたは死ぬ運命に あるのです」*と阿部は語りかけた。

「創世記の物語は魅力的だ。しかし、それは理性と常識に欠けている。アダムは唯一の人間であり、孤独だった。そこで神は眠っている間に女性を創造し、アダムは自分の肋骨の一本からイブと名づけた。すると蛇は、善悪を知る木の実を食べるようにエバを誘惑した。エバはアダムにその実を与え、二人はそれを食べた。突然、目が開き、自分たちが裸であることに気づいた。そこで、彼らはイチジクの木の葉を縫い合わせて身を覆った。*そのとき、彼らは神の声を聞き、涼しい昼間に庭を散歩していた。彼らは神から隠れ、神はアダムを呼んで言われた。アダムは言った ：私は庭であなたの声を聞きました。裸だったので、恐ろしくて隠れました。*そして神はアダムとエバを罰した。それはキリスト教の基本的かつ中心的な信仰である。こうして、アダムとエバは神に対して罪を犯し、果実を食べるという重大な罪から自分たちを救うことができなかった。そして神は、アダムとエバを罪から守るために救い主を遣わすと約束された。そして神はイエス・キリストにおいて人となり、ローマ人によって十字架にかけられた。そしてイエスはアダムとエバの罪のために死なれた。神は彼を死からよみがえらせ、天国に連れて行き、神の右の座に着かせました」とクリエンはさらに聖書の物語を語った。

「アダムとイブの物語は不合理だ。存在しない神がイエスにおいて人となり、人類を罪から救う必要があった。最初の人類が木の実を食べることは重大な罪だったのか？両親の罪は DNA のように子供たちに受け継がれるのだろうか？もし神による創造がなかったとしたら、人類の歴史においてイエスの十字架の死はどのような意味を持つのだろうか？その上、ホモ・サピエンスの一員であるイエスは、おそらく*ホモ・エレクトス*か*ホモ・ネアンデルターレンシス*であったアダムとエバの罪や不従順のために死んだ。最初の人類は約 100 万年前に出現し、約 100 万年前に果実を食べて神に背いたかもしれない。残念なことに、彼らは神に背いてから約 1 万年後、約 2000 年前にイエスが来られるまで、罪の中にとどまっていた。アダムとエバが犯した罪から人類を救うために、神はなぜひとり息子を送るのを長く待たれたのか？阿部はいくつかの疑問を投げかけた。

「これらの問い合わせは適切なものだ。私たちはこれらの神話について熟考する必要がある。アダムとイブ、そしてイエスの誕生と死の物語を、ローマ教皇ピウス 12 世が「*天地創造*」と名づけたルメートルの提唱したビッグバンの文脈の中でどう関連づけるのか。仮に天地創造やアダムとイブの物語に事実無根の根拠がないとしたら、クリスチャンはリンゴを食べた罪に対して神が与えた罰から人類を救うために人となった神の神学をどのように内面化すべきなのだろうか？単純な背信行為のために、神はアダムとエバを罰し、エデンの園から追放した。でも、信じられないような音だ。創世記の天地創造の物語は民話であり、その神話に基づくイエス・キリストの救い主の約束も神話であったことは確かです」と阿部を見ながらクリエンは説明した。

「つまり、キリスト教の神学はすべて誤謬に基づいている。1 世紀、シリアでタルソスのパウロというユダヤ人出身の男が、イエスを見たこともないローマ市民であったが、イエスの名によって神学を編み、それを少数の信者たちに渡した。パウロはナザレのイエスをキリスト、メシアとして宣伝した。彼の教義はキリスト教のバックボーンとなった。コンスタンティヌスは 31 年、ローマの帝位をめぐって兄弟を殺害した。妻は彼を納得させた。彼はクリスチャンの神に勝利を捧げたのだ。彼は感謝の意を表すために、キリスト教をローマ帝国で許された宗教のひとつと宣言した。死の床でコンスタンティヌスは洗礼を受け、キリスト教徒となった。その後、キリスト教はヨーロッパ、アフリカ、アメリカ大陸、アジアの一部で何世紀にもわたって栄えました」と、クリエンはキリスト教の歴史について簡単に触れた。

「20 世紀から 21 世紀にかけて、キリスト教は、神、創造、原罪、処女懐胎、復活、イエスの救い主としての使命について、思想家や科学者から提起された多くの疑問に答えることができなかった。これらはすべて、知的な人間にとっては意味のないことだった。その結果、キリスト教は多くの国から姿を消した。多くの教会、大聖堂、修道院、神学校、修道院、その他の宗教施設が閉鎖されたり、ショッピングモールや複合商業施設に転用されたりしている」。

「そうだ、安倍さん、キリスト教もイスラム教もユダヤ教も長くは続かない。200年から300年以内に、それらはすべて消滅するだろう。セム系宗教の将来について、クリエンはこう語った。

「考える人は神の存在に疑問を抱くが、宗教家は自信に満ちている。知性のある人は疑い続けるが、愚かな人は確信に満ちあふれている。

「イグナティウス・ロヨラ、フランシスコ・ザビエル、そして彼らの仲間たちの時代、そして数世紀の間、すべてのイエズス会が原理主義者であり狂信者であったのはそのためです。

「イエズス会は時間が存在しないことを知っており、神もそうである。

"私たちイエズス会は、私たちの信念に反する議論の余地のない事実が提示されると、考えを変える。イエスは宇宙についてほとんど理解していなかった。イグナティウス・ロヨラとフランシスコ・ザビエルは進化論を知らなかった。もし彼らの信念が科学と矛盾するのであれば、私たちは彼らの信念を否定します」とクリエンは断言した。

「それは稀有な資質であり、正直で勇気のある立場だ」と安倍は言った。

「エイブ、ヴァーダケン神父からあなたと陛下のことは聞いていた。彼女との生活を夢見るのは当然だ。あなたの理由は尊重する。どうぞ。イエズス会へのあなたの貢献は計り知れないものでした。そして、あなたはインスピレーションを与えてくれる。あなたはどこに行っても成功し、人々はあなたから恩恵を受ける。あなたの成功を祈っています」と栗園は言いながら、立ち上がって阿部と握手を交わした。

「神父様、あなたの優しさ、励まし、サポートに感謝します。イエズス会と過ごした日々を大切にしています」と阿部は感謝の気持ちを表した。

「今日、イエズス会からの休暇の手紙を送ります。

エイブはイエズス会士ではなくなり、新たな人生を歩み始めた。彼の心はグレースで満たされ、どこかで彼女に会うことを切望しながら、遠くまで旅をした。いつか彼女に会って、彼女の目を見て尋ねるに違いない：グレース、　。なぜ私を残してどこかへ行ってしまったのですか？しかし、彼は彼女がどこにいるのか知らなかった。彼女の光り輝く姿は、彼の心と切り離せないものだったからだ。

エイブは放浪者のようにさまよい、街や通り、町や村、ヴィンディヤ山脈やヒマラヤ山脈、ラジャスタン砂漠やデカン高原、川岸や海辺で恩寵を探した。彼は愛するグレースを何年も探し続けた。彼女の愛に全面的に応えているのだから、彼の感謝の気持ちは明白だった。

エイブは旅に飽きることなく、長旅の間、折に触れてイエズス会での生活を回想していた。修練生として１年、修練院で２年、共同体活動に１年。イエズス会での生活は刺激的だった。高度な教育を受け、心が広く、哲学的に健全で、人間の偉大な栄光に対する強い信念を持つイエズス会は、洗練された無神論者だった。彼らは時代の兆しに従って変化し、創始者のビジョンから一転して、『スピリチュアル・エクササイズ』を　『ゴッド・デリュージョン』に置き換えることに何の恐れも不安も持たなかった。強固な基盤のもとで、自分たちの仕事と使命を継続したかったのだから、それは必然だった。彼らのビジョンには目を見張るものがあり、その仕事は並外れたものだった。神とキリストが神話と魔術に絡め取られた薄汚れた過去に姿を消したように、イエズス会は憎しみや嘆きから解放され、人間のより大きな栄光のために前進していた。多くのイエズス会士が、日々の生活や使命の中で、表向きには信仰について沈黙していても、内心では不信仰であることを宣言していた。

イエズス会士たちは、このまま進むことを約束した。彼らには、何世紀にもわたって従ってきた信念体系を置き換える開放性と勇気があった。現実を鋭く観察する彼らは、科学的発見に基づく別の信条を周囲の社会から持ち込んだ。彼らは、自分たち自身、自分たちのビジョンや使命、社会との関連性や位置づけを問い直した。それは、変化が必須であり、揺るぎないものであり、避けられないものであるという認識であった。新しい信念は論理的で力強く響き、何の根拠もない古風な考えに取って代わり、調停と対話の間に提起された疑問に対する説得力のある答えとなった。神話上のキリストはイエズス会にとって無関係となり、普通の人間、声なき者、読み書きのできない者、病人、飢えた者、裸の者に取って代わられた。

多くのイエズス会士にとって、恩寵は寓話ではなかった。だから阿部はイエズス会を去った。現実と非現実、生きた体験と物語との間に葛藤があった。グレースは彼の意識の中に、感動的な存在として、日常生活の中で大切にし、楽しむべき、生き生きとした大胆な愛の擬人化として、忘れがたい夢の不可欠で不可逆的なカプセルとして残っていた。イエスは復活後、マグダラのマリアを抱擁した。

阿部は恩寵を求めてコナーク、ブリハデーシュワラ、ソムナート、ケダルナート、マドゥライ・ミーナークシー、パドマナバスワミ、ヴァイシュナヴォデーヴィ、ラムテック、カジュラホ寺院を訪れた。彼は最愛の人の顔を見るために、複雑な彫像や彫刻の中を探した。バドリナート寺院に向かう途中、阿部はヒマラヤの裸のヒンドゥー僧、アグリ・サドゥーに出会った。エイブは、彼らが怒り、嫉妬、破壊、死を司る強大な神シヴァを喜ばせるために、この世を捨て、洞窟の中で何年も一緒に過ごしたことを知っていた。シヴァ神は、妻サティの死を聞いたとき、怒りと悲しみの中で何千年も踊り続けた。シヴァ神を喜ばせることは、人間が平和に暮らすために最も必要なことであり、アゴーリー・サドゥはその仕事をするために現れた。

裸の僧侶たちはシャイヴァ派で、シヴァ神を崇拝するヒンドゥー教の托鉢僧の一派だった。彼らはバラナシやヒンドゥー教の火葬場から集めた人間の頭蓋骨を刺した三叉鉾を持ち、インド中を旅した。一部の人々は、アグリ・サドゥーにはテレポーテーションのヨーガの力があると信じていた。彼らはスクシュマ・サリラという、目に見えない旅をし、数秒で目的地に到着することができる微妙な肉体を持っていた。時間と空間をコントロールし、何でも思いのままにできるのだ。裸の修道士たちはほとんど洞窟に住み、体に灰を塗り、服を着ず、髪はぼさぼさだった。阿部はナーシク・アルダ・クンブ・メラに行ったとき、彼らが大麻を吸っているのを見たことがある。アベがマハーカーレシュワーラ寺院で恩寵を探していたシヴァラートリの間、何百人ものアゴーリー・サドゥーがウジャインに集まった。彼はまた、7月から8月にかけての寺院の祭礼であるシュラヴァン・メラの期間中、デーヴガールで酔った裸の托鉢僧たちが大勢で暴れているのを見たことがある。しかし、エイブは恩寵をどこにも見つけることができなかった。

「アッゴリのサドゥーたちは、アッサムのカマキャ寺院を除いて独身です」とエマは言う。「シヴァ神の妃であり、トリプラ・スンダリやパールヴァティとしても知られるシャクティ女神の膣を崇拝するために、何百人もの人々がこの寺院を訪れる。アゴーリス人は、シヴァ神のような息子が欲しいと懇願する女性崇拝者たちと子作りを行った。カマキヤ寺院では、裸の僧侶とセックスをすると子供のいない女性に男の子が授かり、すべての病気が治るという神秘的な信仰があった。アグホリの子作り行為は、サプリカントとの精神的結合である。毎晩毎晩、インドやネパールのあちこちからカマキャを訪れる息子を求める女性たちと精神的な結びつきを行っています」とエマは続けた。

エマは　インドの裸の僧侶たち、アゴリ・サドゥーのセックスとスピリチュアリティについて研究して　いた：阿部はカマキャ寺で彼女に会った。

オランダのエマは、たまに凶暴そうな裸の僧侶と一緒にいるところを目撃されていた。その托鉢僧は、ジャタ、ドレッドヘア、丸い瞳孔を持つコブラ、滑らかな鱗、首には大きな頭巾をかぶっていた。エマは阿部に、アグリ・サドゥと長い間会話を交わし、アグリ家の性生活について話すよう説得したと明かした。何人かはメイドフナムを披露したという。サンスクリット語は、アグリ・サドゥが極秘裏に女性と秘密の関係を築き、その女性に対する深く激しい感謝の気持ちを表現するために使われる言葉である。それは珍しい行為で、アゴリ・サドゥは通常それを避ける。7 日間の準備、断食、懺悔、そして女性がコブラを拝むナグ・プージャーが　必要だった。メイドゥーナムの間、サドゥと女性はシヴァとパールヴァティに変身する。サドゥは結合の直前に、約 6 時間にわたってタンヴァ（シヴァ神の踊り）を行った。その後、*サドゥは メイドゥーナム*に従事することで、どんな女性の願望も達成できるようになる。

エマの饒舌な言葉に触発されたエイブは、見たこともないような*獰猛*そうな僧侶の肖像画を描くことにした。

ヨーロッパから、そしておそらくアメリカ大陸からも、大勢の観光客が、クンバ・メーラのとき以外は決して風呂に入らない、髪がぼさぼさの、灰をまとった男らしい僧侶たちに注目される機会を得ようと、互いに争った。西洋から来た多くの女性たちは、僧侶たちに感謝されるために、大麻に酔った裸の托鉢僧と一緒に暮らした。

カマキヤ寺院に到着する前、阿部はハリドワールのクンブ・メラにいた。そこでは信者たちが*アゴーリー・サドゥー*を生きたシヴァ神として扱っていた。安倍首相は、シヴァ神を崇拝する何百万人もの巡礼者たちに混じって、そこで何日も過ごした。エイブはグレースを探していた。彼女の不在に落胆しながらも、ゴアで彼女と過ごした穏やかな日々を胸に刻み、希望を失うことはなかった。

阿部は、クンブ・メラの期間中と終了後、プラヤグに 6 カ月以上滞在し、サドヴィス（ヒンドゥー教の尼僧たち）の何千もの顔を眺めながら、恩寵という最も滑稽な姿を突然発見した喜びをかみしめていた。それでも彼にとっては、彼女は彼の知覚の彼方に現れたのだ。

エマはエイブに、なぜ何年も一緒に放浪していたのかと尋ね、エイブは最愛の人であるグレースを探していたと話した。エマはエイブの話を聞いて感激し、このような愛はジャヤデーヴァのギータ・ゴビンダムでしか見られないと語った。エマはさらに、グレースはエイブを深く愛しており、ゴアを発つその日からエイブを探していると告げた。グレースは、エイブのいない人生は退屈だと悟ったのかもしれない。それに、彼女はメランコリックで、悲しく、寂しげかもしれない。エマの言葉を聞いたエイブは、他の女性の深い感情を理解できるのは女性だけであることを認識し、驚きを隠せなかった。女性のしぐさ、言葉、考え、欲望、表情に対する理解が不完全か幼稚で、グレースの行動や意図の気持ちを理解できなかった。

サンスクリット語、パーリ語、プラークリット語の学者であるエマは、4 年間インドに滞在し、博士課程でギーター・ゴビンダムを研究した。12 世紀に生きたジャヤデーヴァは、その代表作の中で、牛飼いであるクリシュナとヴリンダーヴァンの乳女ゴーピカたちの関係を、ラーズ・リーラ（ 至高の自然の情熱の恋愛遊戯）と表現している。ルクミニーやサティヤバーマと結婚していても、クリシュナは乳侍の一人であるラーダを自分の心以上に愛していた。ギーター・ゴーヴィンダムは、あらゆる言語で書かれた最も美しく深遠な愛の詩である。それは、ラーダーの別離によるクリシュナの苦悩と、二人が一つになる完璧な喜びを描いている。

愛の中で、ラーダはクリシュナになり、クリシュナはラーダになった。ラーダとクリシュナの別離は、二人の結びつきに不可欠な部分だった。こうして、ラーダはクリシュナの至福の喜びとなり、クリシュナはラーダの全体へと姿を変えた。どちらも同じだった。エマは、ラーダとクリシュナの結びつきは純粋な至福であり、人間の愛の頂点だと説明した。彼らはそれを踊り、歌い、分かち合い、愛し合うことで表現した。

「グレースとの別離は、実際にはグレースとの結合なのです」とエマは言った。

「グレースを探すとき、私は彼女の存在を経験する。

「最愛の人への憧れはすべて、愛と最愛の人との出会いへの憧れなのです」とエマはコメントした。

〝私は心の中で恩寵を探し求め、別離の苦悩に耐え、同時に探し求めることで生まれた喜びを経験する〟

「ギーター・ゴーヴィンダムでは、クリシュナとラーダは同じです。すべての真実の愛において、別離そのものが結合の段階である。彼らは恋人と愛をひとつの存在として統合し、ひとつになる」。エマが分析した。

エイブはエマを見た。

「見た目は違うけど、あなたの言葉はグレースの言葉に似ている」とエイブが言った。

「その通りだ。愛はどこでも同じ。二人の人間が互いに愛し合い、その結びつきが切り離せないものになったとき、二人の愛は愛するほどに大きくなる。そして、それは実体として進化する。こうして、愛そのものが人になるのです」とエマは答えた。

「クリシュナがラーダになり、ラーダがクリシュナになるのは、愛のためなのでしょうか？そして最終的には、愛は愛し合う者を超えて至高のものとなる」と阿部は尋ねた。

「その通りだ。あなたのグレースへの愛そのものがグレースなのです」とエマは答えた。

「私の愛はグレースであり、グレースは愛である。そして私のグレースへの愛は、第三者的なものになった。私たちの愛であるグレースと私は同じだ。長年の探求の末に、探求すること自体が実体となり、愛の憧れが愛の人格化したのです」と阿部は語った。

「今、あなたはジャヤデーヴァのような神秘主義者になった。

「私はクリシュナであり、恩寵は私のラーダである、あるいはクリシュナは私であり、ラーダは恩寵である。私たちの別離における苦悩は、私たちの結合における喜びにほかならない。私がすることはすべて、そのような苦悩の結果であり、その苦悩が生み出す希望は、最愛の人との出会いの結果である。グレースと一体になれるその出会いの幸福は、とどまるところを知らない。彼女との独り言は、現実のものとなり、私の中に、そして私を超えたところに存在する彼女の真の表現となった。その経験そのものが恩寵なのです。

エマはエイブを見た。

「そして、あなたはグレースになった。グレースを探すことは、実は自分自身を探すことなのです」とエマは言った。

「グレースを私から引き離すことは誰にもできない。私自身と私を切り離すことはできない"

「遠く離れていても、心の中で絶え間なく彼女に語りかける。距離が人を隔てるのではなく、沈黙が人を隔てるのです。

「彼女は常に私とコミュニケーションを取っている。阿部は、「サドゥはアグリと同じように、カマキヤ寺院の女神と交信しています」とコメントした。

「毎朝、彼女のことを考えて目を覚ます。情熱的に彼女を抱きしめる。最愛の人を幸せにし、彼女とともに成長しましょう」とエマは提案した。

阿部は微笑んだ。そして彼は、エマがクリシュナとラーダ、そして彼らの愛に関する知識の宝庫であることを知っていた。エマはまた、この２年間、アグリ・サドゥーたちと行動を共にしていたため、アグリ・サドゥーに関する深い専門知識を持っていた。彼女は、裸の修道士に関する有効な発見を伴う科学的研究を行いたいと考えていた。

アゴーリス・サドゥーは太古の昔から存在していた、とエマは裸の僧の起源について阿部の質問に答えた。ヒマラヤの洞窟には、現代でも何千匹といる。ナーシク、ウジャイン、ハリドワール、プラヤーグで行われたクンブ・メラでは、ほとんどの人がシヴァ神の強大な威厳を讃えた。クンブ・メラは何カ月も続き、アグリ・サドゥは参拝者の間を裸で歩き、儀式の中で魔術を行った。カマキヤ寺院は彼らにとって特別な場所であり、そこで彼らはシヴァ神の息子のように子孫を残し、メイドフナムを持ったのです」とエマは付け加えた。

「なぜアグリ・サドゥーに魅了されているのですか？

「インドに来てから何年もの間、私はジャヤデーヴァが描いたギーター・ゴーヴィンダムのクリシュナとラーダの愛に浸っていた。研究を終え、博士号取得のために大学に提出したとき、私はインドについてもっと知りたいという空虚感を味わった。私はシヴァ神とパールヴァティーの愛について読み始めたが、それはクリシュナとラーダーのように深遠でスリリングなものだった。それは、アゴーリス人がシヴァ神に献身していること、シヴァ神とパールヴァティーの愛を分かち合っているのではないかという新たな認識だった。彼らのなかには、自分が深く感謝している相手とメイドフナムにふける者もいたから、私は間違っていなかった」とエマは説明した。

「しかし、彼らは独身だ。

「ええ、彼らは独身です。子供のいない女性との子作りは、独身主義に反するものではない。愛の営みを楽しむのではなく、人生において最も重要な義務なのだ。同じように、メイドフナムは独身に反する行為ではなく、帰依者が表明した欲求や願望を満たすものである。シヴァ神は彼らにこの義務を果たすよう命じており、アゴリ・サドゥーたちはシヴァ神の信奉者たちの深い憧れを無視することはできない。インドの叙事詩には、義務という形でそのような出来事が出てきます」とエマは言う。

「人はいつ、どのようにして　サドゥになるのか？

「アゴーリは、裸の僧侶の養成所であるアカハラに　入門させる前に、厳格なテストを行う。志願者は僧侶になるために、ディクシャ（宗教儀式での聖別）を受ける必要がある。それはグルによるシシヤ（弟子）へのイニシエーションである。シシヤはすべてを捨て、グルジのもとへ行き、グルジは彼を息子として、奴隷として受け入れ、グルのマントラを学ぶ。それに、彼はグルから新しい名前を与えられています」とエマは詳しく語った。

「グル・マントラとは何か？

「グル・マントラとは、グルがシシヤに与えるキーワードである。それは通常、神の名であり、弟子はこの名を絶え間なく唱えることになっている。最愛の人の名前を常に繰り返しているようなもので、いつもグレースの名前を歌っているのです」とエマは説明した。

エイブはエマを見た。「あなたは私に貴重な模範を示してくれた。恩寵は常に私の師であり、最愛の人である"

「女性は男性にインスピレーションを与えることができる。グレースはあなたのインスピレーションだ。私は、私が崇拝するアゴーリー・サドゥにインスピレーションを与えている。私は彼のことをババと　呼び、彼は私のことを　シャクティと　呼び、時には　パールバティ・デヴィや　トリプラ・スンダリと呼ぶ。彼は私を自分の妃だと思っている。オランダに戻ったら、彼についての本を書きます」とエマは言った。

「シシヤはグルのために何をするのか？

「シシヤにとって、それはグルに対する無私の献身である。弟子は懺悔と最後の儀式である *ピンダ・ダーンと　シュラッダ* を行い、両親や他の家族のために自分が死んだと考える。彼はまた、世俗的な財産をすべて放棄して弟子になり、最終的に *アゴリ・サドゥ* に昇格します」とエマは詳しく語った。

"アゴリー・サドゥ になるには、どのようなプロセスを経て、どれくらいの時間がかかるのでしょうか？"

「*ナーガ・サドゥ* としても知られる *アゴリ・サドゥ* は、衣服を永久に脱ぎ、差し出されたものは何でも食べ、簡易ベッドもベッドも枕もベッドシーツも床に敷かずに眠る。通常は 10 年から 15 年の厳しい訓練が必要だ。長年の独身生活もその一環だ。グルは、弟子が独身、服従、放棄において優れている場合にのみ、弟子を受け入れる。だから、エロティックな感情は *アゴーリー・サドゥー* にとっては異質なものなんだ」とエマは言う。

"なぜ彼らはつや消しの毛を残しているのか？"

「*アゴリ族* のサドゥーたちは、ドレッドヘアに神秘的な力が宿ると信じている。生命力のエネルギーは頭に宿り、もじゃもじゃの髪はそれを守り、人を肉体的にも精神的にも強くする。髪に結び目があると、生命力が逃げてしまう。最も重要な理由は、つや消しの髪が、サドゥがシヴァ神の化身であり、シヴァ神のような超自然的な力を与えるという印象を与えるからである。彼らは皆、ドレッドを髪にとって自然なことだと考えている。そのため、彼らは緩んだ髪をねじって縄のような形にしていた。通常、髪を伸ばすには 1 年ほどかかります」とエマは説明する。

「*アゴーリー・サドゥ* の人生の目的は何ですか？

「何が彼らの人生の目的なのかを語るのは難しい。多くの人は、世俗的な生活からの解放はムクティや　モクシャ　だと言う。彼らは神について沈黙している。彼らの多くは無神論者です」とエマが言った。

″なぜ彼らは裸で歩くのか″

「アゴーリー・サドゥは世俗的なものを完全に放棄する。つまり、裸は所有権を放棄した証なのだ。だから、彼らは体を飾らない。それは絶対的な自由の証であり、人間本来の姿である。神はヌードであり、人間は神のようになりたがるが、神はそれを嫌う。裸になることで、人は神格化され、あらゆる超自然的な力を手に入れる。それは神の力を否定し、神を人間へと矮小化するものだ。人は裸になると、恥も欲望も嫉妬も傲慢も無気力もなくなり、あらゆる人間的、神的法則に打ち勝つ。裸の人は、宗教、道徳、民法や刑法を超えて、人生の異なる次元に到達する。アゴーリス人には精神病患者や精神分裂病患者はいない。ジャタとドレッドヘアーを守り、遺体に灰を塗るなど、今も受け継がれている風習がある。百八個のルドラークシャ・ビーズの　紐を身につけることは、神聖な行為である。平和、幸福、落ち着きを経験するために身につけるものだ。ルドラークシャは、エラエオカーパス・ガルニトゥールという木の種子です」とエマは言う。

「彼らは通常どのように扱われ、どこに住んでいるのか？

「アグリ・サドゥーは、ダンジュワレ・ババとして知られている。神秘的で、不思議で、型破りだ。彼らは人間の頭蓋骨を冠にした三叉の矛を持ち、クンブ・メラに　参加するときや寺院を訪れるとき以外は、都市や町、村には住まない。″

「ヒマラヤからカマキャまでのような長距離を、彼らはどうやって移動しているのだろう」と阿部は知りたがった。

「彼らはヨギック・テレポーテーションで移動する。アゴーリー・サドゥーはスシュマ・サリラ（微細な肉体）を持っているため、ある場所から別の場所へ数秒で移動する。経験豊富な上級のサドゥーは、時間と空間をコントロールすることができる」とエマは説明した。

"彼らは何を食べているのか"

「肉も含め、手に入るものは何でも食べる。食べ物が手に入らなければ、アゴーリ族は何日も飢え続ける。

阿部はエマの言葉に目を瞑った。世俗的な所有や快楽を放棄することで、力と不思議な力が得られるからだ。彼らは平常心を経験し、幸福や喜びよりもはるかに素晴らしい感覚を味わった。人の進化の過程における崇高な状態である彼らの裸体は、自由の表現であり、欲望やセックスからの解放であった。サドゥーたちは阿部の理想となった。彼らは人生の無目的性を誰よりも理解していたからだ。アグリ・サドゥのすべてを受け入れ、彼らのようにジャタ、ドレッドヘア、人間の頭蓋骨がついた三叉の矛、首に巻いたコブラ、灰をまとった体になりたいという憧れが彼の中に芽生えた。ヒマラヤの洞窟で宇宙を瞑想し、クンブ・メラを訪れ、ガンガー、ゴダヴァリ、ブラフマプトラで聖なる沐浴をすることが、強烈な憧れとなった。信念や信仰、快適さや幸福、セックスや欲望、食べ物や美味、法律や規則、神々や神々の外側にある、滅びない存在の領域への航海を始めたかったのだ。彼は想像の中でアゴーリー・サドゥとしての自分の絵を千枚描き、そのすべてを愛する恩寵に捧げた。無神論者は思考と行動を進化させ、阿部はスシュマ・サリラで　アゴーリー・サドゥのように旅をした。

カマキヤの女神

エマとエイブは 3 ヵ月で親友になった。エイブはエマの肖像画を描き、完成までに 2 カ月ほどかかった。写真の顔にはグレースの特徴がたくさんあり、エマはその複雑な変化に気づき、それが自分の顔とグレースの顔の融合であることを知った。阿部はこの肖像画を『裸の僧の友』と名付けた。エイブはその作品にサインをした：そして 、 そのサインの下に『To Emma, my friend』と書き、彼女にプレゼントした。エマはその肖像画を手にすると大喜びし、ババと呼ばれる裸の修道士にその肖像画を見せるとエイブに約束した。

エイブはエマに、ババの肖像画を描きたいと心から願っていると言った。

「でも、ババは世間に知られることを嫌った。プライベートに立ち入られることを嫌ったのよ」とエマは言った。

「彼が聖職者であることは知っている。それにもかかわらず、私は彼に会うやいなや、彼の肖像画を描きたいという深い願望を抱いた。シヴァ神のようなユニークな性格だ。見た目は凶暴だけど、心は優しいのかもしれない」と阿部。

「彼を説得するためにベストを尽くすわ」とエマは安心した。

1 週間ほど会話を交わした後、エイブは遠くから ババが寺院に向かって歩いてくるのを見た。馬場は阿部を見るなり歩みを止め、少し立って阿部を見た。阿部は、サドゥのもじゃもじゃの髪が金色で、体が灰で覆われていることに気づいた。百八個のビーズがついたルドラークシャの紐が彼のへそに触れた。馬場のヌードは魅力的で、阿部がこれほど堂々とした人物に出会ったことがないように、堂々とした風格を醸し出していた。突然、ババは散歩を再開し、寺院に入った。

エマはババに『*裸の修道士の友人*』という肖像画を見せたとエイブに話し、ババは一瞬それを見て、この絵は超現実的で象徴的であり、二人の人物が融合したものだと言った。画家は、修道士の友人の顔の中に自分の愛する女性を見たかったのだ。さらに彼は、この芸術家は知的な内向的人間だと言った。

阿部はババの言葉を振り返った。

「彼の肖像画を描きたいという私の願望を、彼に話した？と阿部は尋ねた。

「そうだ。しかし、ババはそのようなことはこれまで一度もなかったと言った。とはいえ、将来的には新しいことが起こるかもしれない。人生は常に新しく、彼は古いものを自由に捨てることができた」。

阿部はババに会い、その肖像画を描きたいと強く願うようになった。ドレッドヘアの*獰猛*な姿、首に巻いたコブラ、灰にまみれた体、そして裸体を、阿部はどのように描くかを想像した。彼のルックスは衝撃的で、エレガントで魅惑的だった。

エマは、他の僧侶たちは皆ババを尊敬しており、ババは思考も行動も不老不死であると告げた。バンガロールの科学研究所で物理学を学び、インド工科大学で量子物理学の博士号を取得した彼は、宇宙との平和を見出すために教授としてのキャリアと富を捨て、托鉢僧となった。

「彼にとって、人間の存在には特別な目的はなく、魂も死後の生もない。進化には限られたゴールがあり、すべてはシュンヤ（ 空虚）に向かっている。宇宙は消滅し、まったく異なる法則を持つ別の宇宙が現れる。次の登場では、すべてが異質なものとなり、何が起こるか予測できない。しかし、予測は起こったことの歴史と今ここで起こっていることに基づいてのみ可能なのだ。それ自体には善も悪もなく、神も悪魔もない。"

エマの言葉は感動的だった。安倍さんは、*アゴーリ・サドゥー*と並行して自分の人生に新たな意味を見出しました。　ババへの尊敬の念は倍増し、ババと話し、ババの肖像画を描きたいと思うようになった。

3 日後、阿部はババがエマと一緒に寺院に向かって歩いているのを見た。彼の裸の、体格のいい、背の高い姿に阿部は魅了された。彼は肖像画の中で、彼の完全な姿をとらえたかったのだ。誰にとっても初めての試みであり、ユニークなものになるだろう。

しばらくして、エイブはエマが自分に向かってくるのを見た。

「*馬場*のエイブがあなたに会いたがっている。一緒に来て」と彼女は言った、

阿部は彼女と一緒に歩きながら、「彼はどこにいるの」と尋ねた。

「ガジュマルの木の下に座って瞑想している。あなたが彼の肖像画を描きたいという話をしたことがあった。エマは神殿の右側に回りながら、こう説明した。広大な敷地に大きなガジュマルの木があり、エイブはその木の下に*ババが座って*瞑想しているのを見た。

エマとエイブは*ババが座って*いる場所にたどり着いた。彼は木の周りに作られた高い場所にしゃがんでいた。そこには多くの帰依者や参拝者がいて、瞑想している者もいた。　ババは パドマサナ （ ヨガの結跏趺坐） をして目を閉じていた。

エイブとエマは*馬場*の前に立った。高い場所に座っていた阿部は、少し頭を上げて彼の顔を見た。

「阿部は突然、ババが彼に話しかけているのを聞いた。目は閉じたままだった。

「はい、ババ」と阿部は言った。

「しかし、あなたは独身であることがサドゥではありません。独身でいることは人生の目標に反する。それがあなたの人生の目的です」と ババは言った。

「なぜ独身を続けられないのか？と阿部は尋ねた。

「その質問は関係ない。あなたは子孫を残すためにこの世にいる。両親があなたを産んだように、あなたも子供を産まなければなりません」とババは言った。

阿部はババを見つめ、自分が深い内省者でありながら、ババの内なる意識が語りかけてくるのを感じた。

「新しい人生を創造しない人間は、決して解放を得ることはできない。彼には ムクティも モクシャもない。彼は人間の生命を創造するまで何度も生まれ変わる。あなたはあなたの神であり、義務を果たす。独身であっても子孫を残すことは必要だ。それが彼の義務なのです」と ババは説明した。

「わかったよ、ババ」と阿部は言った。

長い沈黙が続いた。阿部は立ちすくみ、ババが何の音も立てずに呼吸をしているのが見えた。阿部は、馬場が自分の中に宇宙全体を包み込んだと思った。その過程で生じた白熱が阿部を包み込んだ。

「ババ、耐えられない」と阿部は大声で言った。

何？とババは尋ねた。

「と阿部は答えた。

「光は心の創造物であり、外的なものではなく、内的なものだ。あなたは光だ。クールになり、自分を見つめ、自分の存在を体験する。自分自身を観察し、服を脱ぎ、つま先、脚、太もも、性器、へそ、腹、胸、首、肩、あご、口、鼻、耳、頬、目、額、髪を見る。内臓に触れる。彼らは振動している。彼らを感じ、彼らを愛する。自分が生まれたばかりの赤ん坊のように裸であること、自分の本性に気づくこと。自分の体を愛し、裸を楽しみ、自分の存在に感謝する。自分の気持ちに感謝すること。あなたと一体になり、心をコントロールし、あなたに集中しなさい。阿部は*馬場*の声を聞いた。その声は雷のようだった。

阿部は立ちすくみ、*馬場を*仲裁した。彼は自分の思考回路を頭から消し去り、理性は空っぽになった。その空白は心地よく、爽快で、エイブは自分が一人であることを認識した。宇宙は彼の中にあり、彼は宇宙の中にいた。まるで宇宙全体との一体感に関与しているかのようであり、卓越した経験、孤独の中の悟りであった。広大な世界が彼を取り囲み、彼は重さも質量もない原子へと進化した。彼は限界であり、無限であり、無であった。そこには一片の闇もない永遠の光があり、彼は光とともに空間、時間、思考を超え、意識の領域、悟りへと旅立った。阿部は光であり、意識の中の存在だった。

阿部はそうやって長い時間を過ごしたのかもしれない。彼が目を開けると、*ババは*そこにおらず、エマもいなくなっていた。彼は9時間以上、何も意識することなくそこに立っていた。突然、阿部は瞑想とは何かを理解した。それは、呪文によってピナクリングされるさまざまな段階の本質を学ぶことであり、反省の最終決定だった。イエズス会での4年間の厳しい訓練の中で、彼はこのような経験をすることはできなかった。アビラの聖テレジアやアッシジの聖フランチェスコでさえ、これほど深い自己の感覚を経験したことはなかったかもしれない。瞑想は自己を旅するものであり、その人自身を体験するものだった。それはエゴをコントロールし、世俗的な考えを捨て、無を受け入れることだった。究極の目標は、自分を空っぽにすること、解脱、ムクティ、 モクシャ、そして シュニャの世界だった 。

2 日後、エマはエイブに会って尋ねた： 「ババと会ってどうだった？

「素晴らしい、実に神秘的な体験だった。私を存在しない王国に連れて行くことが、時空を超えた最初の旅だった」と阿部は答えた。

「あの日、私は 2 時間もあなたを待っていたのに、あなたはトランス状態で、身動きもせず、周りで何が起こっているのかもわからずに立っていた」とエマは言った。

「はい、9 時間以上いました」と阿部は答えた。

「これは仏教の精神性と瞑想だ。神秘主義者になるのに神は必要ない。 ババはシヴァ神の信者でありながら、仏教に大きな影響を受けている。彼の行動は、自己発見、自己を掘り下げること、自己を理解すること、自己を知ることに基づいている。イエスがインドで学んだ、偉大な教師たちによる小乗仏教で実践されているものです」とエマは言う。

「イエスと仏教をどう関連づけるのですか」と阿部は質問した。

「イエスが仏教の僧侶になったという強い信仰がある。彼は約20 年間インドに滞在し、仏教の原理と哲学を学んだ。イエスは12 歳のときに商人たちとともにこの地に到着し、仏教とヒンドゥー教の教師に師事した。彼はインド、特にカシミール地方とマラバール海岸に多くのユダヤ人コミュニティがあったように、インドにいた。学者たちは、イエスは長い間ナーランダ大学にいたと言っています。

そして、エイブとエマはガジュマルの木の下に座り、顔を見合わせた。

「イエスがインドを訪れたという歴史的証拠はあるのか？と阿部は尋ねた。

「証拠はない。イエスの生涯とその時代についても、歴史的証拠はない。パレスチナの支配者であったローマ人は、自分たちの帝国で実際に起こった出来事の記録には細心の注意を払っていたにもかかわらず、イエスについては何も書いていない。しかし、強い伝統がある。イエスは仏教の価値観、思想、仏陀の教えを学ぶためにインドを訪れた。エマはこう説明した。「彼は僧侶の長になり、仏教では釈迦の次に重要な人物になりました。

「仏教がキリスト教に影響を与えたということですね」と阿部はコメントした。

「それは単なる影響力以上のものだ。キリスト教は仏教のコピーだ。インドからパレスチナに戻ったイエスは、宗教を説くのではなく、ユダヤ人のための新しい生き方を実践した。マタイによる福音書の中でイエスが映し出した神は、旧約聖書の神とはまったく異なっていた。イエスは愛と優しさに満ちた神、赦しと励ましに満ちた神を暴露された。旧約聖書では、神は残酷な暴君でした」とエマは分析する。

″イエスは愛と優しさに満ちた神という概念をどこから得たのか？″阿部が尋ねた。

「イエスにとって、神は善、一体性、優しさの象徴であり、人ではなく、実体でもなかった。釈迦の死後すぐにサンスクリット語で書かれた釈迦の伝記『ラリタヴィスターラ』を読めば、福音書の作者たちがラリタヴィスターラから多くのことを借り、写し、持ち出したことがわかるだろう。いくつか例を挙げよう。ラリタヴィスターラでは、ブッダは処女から生まれ、人の子として知られている 。ブッダは庶民から弟子を選び、北インド中を旅した。イエスも処女から生まれた。彼は庶民の中から弟子を選び、パレスチナの一片の土地をくまなく旅した。ブッダはイエスより 500 年も前に生きていて、イエスの奇跡と同じように多くの奇跡を起こした。ブッダは病人を癒し、盲人に視力を与え、耳の聞こえない人を助け、ハンセン病を治した。ブッダは身体障害者を治療し、簡易ベッドを担いで歩かせた。仏陀はガンガーの水の上を歩いた。弟子たちは、歩いているのは霊だと思った。イエスはガリラヤ湖の上を歩かれ、弟子たちはイエスを霊だと思った。

「驚くべきことに、福音書はイエスの多くの出来事や活動を、仏教の聖典や文献から写し取ったようです」と阿部はコメントした。

ラリタヴィスターラ』には、寺院に小銭を供えた未亡人の話がある。マルコによる福音書では、イエスはやもめを賞賛し、やもめは彼女に小銭を差し出した。ブッダは食べ物を増やし、何千人もの人々に食べさせた。ブッダが行い、イエスが真似たこのような事件は他にもたくさんある。キリスト教の神学は仏教であり、イエスはインドにいたときにそれを学んだ。初期のキリスト教徒が行っていた瞑想、祈り、精神修養、断食、懺悔の概念と実践は、仏教から取り入れたものだ」とエマは阿部を見て言った。

「どこからそんな情報を？と阿部は質問した。

「サンスクリット語、パーリ語、プラークリット語の原典をたくさん読んだ。私はブッダの教えと奇跡をイエスのそれと比較した。ブッダがイエスに与えた影響は否定できない。仏教の僧侶たちは、初期キリスト教の僧侶たちのように、人々からの施しに頼って、絶対的な放棄の生活を送っていた。仏教僧は偉大な修行者であり、学者であり、哲学者であった。一部の学者は、大乗仏教において仏陀を次第に神の地位に引き上げた。キリスト教でも同じことが起こった。聖パウロはイエスをキリスト、神に変えた。でも、ブッダもイエスも、自分たちが神だとは言っていない。

阿部はババの居場所を尋ねると、エマはババがハリドワールに行き、プラヤーグとウジャインを訪れ、その日の朝に戻ったと告げた。エイブが驚いてエマを見ると、エマはババはテレポーテーションを使っていて、移動に時間はかからないと言った。エマはエイブに、ババが翌日、エイブの前でポートレートのポーズをとることを望んでいると伝えた。阿部は大喜びだった。阿部の心には稀に見る静けさがあり、希望が花開き、ババに会うことに熱意を示した。

翌日、阿部は肖像画を描き始めた。ババはガジュマルの木の下でパドマサナに座った。目を閉じているにもかかわらず、彼の顔には平和と調和が映し出され、深い瞑想に入っているようだった。しかし、阿部の目はブラマプトラ川の朝日のように大きく見開かれていた。ルドラークシャがきらめき、首の蛇が静止した。ドレッドヘアはゴージャスで、頭上に現れた 1/4 ムーンは、まるでシジミの下に座っているかのような珍しい輝きを放っていた。オーロラは幽玄だった。ババはシヴァ神と仏陀が融合したような姿をしていた。

毎日 3、4 時間、阿部は働いた。エマは、ババはインド中のシヴァ寺院を訪れ、ブッダや他の仏教の偉大な教師たち、ヒンドゥー教のリシたち、あるいはナザレのイエスと、その時間帯に話をしているのだと話した。阿部は、*馬場*が自分の意識、存在を反映したバーチャル・イメージの中にいるのを見た。阿部がガジュマルの木の横に座っているのを見ることができたのは、阿部以外にはいない。寺院の周りを歩くとき、ババが適格だと思う人以外は誰でも彼を見ることができるため、彼は見えないままだった。

絵は何週間も描き続けられ、エマはエイブの自由な時間に彼を訪ねた。

エマとエイブは、シヴァ神、シャイヴィズム、小乗仏教、大乗仏教、エッセネ派、ナザレ派など、ギリシア哲学やローマ政治以外のキリスト教の原初的な共同体について長い議論を交わした。エマのサンスクリット語、パーリ語、プラークリット文学の知識、そしてシヴァ、クリシュナ、ブッダ、イエスに対する理解力は、他の追随を許さないものだとエイブは感じた。

「エマ、何が一番嫌い？突然、阿部は議論の中心テーマから外れた質問をした。

宗教原理主義者や狂信者は嫌いです。感情移入ができず、不誠実で残酷で横暴な政治家は嫌いだ。私は妻を捨てる人間が嫌いだ」。

「つまり、ほとんどの宗教指導者や政治家がこのカテゴリーに入るわけだ」と阿部は言った。

「確かに」とエマは答えた。

「何を信じているの、エマ？阿部は再び尋ねた。

「私は思いやり、優しさ、論理性、合理性、平等、共感、人間と動物の尊厳と権利を信じています」とエマ。

「もっと何かおっしゃりたいようですね」と阿部は言った。

「そうだよ、エイブ。私はセックスが大好きです。それは、深く愛し、尊敬する人との純粋な愛の営みです。究極の喜びであり、この世で最も美しい行為です」とエマは言った。

〝愛の営みはそんなに美しい行為なのか？〟と阿部は尋ねた。

「もちろんだ。阿部、あなたは独身で、それを経験したことがない。人を愛すれば、それはシアワセなことだ。愛があれば称賛が生まれ、称賛があれば結ばれる。相手を完全に愛していれば、複数の相手とセックスすることができる。利己的でなければ、多くの人を愛することができる。クリシュナには2人の妻がいて、彼らを深く愛していたにもかかわらず、多くのゴピカ（乳飲み子）たちとラースリーラ（本物の愛）を楽しんでいた。彼は乳母の一人であるラーダを激しく愛した。クリシュナはラーダとなり、彼女との愛の営みを、ふたりの肉体と魂の完璧な結合だと考え、ふたりはそれをとても大切にしていました」とエマは語った。

「セックス、愛の営みはスピリチュアルな体験ですか？

「スピリチュアリティという概念は、人間の外には存在し得ないものであり、人間の中では他の人間の資質に従属するものであるからだ。他人を傷つけない善人であれば本物であり、それは精神性よりも優れている。セックスとは、愛し合っている 2人の人間が、その肉体と内なる感情を分かち合うために行うものである。そのような結合は、快楽的で、有意義で、永続的なものである。結婚は愛の障害になるからだ。自由な人間のように、執着することなく、同時に深くコミットし、愛することが必要なのです」とエマはきっぱりと言った。

阿部はしばらく考えてから、こう尋ねた：〝多くの人を愛し、賞賛していますか？〟

「シヴァ神、クリシュナ神、ブッダ、そしてナザレのイエスが大好きだし、尊敬している。もし私がクリシュナと一緒にいたら、クリシュナに私を　ゴピカとみなしてくれるように頼んだでしょうし、イエスにとっては、私は彼のマグダラの女なのです」とエマは言った。

「それにもかかわらず、彼らの中には神話上の人物もいた」と阿部はコメントした。

「マハーバーラタも聖書も、実際の物語ではない。それらはほとんどが架空のものであり、事実として受け取る必要はない。問題は、人々が神話を真実や魔法の科学として信じ、受け入れることから始まる。しかし、想像上のキャラクターは、私たちが個人的、社会的、心理的、経済的背景から創造したものであるため、真実味がある。それは私たちの信念、欲望、恐れ、失敗、欠点から生まれたものだ。彼らは私たちを代表し、私たちのために弁護し、発言し、戦う。私たちは彼らを実在の人物として受け入れ、次第に私たちを追い越し、圧倒し、英雄、理想、信仰の拠り所、神々へと進化していく。彼らは富と神性と権力を蓄え、それを消し去ることは不可能だ。私たちの価値観、習慣、ルール、法律を決めるのは彼らであり、彼らに反する発言は罪であり犯罪である。彼らは他の人間を通して私たちを罰し、その罰はしばしば斬首、銃殺、絞首刑といった致命的なものになる。人類は約1万年前の存在だが、現代の神々は5千年を超えない。神々を退位させるには、別の文明が出現する必要がある。メソポタミア、エジプト、ギリシアの神々は、かつて人間の生活において最も強力で決定的な要因であったが、忘却の彼方へと消えていった。デジタル・ヒューマンが出現したとき、私たちの現在の神々は消え去り、神々は新しい世界で果たすべき役割を持たなくなる。礼拝とスピリチュアリティは、過去の物語になるだろう」。エマが説明した。

「ババは神か？

「ババは無神論者であり、神話的な存在ではなく、実在する。彼の経歴や年齢について尋ねたことはない。エマはエイブを見て言った。

″私を愛し、賞賛しているのか？″阿部は質問のような発言をした。

「もちろん」とエマは答えた。

「でも、私は独身だし、グレースを深く愛している。彼女はこの 10 年間、私をずっと待っていたに違いない」と阿部は言った。

″誰だって、最初の愛の前には独身である。私のように、自分を愛してくれる人と結ばれた後でも、グレースを深く愛することはできる」エマは率直で大胆だった。

「よく考えさせてくれ」とエイブは言った。

「エマは微笑みながら言った。

彼女の笑顔はグレースのそれに似ていた。エマはグレースと同様、知的で理性的、大胆不敵で鋭敏であり、彼女の資質の多くを共有していた。グレースは、エマのもうひとつのファサードであり、目に見えず、言葉に出さず、表現せず、無意識のものだった。もしエマがシングエリムにいたら、グレースのように振る舞っただろうし、もしグレースがカマキャでババと一緒にいたら、エマのように振る舞っただろう。しかし、エマの招待というセレンディピティがエイブの内面を侵し、グレースからの一晩の招待のような内輪もめを引き起こした。意図は同じなので、違いはない。グレースに触れることなく、まるで千回抱きしめるかのように、まるで宝石のように彼女を腕に抱いた。エマは感情を露わにしたが、グレースはさりげなく。

グレースの魅力的な人柄は、依然としてエイブを完全に圧倒している。この 10 年間、彼は彼女を探し続けていた。彼はイエズス会で貞潔の誓いを立てたことを自覚していたが、イエズス会を離れるや否や、その約束は拘束力を失い、余計なものとなった。しかし、グレースへの愛は、彼がすでに 35 歳であったにもかかわらず、誰とも性的関係を持たずに生き続けようとさせた。阿部はエマの招待状の是非について何日も議論した。

エマと会うときはいつも、お互いを思いやり、微笑み、歓談し、話をした。彼女との結婚を望んでも、互いを尊重し合っていた 2 人の関係に影響はなかった。その上、阿部は彼女のサンスクリット語、仏教、ギーター・ゴビンダムの知識を賞賛していた。彼は愛の営みについて話すことを避けた。それにもかかわらず、独身を失うことを恐れていたため、セックスは彼の人生にとって余分で余計なものになっていた。

裸の僧侶は毎日欠かさず阿部のためにポーズをとっていた。阿部が絵を描いている間、彼は瞑想を続けた。ある日、僧侶は突然言った。その目はカマキヤ寺院を照らす太陽のようだった。"独身者は否定されている"。阿部は僧侶を見た。彼はパドマサナでじっと座っていた。阿部は、サドゥが話したかどうか疑っていた。その言葉は、まるで遠くで鳴り響く雷のようだったからだ。

「ババ、何か言ったか」阿部はブラシを手にしたまま、低い声で尋ねた。エマはエイブの近くに立っていた。

「どんな人間にも生命力があるが、独身者はそれを否定する」とババは言った。その言葉は阿部の胸にストレートに突き刺さった。*私は自分の生命力を否定しているのだろうか？*阿部は自問した。

エマはエイブを見た。阿部は気づいた。

〝ババ、俺は男として無駄なことをしているのか？〟と阿部は尋ねた。

「独身者は自分の存在を満喫することは決してない」とババは話し続けた。彼は阿部の質問には答えず、まるでトランス状態で瞑想しているかのように話していた。

〝自分の人生を満喫したい〝という深い願望がある。道を教えてください」と阿部は言った。

「もし禁欲を続ければ、決してサユジャ、つまり誕生と再生からの解放に到達することはできません」とババは優雅に語った。彼の言葉は説得力があったが、ベンガル湾からの津波のように聞こえた。

「サユージヤを大切にすることは、私の人間的な欲求であり、何度も生まれ変わることは嫌いです」と阿部はつぶやいた。

阿部はその日、不安と心配であまり仕事ができなかった。彼は魂も再生もないことを知っていた。だから、ババの言葉は違う意味合いを持つかもしれない。阿部は　ババが言ったことの意味について議論することはなかった。エイブはエマを気に入っていたが、独身を捨てたくはなかった。

それから 12 日間、ババは何も話さなかった。彼は瞑想中だった。しかしある日突然、彼は言った：「子宝に恵まれなければ、死後、あなたの魂は女神を求めてさまようことになる。でも、彼女はあなたを拒絶するでしょう」。阿部は、自分の言葉に何の意味もないことを知っていた。　ババは混乱を作ろうとしているのかもしれないが、どうしてそんなことができるのか？ババは無神論者として魂と再生について語るべきじゃなかった。

阿部は何日も*馬場*のことを考えていた。阿部は、*馬場*が独身を捨てるために大げさに言ったかもしれないと、心の中で慰めた。しかし、生命の目的は子孫を残すことなのだから、彼の言葉には真実味があった。

阿部はすでに2ヶ月かけてババの肖像画を描き終えており、作業の進捗に満足していた。彼は1カ月以内に完成させることができると確信していた。ババは何日も瞑想にふけり、エマはその傍らでエイブが肖像画を描いていた。

エマはいつもエイブを励まし、彼の進歩を評価していた。阿部は彼女の存在に感謝した。ババが肖像画のためにポーズをとることを決めたのは彼女のためであり、裸の托鉢僧の絵を描く機会を得たのはエマひとりのおかげであることを彼は知っていた。

「エマ、あなたの優しさ、励まし、そしてババを説得してポートレートのポーズを取らせてくれたことにいつも感謝しています。

「それが私の義務であり、そうしなければならなかった。

「ありがとうございます」とエマを見ながら阿部は言った。

エマは微笑んだ。彼女の笑顔は、多かれ少なかれグレースに似ていた。彼女はグレースのように話し、その声の響きがグレースのイメージを作り出した。エマはグレースとして徐々に進化していた。

「エマ、あなたは誰よりも私のことを理解してくれている。今、私はあなたとともに恩寵の体験をしている」。

それは、あなたが次第に私への愛と憧れを抱いてくれるようになったからです」。この10年間、あなたはグレースを探し続けてきた。だから、私の中に恩寵を見たいと思っている。しかし、私の中に恩寵を見ることはない。私は自立した人間だ。仮に私たちが一緒にいて、私の中に恩寵を見つけられなかったとしたら、あなたは失望するだろう。あなたにとって、私はグレースではなくエマでなければならない」。

「エマ、君の言う通りだ。君には独特の個性があり、感受性も、知覚も、価値観も、評価も違う。あなたは、私が出会った中でも稀有な人格者の一人だ。フランクで誠実なあなたは、人間関係を大切にし、友情を大切にする。あなたを尊敬しています"

「阿部さん、ご理解ありがとう。私も大切にしています」。

この1週間、バババ沈黙を守っていた。彼は決して話さなかったが、エイブとエマは彼の独り言や瞑想的なつぶやき、思考パターンを感じていた。そしてある日、バババ言った：「あなたは臆病で弱い。

突然、エイブはグレースが自分は内向的だと言っていたのを思い出した。

「バババ、本当だよ」と阿部は言った。

「あなたは自分の本質を受け入れることを拒否している。

「その通りだよ、ババ。何度もあったことだ。

"あなたは女性の前で、自分を非力な人間として見せている"

「私が？どう思う、エマ？と阿部は尋ねた。

「そうだよ、エイブ。あなたを愛し、あなたを賞賛し、あなたと一緒にいたいと切望する女性がいる。でも、あなたは自分が性的に不能な人間だと思っているのでしょう」と彼女は答えた。

「どうすればいいんだ？と阿部は質問した。

「私の気持ちに応えてくれ。それはあなたのためになる。自分の本質と個性を感じるだろう」。

「しかし、私は独身を捨てることはできない。

「あなたは自分の感情を偽り、あなたを愛する女性に、性的欲求を永遠に捨て去ることができると言っているのです」突然、阿部はババが話すのを聞いた。

エイブには荷が重すぎた。彼は不安と悲しみと絶望に震えていた。

「エイブ、本当だよ。性的な感情を永遠に捨てることはできない。感情を抑え込まないで、自分を壊さないで」とエマ。

「あなたは偽善者で、感情的なボロボロだ」とババは宣告した。

突然、阿部は筆を置いた。　「ババ、私には荷が重すぎる。あなたは真実を語っているが、私は真実を直視する勇気がない。私は根深い感情的な問題に苦しんでおり、いくつもの仮面をかぶっている。この独身主義は私を殺している。耐えられない」とエイブは叫んだ。彼は生まれて初めて涙を流した。

「エイブ、起きて。エマは言った。

エマ、本当の会話だった。それが夢ではないことはわかっています。ババさんの心の声からそう聞こえました。そしてそれは本物だ。

「その通りだよ、エイブ。ババの心は、あなたが勇気を出して人生の現実に果敢に向き合い、偽りの価値観に決して依存しないように、自分の状況を認識させるようにあなたに語りかけました。」

「エマ、あなたは真実を語った。独身や処女はインチキだと気づいた。嘘だとわかっている。それでも私は嘘にしがみつく」。

「禁欲と処女は否定的な価値観を育てる。これらの概念は、無秩序で抑圧的な共同体の産物である。ローマ教会は最近まで、何百人もの少年を去勢して合唱団に参加させ、聖職者はその多くを汚した。このような習慣はヨーロッパ全土に広まっていた。中東、北アフリカ、東南アジアのカリフ、マウルヴィス、ムッラス・イマーム、アラブ人家庭のハレムの門番や保護者として、何千人もの去勢者がそこにいた。中国や日本の皇帝、ムガル帝国やラージプートの王たちは、去勢された少年たちの顧客だった。ヒンドゥー教、イスラム教、仏教では、富豪、権力者、ビクシュ、サドゥー、僧侶の性の対象として利用するため、若者の去勢が広まっていた。独身主義とは、社会や宗教によって強制され、人間を破壊し、劣化させる自己去勢である。神話の名の下に、人の命が丸ごと無駄にされたのだ。人間の尊厳を踏みにじり、人間性を隷属させることは、人間の本性を偽ることであり、人間の精神と自由に完全に反するものだからだ。神も宗教も、去勢を命じ、男らしさや子孫を残す能力を奪う王も必要ない。この卑怯な行為を葬り去り、将来蘇生させないようにしなさい」とエマは言った。彼女の言葉が阿部の脳裏に何度も響いた。彼は変わろうと決めたが、その変化は痛みを伴うものだった。

何日も一緒にエマのことを考え、エイブに慰めを与えた。彼女の考え方や価値観が気に入ったのだ。

阿部は3カ月で絵を完成させた。キャンバスは布、高密度リネン、メディウムは油絵具。ジャンルは肖像画で、サイズは 92 センチ×74 センチ。阿部はこの絵に『裸の修道士』と名付け、*Celibate* とサインした。阿部が最後の一筆を走らせると、アゴリ・サドゥは立ち上がって寺の中に入っていった。阿部はサドゥに感謝の気持ちを伝える機会がなく、どうしてサドゥが仕事の完了を知ることができたのか不思議に思った。阿部はエマに相談し、ババは筆の一筆一筆を内なる目を通して見ていると告げた。

「エマが言った。

"あなたはイリュージョンですか？"と阿部は尋ねた。

「そう、独身を貫くならね。いや、独身を破ってくれたらね」。

"この欺瞞を打ち砕きたい"

「人間になれ。それが唯一の解決策だ。壁は厚く、強く、高い。それを壊せるのはあなただけです。あなたの中にはハンマーがあり、勇気をもってそれを使いなさい」。

「そうします」とエイブは約束した。

エマが、なぜセリベイトというサインを描き続けるのかと尋ねると、エイブはロヨラ・ホールを出てからずっとそうしてきたし、名前を変えても意味がないと答えた。

エマは彼に、『裸の修道士』と題された彼の肖像画は素晴らしく、ユニークで、間違いなく世界的に知られるようになるだろうと言った。阿部はエマの優しい言葉に感謝した。

エマは何日もエイブを誘って、神殿の中や外壁にある彫像を見に行った。彼は、寺院の壁の花崗岩から彫られた多くの場所にある彫刻の様式、テーマ、構造を学びたいと表明した。阿部は銅像のさまざまな側面について質問した。彼は、エマが寺院の歴史、シヴァとシャクティにまつわる神話、そしてそれぞれの物語と人物の関連性を熟知していることを知った。何千人もの巡礼者がこの寺院を訪れるため、寺院のあるニラチャルの丘の周辺はいつもお祭り騒ぎだった。

エマはエイブに、カマキヤは珍しい寺院で、シヴァ神の妃である女神シャクティに捧げられた最も有名な寺院のひとつだと言った。この寺院はシャクティとシヴァ神の愛を象徴しており、シヴァ神は妃であるシャクティと結ばれることを切望していた。二人の愛は深く、誰も二人を引き離すことはできなかった。シヴァ神は自分自身をとても愛していたので、シャクティを自分自身のように愛することができた。

「シヴァとシャクティの像を見ながら、エイブはエマに尋ねた。

「確かに、自分を愛さなければ、他人を愛することはできない。愛の源はあなた自身であり、あなたが愛に満ち溢れていれば、それを他者と分かち合うことができる。愛に溢れなければ、空っぽでなければ、分かち合うことはできない」。

エイブはエマを見た。エマはグレースと同じように、理路整然と話し、彼を納得させるコツを持っていた。しかし、グレースはセックスの話をしなかった。対照的に、エマは愛の営みについて話すことに何のためらいもなかった。まるで、愛の営みは人生の一部であり、切り離すことのできないものであり、それなしでは人生は不完全であるかのようだった。

「エマ、あなたは私との話し合いにとても率直だ。

「あなたを愛しているからそれは私が自分自身を愛しているからできることだ。自分を愛さなければ、あなたを愛することはできない。私はあなたのマグダラのマリアよ」とエマは説明した。

「つまり、私はあなたのイエスであり、人類を愛する前に自分自身を愛する必要があるということですね」と阿部はコメントした。

「その通りだよ、エイブ。自分自身を愛する必要がある。そうして初めて、グレースと私を愛することができる。自分を愛することを恐れている。自分を評価することが独身主義に反する

のではないかと怯えている。服を捨てて、私の裸のイエスになりなさい。十字架を燃やせ″

″この十字架を燃やすにはどうしたらいいのだろう？″″自分を愛するにはどうしたらいいのだろう？″と阿部は質問した。

「失敗と敗北の証である十字架を通して世界を救うことはできない。十字架は被害者意識の象徴だ。阿部よ、イエスとイエスにまつわる神話、そして恥ずべき十字架を超えろ。あなたは復活したイエスにならなければならない。まず、自分自身について、自分のニーズ、性格、願望、個人的な環境について考え始めよう。自分自身を、思いやりと励ましを必要とする、感情や気持ちを持った別の個人だと考えてほしい。自分を愛するための第一歩なのだ。クリシュナは、自分の妻と何千人ものゴーピカを愛することができるように、抑制や境界線なしに自分自身を愛した。彼のラーダへの愛は、ヒマラヤのガンガーの水流のようであり、純粋で力強く、澄んでいて快楽的であった。ギーター・ゴーヴィンダムは、クリシュナがヴリンダーヴァンとヤムナー河岸で　ゴーピカたちと繰り広げるラースリーラの武勇伝である。それは自己愛と他者への愛の最良の例である。阿部よ、自分自身を愛し、クリシュナのように他者にも愛を広げるのだ。キリスト教の神秘主義者の多くは、自分の肉体を憎み、自己の存在は神の意志に反すると考えていたため、この点で惨めに失敗した。彼らにとって、身体は地獄だった。シャワーを浴びているときでさえ、自分の裸を見ることはなかった。自分の体を見つめ、そのさまざまな部分を楽しみ、触れ、感じ、見ること、触れることの喜びや楽しさを経験する必要がある。そうすれば、次第に自分を愛するようになる。阿部さん、あなたは奇跡です。あなたの身体は、あなたにとって最も美しい芸術です。色とりどりの色を塗り、生命を与え、生き生きと活動的にするのだ。そして、自分自身に十分な愛があることに気づいたら、それを他の人たちにも分け与えるようになる」。

「独身である私が、自分の裸体を見ることができるのか？どうやって性器を触ればいいんだ？阿部は不安を口にした。

「エイブ、あなたの体の各部分はあなた自身なのだ。彼らをつぶさに観察することだ。ヌードをお楽しみください。性器の形と大きさを感じてください。そうすれば、自分はなんて素晴らしい人間なんだろうと思うだろう。あなたの体はとても複雑で美しく、貴重で、全体としてあなたを形成している、それがエイブなのだと理解するでしょう」とエマは説明した。

エイブはエマを見た。「エマ、あなたが話していることに集中しているのよ。

「エイブ、自分をグレースとして扱い、グレースを愛するように自分を愛しなさい。しかし、あなたの中にある衣をまとったイエスを捨てる必要がある。十字架を身にまとった者は、悲しみ、嘆き、羞恥心を与えるだけだ。優雅で、愛の化身であるクリシュナのようになりなさい」。

「エマ、それは素晴らしい知識だ。

「人生のささやかなことを楽しみ、自分自身を正当に評価する。

〝エマ、やり始めるよ〟

「エイブ、カトリックの訓練はあなたを過度に甘やかしすぎた。カトリックにとっては、あなたの存在そのものが罪なのだ。あなたは生まれながらにして罪人であり、あなたの肉体は悪である。まったくナンセンスだ。誕生と人生は最も美しい出来事である。

″エマ、私は自分の性的欲望や自分の中の葛藤について、誰にも話すのが怖いのです″

「エイブ、性欲は人間の自然な感情だ。人間や他のすべての生き物の最も重要な生命力。それがなければ、あなたは存在できない。しかし、あなたはそれを抑え込もうとしている。

「その通りだ。カトリックの背景が私の人間性を奪っている。私が成功を恐れているのは、私の成功が神の怒りを招くのではないかと心配しているからだ。カトリック信者は、セックスは忌み嫌われ、貧しさは神の賜物であり、苦しみは魂の宿命であるという悲惨な人生を望んでいる。彼らにとって、人生は天国にしかなく、私たちが地上で受けていることは、天国で神とともに生きるための準備のための絶え間ない試練なのだ″

「エイブ、これらの神話、自己破壊的な教え、価値観、ドグマをすべて捨てなさい。あなたは欲望、期待、感情に基づいて尊厳を持つ人間である。人間の福祉を土台にした独自の目標を立てる。神中心の宗教は常に抑圧的で家父長的だ。あなたの人生からそれらを排除する。キリスト教を人生から追放した日から、私は自由の本当の意味と喜びを経験し始めた」。

エイブとエマは、女神シャクティの膣が崇拝されている*寺院の聖域*の近くを歩いていた。何百人もの崇拝者たちは、女性、つまり女神を宇宙の究極の力だと考えていた。

「ヒンドゥー教では、すべての神々と女神は人間的な感情を持つ人間である。彼らのパワーと能力は人間のそれだ。しかし、キリスト教では、人間は罪を創造する存在である。天の神は、あなたを裁き、罰し、懲らしめ、地獄に落とすために存在する。聖人にとって、人間の肉体は邪悪なものであり、肉体から逃れるためには、肉体を拷問し、惨めな生活を送る必要がある。だから、キリスト教神学は肉体や人間の欲望や感情を否定する。肉体を排除しない限り、天国に入ることも神に会うことも不可能なのだ。精神的に不安定な人がキリスト教神学を発展させ、パラノイアやサイコパシーに苦しんでいるかもしれない。でも、エイブ、あなたは彼らを拒絶する必要がある"

「そんなことが可能なのか?

「地上の幸福や快楽を捨てるキリスト教的天国を拒否する必要がある。神を中心とする天国の価値観があなたの心の奥深くに入り込んでいる。人生を楽しみ、自分の存在と他者の存在の美しさを体験し、共感を持ち、すべての生命体に親切にし、宇宙と一体化すること。何百万もの人々が愛と調和の中で暮らし、人々が自己と他者のために働き、創造と発展を遂げ、音楽、芸術、文学、映画を楽しむような、地球中心の天国を作ろう」。

「家父長制的な価値観、抑圧的な宗教、罪を創造する神を拒絶しながら、私は自分の存在を経験しようとする。

「わざと、女神のアソコが見えるように、聖域に案内したんだ。見ることは罪ではなく、人生を謳歌することなのだ。カマキヤ寺院ではセックスが尊ばれ、カジュラホでもそうだ。エイブ、セックスは人生の本質よ」エマは本質という言葉を強調した。

「初聖体拝領の前から、愛の営みは最も凶悪な罪だと教えられてきた。そのような態度がセックスに対する憎しみを生み出した。でも、その年頃はセックスが何なのかわからなかった」と阿部は言う。

「聖パウロの神学のおかげだ。彼はどこで会っても最悪の女性差別主義者だった。彼は女性を憎み、抑圧し、夫の奴隷になるよう求めた。パウロによれば、女性には性的な選択も性的な自由もない。パウロにとっては、子どもを産むことさえ罪深い行為だった。だからイエスの母は、イエスとその兄弟を産んだ後も処女とされていた。カトリックは人々を性的に飢えさせ、多くの司祭、司教、教皇、修道士が性的倒錯者、略奪者となっている。"

「パウロは罪の中にしか希望を見いだせないキリスト教を作り上げた。だからこそ、罪と恥を象徴する十字架は教会の最大の強みなのです」と阿部は語った。

「ポールはゲイだった。彼は、自分のゲイの行動に関してとげがあると言った。しかし、女性やその性行動を嘲笑したり憎んだりしなければ、ゲイであることに何の問題もない。しかし、パウロは女性のセックスに過剰に執着していた。それゆえ、彼は新約聖書からほとんどすべての女性を追放し、マグダラのマリアとイエスの母マリアに貞操帯を着用させ、処女であることを宣言させようとしたのです」とエマは断言した。

"私もそう思う"

「阿部、君は何百人ものアグリ・サドゥー（裸の僧侶）を見てきただろう。いつかどこかで裸の男を見たことがあるかもしれない。でも、女性のヌードを見たことがある？"質問を投げかけることで、エマはエイブを見た。

「いや、エマ、私は女性のヌードを見たことがない。私は裸の女性の写真を見たことがありません」と阿部は告白した。

"あなたは単純だ。しかし、もしその女性があなたを誘えば、女性のヌードを見ることは悪いことではない。あなたにはたくさんの抑制がある。人生とは、他人を傷つけることなく、シンプルで、開放的で、幸福で、楽しく、快楽的な過程である。"

「私はすでに 35 歳だが、人生を豊かにする人生の根本的な真理を経験したことがない」と阿部は言った。

「エイブ、私の家に来てくれ。大人の女性がどのように見えるか、その身体がどのように輝きと威厳に満ちて見えるかをお見せします。彼女は裸で復活のイエスのように見えるでしょう」とエマは阿部を誘った。

「エマ、僕には遅すぎるよ。それに、女性の裸を見るのは怖いんだ」と阿部は告白した。

「遅すぎることはない。しかし、抑制から抜け出さなければ、繭を壊さなければ、恐れから成長しなければ、人生の目標を達成することはできない。"

「君のところに行くよ。ありのままのあなたを見せてください」。

グレースのワンルームの家を出てから、エイブは女性のアパートに行ったことがなかった。彼はエマが独身で、ひとりでいることを知っていた。

フグリーにかかる橋

翌朝、エイブがエマの家に着くと、彼女はドアの前で彼を待っていた。エマは、彼の隠された不安や恐れを消し去るような微笑みを浮かべていた。彼女はまるでグレースのようで、自信と威厳を放っていた。阿部は彼女の近くに立ってその存在を感じたいという過剰な衝動に駆られた。しかし、家族以外の女性に触れたことがなかった彼は、彼女に触れようとはしなかった。彼はグレースの近くに何度も立ち、マンドヴィでボートに乗ったことを覚えていた。ボートが波の上で踊っていたとき、彼女は顎で彼の頬に触れたかもしれない。夏が終わって最初の雨に打たれたような、スリリングな経験だった。グレースはいつも穏やかで、愛らしく、そのルックスも人柄も意思も手の届かないものだった。エマはグレースのように進化していた。

「ようこそ、エイブ」とエマが言った。

「ありがとう、エマ」と彼は挨拶を返した。

エマのアパートは整理整頓され、光が差し込み、空気が澄んでいた。彼女の書斎には、サンスクリット語、パーリ語、英語の本が並んだ棚がいくつかあり、コンピューターとテレビもあった。すべてが整い、床はピカピカだった。エマはバルコニーからエイブにブラフマプトラ川を見せた。

「なんと美しい光景だろう。ブラマプトラ川は荘厳で幻想的です」と阿部は言った。

「大河であり、女神とされている。彼女はいつもチャーミング」とエマ。

「あの船は魅力的に見える」と阿部は言った。

「何百人もの観光客がブラマプトラ川でボートに乗る。それは幽玄な体験で、決して忘れることはないでしょう」とエマは答えた。

エイブはエマを見て微笑んだ。彼女は美しく、少し緑がかった目と金色の髪をしていた。彼女のスラリとした長身は、阿部がタミル・ナードゥ州のタンジョール寺院で見たブロンズ像のようだった。

「どれくらいインドにいるんですか？

「約 7 年だ。ハイデルベルク大学でサンスクリット語の学位を取得後、私はまずギーター・ゴビンダムに関する博士課程研究のためにデータを収集した。ギーター・ゴビンダムはとても豊かで、華やかで、魅力的で、美的にもすべてを包み込むものだった。私はインドに 4 年間滞在し、さまざまなサンスクリット語のパリンプセスト・センター、図書館、大学、寺院を訪れた。男性、女性、学者、作家、詩人、俳優たちとの豊かな出会いに恵まれた美しい年月だった。インドは文化、言語、伝統がとても豊かだ。インドの最大の財産は人々であり、その多くは生きた図書館である。これほど魅力的で、刺激的で、活気に満ちた多様性、開放性、信念、熱意、思いやり、尊敬に出会える場所は、世界中どこにもない」。

"ギーター・ゴビンダムはどうやって見つけた？"

「ギーター・ゴーヴィンダムは至高のラブソングだ。ソロモンの歌よりもはるかに豊かなものだ。その美しさと審美的な充足感、人間の感情の全体的な表現、クリシュナとゴーピカたちとの象徴的な交流は、他の追随を許さない。激しい感情、奔放な愛の営み、そして人間らしさ。この本を読めば、あなたは豊かな人間になれるでしょう」。

「つまり、クリシュナとラーダはギーター・ゴーヴィンダムの中心人物なのです」と阿部は声明を発表した。

「確かに。愛の中で、クリシュナはラーダになり、ラーダはクリシュナになる。認識論的な意味では、存在することは知ることであり、知ることは存在することである。愛の中で、あなたは私になり、私はあなたになる。彼らはひとつであり、クリシュナの異なるペルソナなのです」。エマが説明した。

エイブはエマを見て微笑んだ。グレースもまた、同じ感情で、同じ表情で、同じ思考パターンで、同じオープンさで話した。

″ギータ・ゴーヴィンダム″では、牛飼いのクリシュナが乳飲み子であるゴーピカたちの服を盗み、ゴーピカたちは我武者羅にクリシュナを追いかけた。ゴーピカの隠し衣裳は、人間同士の交流、自由、愛の最も本格的な形だった。クリシャンは彼らを愛し、ゴーピーカたちはクリシュナを慕った。リグヴェーダでは、女性たちが集団で衣服を洗い、川で泳ぎ、純粋な喜びと一体感を表現している。ギーター・ゴーヴィンダム』では、クリシュナとゴーピカたちがヤムナーやヴリンダーヴァンで一緒に遊んでいる様子が描かれており、リグヴェーダで女性たちが表現した幸福感を再現している。至高の意味において、ラースリーラは人間の自由、平等、一体感、愛の比類なき表現だった」。

「ゴーピカたちはなぜ裸だったのか？と阿部が質問した。

「ヤムナー川とヴリンダーヴァンは人生の象徴だ。クリシュナは人が持つことのできる最高の友であり、ゴーピカたちは自然である。クリシュナはプルシャであり、ゴーピーカはプラクリティである。プルシャがプラクリティと出会うとき、生命が生まれる。彼らはクリシュナの前で裸になることができ、隠すものは何もなかった。クリシュナは乳飲み子たちと一体感を感じ、彼らの恋の駆け引きは純粋さと信頼の表れだった」。

「なぜヌードを怖いと感じる人がいるのか」と阿部は知りたがった。

「自尊心の欠如を自認しているからだ。自分たちが他人より先に物になってしまうかもしれないという恐れだ。服装が自分の無口さや内気さを隠し、恥ずかしさや不快感から救ってくれると思っているのだ。衣服は弱い者、機敏な者、神を畏れる者を覆う。アゴリー・サドゥーは神を恐れないが、神は裸のサドゥーを恐れている。エデンでは、アダムとエバは裸で、神を恐れていなかった。人々が衣類を拒絶する日、すべての宗教は崩壊し、誰もが解放されるだろう」。

"裸を愛さないのか？"阿部は好奇心旺盛だった。

「ヌードは人間本来の姿であり、自己決定の表現である。社会のルールや法律による抑圧や服従から人々を解放する。ヌードになることを止めることはできない。私は独立心に基づいてすべての決断を下しますが、それは私の権利です」とエマはきっぱりと言った。

「インドにいる理由ですか？

"私は研究をするためにインドに来た"

「なぜ2度目のインドに？阿部が尋ねた。

「博士号を取得した後、私は大学で3年間働いた。そして、インドの裸の僧侶についての研究プロジェクトに応募した。そしてこの3年間、私はここにいて、私を助けてくれたババに出会うことができた。エマはエイブを見て言った。

"研究はすぐに完了するのですか？"と阿部は質問した。

「半年以内に調査書を提出するつもりだ。その後、大学での仕事を再開します」とエマは言った。

エイブはグレースについて、個人的な質問ひとつしなかった。しかし、エマは違っていた。彼女は自分をさらけ出すことに何のためらいもなく、エマのことを気軽に尋ねることもできた。

しかし、彼は言葉では言い表せないほどグレースを愛していた。しかし、エマは信頼し、尊敬していた。

「エイブ、私は先日、女性のヌードを見たことがあるかと尋ねた。あなたは独身を貫き、女性の裸を見ることに恐怖を感じる。あなたが恐れているのは、こだわりや現実を受け入れることへのためらいのせいです」。とエマはコメントした。

「その通りです」と阿部は答えた。

「もしあなたがその気になり、恐れを抱かず、不安を感じないのであれば、私はあなたの前に姿を現すことができます」とエマは言った。

エイブはエマを見た。彼女は真剣で、本気だった。

「あなたのヌードを見ても、恐れも恥ずかしさもためらいもありません」と阿部は答えた。

それからエマは服をすべて脱いだ。阿部は何の気負いもなく彼女を見た。エマはしばらく立ち止まり、無言で歩き始めた。彼女は阿部に近づき、阿部は彼女の息遣いを感じた。

「エイブ、女性のエマです。私は裸です。これが女の裸体であり、男の裸体と大差ないことをお見せしたいのです」。

「エマ、わかるよ。しかし、私はあなたの裸の向こうに、感情、感情、愛、そして感受性に満ちた人を見ている。それは君だ。

「その通りだよ、エイブ。私はこのヌードだけではない。裸の人間は、尊厳、権利、自由、平等を持つ人間であり、自分の意志に従って考え、決断し、行動することができる。社会は私を衣服で包むことはできない。人間の作った法律や抑圧的な決まり事、女性を強制し服従させる家父長的なヒジャブは、女性を檻に入れられた動物のレベルに捨てる。他人がそれを受け入れようが、評価しようが、非難しようが、私には関係ない。女性は社会の不可欠な一部であり、セックスの対象ではなく、自分が何をすべきかを決める自尊心を持った考える人なのだ。私の中には自立心がある。あなたが抑制や臆病さを克服して成長するにつれて、私はあなたに裸の私の体を見せるように誘った。これが私の胸。普通の男性の胸よりはるかに大きい」。

「と阿部は言った。

私の髪、頭、鼻、頬、顎、手、脚を見てください」。どれも男性のそれとほとんど変わらない。あなたのような男性は、筋肉が強く、体が大きいかもしれない」。

「そう、私の筋肉はより強く、私の足と手はより力強く、私の体はあなたより大きい。

「エイブ、僕にはアソコがあるんだ。寺院の聖域にある女神の膣を見たかもしれない」。

「エマ、私はそれを観察することができる。

エマは「エイブ、もし不快感や不本意さを感じなければ、服を脱いでいいわよ」とお願いした。

阿部はためらうことなく服を脱いだ。今、彼はエマのように裸だった。

「ここにいるよ。

「おめでとう、エイブ。あなたは内気な性格を克服した。あなたは学ぶのが早いわ」とエマが言った。

「ありがとう、エマ

「さあ、歩き回ってください。あなたの体を上から下まで、前も後ろも見せてください」。

阿部は部屋の端から端まで歩き始めた。恥ずかしさなど微塵も感じさせない安心感があった。エマは彼に近づき、背後に立って数分間観察した後、こう言った：「エイブ、よくできた体ね。後ろから見ても堂々としている。大きなお尻、形のいい手、力強い脚。あなたは完璧な体を持っている」。

「ありがとう、エマ。あなたの感謝は私にとって貴重なものです」。

「さあ、私を見てください」とエマは懇願した。

エイブは振り返ってエマを見た。

「エマ」とエイブは彼女を呼んだ。

「エイブ、君はとてもハンサムだ。さあ、自分の性器を見てごらん。ほら、女性のそれとは違って見えるでしょ。あなたにはペニスと２つの睾丸がある。しかし、あなたの態度、価値観、行動、反応、言葉が、あなたを男たらしめているのです」。

「わかりました」と阿部は答えた。

「エイブ、あなたは私の裸のイエスだ。初恋をする前のマグダラのマリアとイエスについて考えてみよう。ふたりは裸で抱き合っていた。ふたりは互いを愛し、尊重し合い、憧れ、一体感、交友関係を満たした。今、私はあなたにハグを強要しているわけではない。私はあなたのマグダラのマリアです。もしあなたが私を抱きしめて、愛してくれたら、私は喜びます。エマは笑顔で言った。

「エマ、まずグレースとハグさせて」とエイブが言った。

エマはまた微笑んだ。

「エイブ、私はあなたを尊敬している。あなたは 100 万分の 1 の希少な宝石だ。あなたにはとてつもない意志の力がある。

「と阿部は断言した。

「さあ、服を着てください。

「ありがとう、エマ。これは素晴らしい教訓であり、貴重な経験だ」と阿部は答えた。

「エイブ、私も大切にしている。今、あなたは私の親友になった。あなたは私の心の中でいつも背筋が伸びている。

「エマ、あなたは強く、愛情深く、思いやりのある心を持った素晴らしい女性です。あなたを尊敬しています」。

その日、彼らはエマとエイブの手料理で夕食を共にした。アッサムの肉料理であるカール、鴨肉のカレー、魚の炒め物、そしてご飯を食べた。夕食後、エイブとエマは子供の頃の話を夜更けまで語り合った。朝早く、彼が眠りにつくと、エマはまるで 10 代の息子を世話する若い母親のように、柔らかい毛布をかけてやった。

エイブはエマのバルコニーから現れたブラフマプトラを描きたいと言い、彼女は彼を励ました。彼は翌日から仕事を始め、エマは『インドの裸の僧侶たち』の執筆に没頭した。時折、彼女は彼のイーゼルの前に立ち、雄大な川の青い水とエメラルドの岸辺を描く彼の細かい筆致に好奇心と感嘆の念を抱きながら見入っていた。彼女は阿部が絵に集中しているのを見るのが好きで、彼が作品を完成させたときの壮大さを想像していた。

阿部は最後の一筆に触れるまで 3 カ月近くを要し、『アッサムの女神』と名付け、*Celibate* と署名した。川岸には緑があふれ、ボートや大型フェリーが何艘も停泊していた。そのイメージは、自然だけでなく、動物と人間の総合的な期待を具現化したものであり、共存はダイナミックなものだった。写真の隅には、バルコニーから川の方を見ている二人の女性の姿があった。一人は黒髪で耳たぶに触れ、もう一人は金色の髪をしていた。二人は仲良く手をつないで立っていたが、写真に写っているのは背中だけだった 。エマは青い川のシルエットに描かれた女性像を見て微笑み、この絵がとても気に入ったことをエイブに伝えた。絵はリネンに描かれ、大きさは 349 センチ×211 センチ。

グワーハティーの町の隅々まで、夕方の時間帯に一緒に散歩するのが、2 人の日課となり、道端のレストランでアッサムの黄金色の紅茶を飲みながら、互いを楽しんだ。アッサムの美しい少女や女性たちの色とりどりのドレスに魅了されたエイブは、町のエキゾチックな風景の中に彼女たちを描き始めた。

エマは遊び好きで、ときどき右手の手のひらを川に突っ込むと、まるで蛇がボートと一緒に泳いでいるように水をかき混ぜた。プレー中のエマは、マンドヴィのグレースのように優雅に見え、誰が誰だか見分けがつかなかった。エイブは彼女と一緒にいるのが大好きで、グレースを探しながら旅をしようと考えていた。すでにグレースと出会っており、グレースを探す必要はないと感じることもしばしばだった。同じ人物が、説得力はないにせよ、違って見えたのだ。エマはグレースで、外見も感情も反応も同じだった。当初は何もかも同じだった。結局、違いは接点に過ぎなかった。エイブは川と波の区別がつかず、波とボートの区別もつかなかった。

ブラフマプトラ両岸の緑あふれる平原は地平線と融合し、ひとつになった。ブラマプトラはアッサムの草原と融合し、地平線と融合した。エイブはグレースとマンドヴィ川を旅したときのことを思い出し、川と船、船とグレース、そしてグレースとエイブを切り離すことができなかった。宇宙はひとつであり、現れたものはすべて多様な宇宙であり、その多様性はひとつに融合した。

数日後、エイブは新しい作品に取りかかり、エマを被写体とした。エマはボートに乗り、マンドヴィ川かブラフマプトラ川のどちらかであろう、川の岸辺が写っていない川に一人でいた。その影は、ある角度から見るとグレースのように見え、別の角度から見るとマグダラのマリアのように見える。阿部は『A Girl in a Boat』と名付け、『Celibate』を歌った。

その晩、エイブはそれをエマに贈った。「エマ、これは私からの贈り物だ。

エマは胸が詰まる思いだった。「ありがとう、エイブ、あなたの恩寵が私になりました。あなたは私の裸のイエス、復活のイエスです。

そして突然、エマが彼の頬にキスをした。阿部は驚き、独特の興奮を覚えた。初めて女性からキスをされたのだから、それはとても嬉しかったし、魅力的だった。頬へのキスが刺激的で、快楽的で、華やかで、喜びをもたらすとは、エイブは知らなかった。

"ああ！エマ」と興奮気味に彼女の名前を呼んだ。

「エイブ、エイブ」と彼女は繰り返した。

「新しい感覚だ。とてもソフトでゴージャス。キスが私の中で爆発を起こすなんて知らなかった」と阿部は言った。

「愛を表現する最も洗練された方法だ。マグダラのマリアについて考えてみよう。彼女はパレスチナで最も教養があり、洗練された人だった。イエスは復活の後、完全な栄光に包まれた。

イエスとマグダラのマリアは二人きりだった。イエスの男の弟子たちは、表に出るのを恐れて荒野に隠れた。マグダラのマリアは暗闇の中で一人で彼を待っていた。彼女は恋人に会いたいと思っていた。エイブ、あなたは私のイエス、裸のイエス、臆病、内気、抑制、恐れ、孤独から復活した。エマは反応した。

「エマ、私のマグダラのマリア」エイブの言葉はやわらかく、愛に満ちていた。

「しかし、イエスの男弟子たちはマグダラのマリアを追い出し、教会における権力と地位を追い詰め、彼女は拒絶された女性となった。あの男たちは彼女を罪人に仕立てた。

エイブはエマを見た。彼女は同じように美しい恩寵の光で微笑んでいた。

グレースが彼の頬にキスをしたことがあったとしても、それは彼が眠っている間にしたことかもしれないし、フェリーに乗って鳥の保護区に行くときに、ボートが波に浮かんでいるときに軽いキスをしたのかもしれない。しかし、キスは人道的だ。アッサムの女神が近くにいて、手に丸めた絵を持ち、緑がかった瞳を輝かせ、金色の髪がブラマプトラからの涼しい風に微かに上下しているのが見えた。

「川岸を散歩しましょう」とエイブがエマに言った。

「エマは答えた。

何百人もの観光客がいた。エマとエイブは散歩しながら夜を楽しんでいた。夕暮れには独特の魅力があり、それはエマと一緒だったからからかもしれない。

夕食はアッサム料理だった。

「エマはレストランでこう言った。

エイブは、エマがこんなに早く自分のもとを去ってしまうとは思ってもみなかった。ふと、彼女が半年以内に帰国すると言っていたのを思い出した。しかし、彼は不安を感じ、心に空虚感を覚えた。

「研究プロジェクトは完了したんですね」と阿部が言った。

「はい、これから大学の仕事を再開します」。

阿部はしばらく黙っていた。長い年月を経て、彼は再び孤独を感じていた。グレースは 11 年前に彼のもとを去った。エマはもうすぐ行くだろう。人生は孤独の総体であり、狭い円を形成し、そこからの出口はない。結局のところ、誰もがドアのない牢獄の塀のように孤立を作り出した。あなた一人が旅に出るように、誰も他人の人生を生きることはできない。

翌日の夜、エマはエイブに会い、ババに別れを告げると、彼は彼女を祝福し、輝かしい未来を祈った。

　「ババがいたからこそ、私は仕事をやり遂げることができた。彼は高学歴なので、私の研究の真剣さを理解してくれた。理性を持ち、それに従って行動できる人"

「幸運だったよ、エマ

"エイブ、君に出会えてよかったよ"

出発の際、阿部はエマとともに空港に向かった。彼女はデリー行きの便とアムステルダム行きの直行便を利用していた。

「エイブ、会えてよかったよ。私はあなたの友情を尊重します。私の人生で最も貴重な関係よ」とエマは言った。

「エマ、私も楽しかったよ。この関係を続けたい。阿部はそう答えた。

すると突然、エマがエイブを抱きしめた。彼は胸に彼女の柔らかい胸を感じた。彼女は彼の頬に唇をこすりつけた。阿部は数分間、彼女に抱かれたままだった。彼にとって、女性にハグされるのは初めての経験だった。そして、ゆっくりと彼女の後ろに手を回し、自分のほうに押し付けて言った：「エマ、愛しているよ

それを聞いたとたん、彼女は彼を見た。彼女の目は輝いていた。

「エイブ、私もあなたを愛しています。

「あなたは永遠に私の心の中にいます」と阿部は答えた。

「恩寵を探せもしあなたが彼女を見つけられなかったり、彼女があなたと一緒に暮らせなかったり、あなたの人生を分かち合いたくなかったりしたら、私はそこにいて、この世の終わりまであなたと一緒に暮らせることをいつも喜んでいます」とエマは言った。

「エマ」とエイブは再び彼女を呼んだ。

彼女はもう一度、彼の両頬にキスをした。阿部は彼女の額にキスをした。女性への初めてのキスだった。そしてエマはそれを崇めた。

フライトは時間通りだった。阿部は孤独を感じ、グワーハーティーとカマキヤー寺院は異質なものになった。

グワーハーティーに２年間滞在した後、彼はグワーハーティーを去ることを考えた。アグリ・サドゥとエマとの出会いは、非常に満足のいく、充実したものだった。カマキヤにいる間に、多くの小品と２つの大作を描くことができたのだから。

コルカタに着くと、エイブは絵画展を開催し、大勢の人々が訪れた。新聞、テレビ、ソーシャルメディアが大絶賛し、『セリ

ベート』は一躍有名になった。彼は 12 枚の絵を売り、その売り上げからスタジオと展示センターを開設し、グレース・エマ・アート・ギャラリー（ŒAG）と名づけた。彼のスタジオは、フーグリー川の東側にある象徴的なハウラー橋の向かいにあった。コルカタでは、人々はエイブを〝聖職者〟と呼んだ。その名の通り、彼は若い画家たちや一般の人々のためにセミナーや会議、展覧会を開催し始めた。多くの画家が GEAG を訪れ、セリベイトから近代絵画の技法や様式を学んだ。2 年も経たないうちに、グレース・エマ・アートギャラリーはインドの文化の中心地であるコルカタで有名になった。

阿部はコルカタに落ち着くとすぐに、高密度のリネンに油絵具で描いた《　フーグリー川にかかる橋》という重要な作品に着手した。阿部がこの作品を完成させるのに 1 年以上を要した。メディアはこの絵を学術的に評価し、多くのベンガル人が『フグリーにかかる橋』を一目見ようと GEAG に押し寄せるようになった。阿部は、ベンガル人は美的感覚が非常に発達しており、世界の他の誰よりも芸術の内面的な美しさを味わうことができることを知っていた。数ヶ月のうちに、フグリーにかかる橋はベンガルのフォークロアと文化生活の一部となった。男性も女性も、学生も教師も、商人もビジネスマンも、警察官も兵士も、セリベイトの絵に誇りを感じていた。阿部は、ベンガルの洗練された人々が、彼の作品に隠された象徴性を喜んでくれることを嬉しく思った。

GEAG には、阿部の絵だけを集めたホールがあった。彼の作品の多様性、本質的な美しさ、無限の価値を味わうために、インド中の美術愛好家がグレース・エマ・アート・ギャラリーを訪れた。次第に、中国、日本、西欧、東欧、アメリカからの美術愛好家たちが GEAG を訪れるようになった。特に『裸の僧侶』、

『 アッサムの女神 』、 『ホグリーにかかる橋』には多くの人が感嘆の声を上げた。

阿部は内なる平和と平穏を享受し始めた。すぐにピアノを手に入れ、バッハとモーツァルトを弾いた。彼は毎日 2 時間ほど、「ディア・グレイス 」と名付けたピアノの前に座って楽しんだ。音楽は彼に柔らかく優しい人間の感情を生み出し、最も魅惑的な肖像画を描かせ、コルカタは彼に繊細な人間感情の芸術家になるよう誘った。

GEAG 開設から 5 年以内に、セリベイトは小品とさらに重要な 3 つの絵画を完成させた。そのうちのひとつが、『フラワー ガール』と名付けられたエマの肖像画で、エマは髪と耳に色とりどりの花を飾っている。緑がかった瞳は突き抜けていて、唇はわずかに薔薇色、頬はケルビック。この絵はポプラの板に亜麻仁油で描かれていた。溶剤を入れて絵具の粘度を変え、エイブは光沢のバランスを取るためにワニスを使った。肖像画の大きさは 77 センチから 53 センチ。完成すると、エイブは寝室に置いた。

一方、阿部はウィットワース・アート・ギャラリーから 『 裸の修道士』展の招待状を受け取った。展覧会から 2 日間で、何千人ものファンが彼の作品を見に押し寄せた。それはたちまちセンセーションを巻き起こし、セリベイトと彼の芸術はセミナーや学会の際にテレビで学術的な議論の対象となった。新聞各紙は、『裸の修道士』とその創作者であるセリベイトについて刺激的な記事を書いた。

エマは GEAG の設立当初から何度もコルカタのエイブを訪ね、エイブとの付き合いを楽しんだ。彼の唯一の苦しみは、青春時代ずっと恋い焦がれていた最愛のグレースがいないことだった。もしグレースがそこにいて、ずっと一緒にいてくれたら、彼は幸せだっただろう。

GEAG を開設して 6 年目、阿部は『チェス・プレイヤー』という表現主義の新作を手がけ、パリのルーブル美術館に展示する機会を得た。彼は初日に中国の情報技術界の大物の電話を受け、未公開の金額で購入した。コルカタに戻ると、阿部は『抱擁』という新作に取りかかった。この作品のテーマは、イエズス会在籍中に生まれたもので、完成させるまでに何カ月もかかった 。エマはこの絵がアムステルダムのライクス美術館で展示されるよう手配した。その後、阿部はこの作品をフィレンツェのウフィツィ美術館とマドリッドのパドロに展示した。エマは阿部とともにオランダ、イタリア、スペインを旅し、阿部は彼女の存在が支えになった。しかし、彼はグレースが自分の成功を見届け、名声を分かち合うためにその場にいないことを苦痛に感じていた。

突然、コルカタのスタジオに一人で戻ったとき、阿部は不安を感じた。彼の心には言いようのない不安と空虚感が何日も続いた。彼は次第に不機嫌になり、スタジオの従業員とも口をきかなくなった。彼らの多くは、彼と温かい関係を保っていたが、彼の突然の変化に驚いた。彼らは彼の健康を心配していた。スタッフは、セリベイトがヨーロッパを訪れたときに何か奇妙なことが起こったのではないかと考えていた。彼はいつも明るく、励まし、親切で、自分たちの幸福と向上を考えてくれる人だった。

しかし、阿部は黙って苦しみ、その精神的苦痛を誰かと分かち合おうとは考えなかった。新作を描くのをやめ、アトリエに併設されたアパートに残った。彼の目には悲しみが宿っていた。エイブはエマとの文通をやめ、彼女のメールは未読のままだった。彼は、無気力と怠惰で頭がいっぱいになり、彼女にどう反応していいかわからなかった。

阿部は絵を描くことに興味を失った。彼のアトリエには次第に美大生が来なくなり、グレース・エマ・アート・ギャラリーでのセミナーや会議も減っていった。彼の銀行口座には十分な現金があり、従業員たちは定期的に給料を受け取っていたにもかかわらず、仕事のやりがいを得ることができず、約 12 人の従業員が半年以内に次々とスタジオを去っていった。逃げなかったのは、アートギャラリーの支配人、館長、秘書だった。阿部は次第に彼らとのコミュニケーションを絶ち、スタジオは沈黙に包まれ、GEAG は沈黙の墓地と化した。マネージャーは多くの医師や専門家に相談したが、誰も阿部を助けることはできなかった。彼ら全員にとって、エイブは〝消えた事件〟だった。

館長は、阿部がすぐにイライラして不安になり、絶えず罪悪感を口にするのを目撃した。阿部は秘書とコミュニケーションが取れず、秘書は上司が常に疲労を感じていることに気づいていた。彼は外界と分かち合うことをやめ、何時間も一緒にピアノを弾いた。しかし、3 ヵ月も経たないうちに、彼は突然、プレーをやめてしまった。阿部は集中力を欠き、スタジオでの具体的な重要事項すら覚えていなかった。ヨーロッパやアメリカから、阿部に作品を展示するようにと何通もの手紙が届いたが、返事はなかった。

阿部には睡眠障害があった。彼は睡眠パターンを変えた。この数週間、彼は夜中に目を覚まし、朝は昼まで眠り続けた。特定の日にリラックスすることは難しく、20〜24 時間眠り続けた日もあった。早起きも彼が直面した問題だった。しばしば恐ろしい悪夢にうなされ、その多くでグレースとの旅行中にアクシデントに見舞われた。その幻覚の中で彼女の死体を見て、彼は深く悲しみ、声をあげて泣いた。阿部は性的欲望を失い、無性愛者になったと感じた。頭痛、体の痛み、胃痛、関節痛、けいれんで寝たきりになった。

彼の秘書は精神衛生の専門家に相談した。医師は、阿部は長年抱えてきた根深いうつ病に苦しんでいるとの見解を示した。精神衛生の専門家は、必要なのは患者のごく近くにいる人からの愛とケア、抱きしめること、抱きしめること、分かち合うことだと示唆した。医師はさらに、阿部は愛情を失い、最愛の人を失い、情熱を伝えられる相手がいなくなったのだと言った。回復不可能なダメージを負った彼には、大切な人からの奔放な愛情表現が必要だったのだ。エイブを希望、喜び、幸せ、一体感のある世界に戻す必要があった。

ヨーロッパツアーから帰国した直後から地獄のような体験をしていたため、阿部は助けを必要としていた、と精神科医は分析した。それに、セラピストは彼がうつ病の進行段階にあると警告していた。

秘書はエマにメールですべてを説明し、エマは 3 日以内にコルカタに到着した。そんな阿部を見て、彼女は声をあげて泣き、何度も抱きしめて、一日も早く病気が治るようにと言った。彼女はコルカタの名医に相談した。彼らは阿部を診断し、詳細な治療計画、回復プロセス、リハビリ計画を立てた。エマは起きている時間すべてを彼と過ごすようになった。彼女はエイブの注意を引くためにピアノを弾いたが、彼が音楽に集中するようになるまで 2 週間ほどかかった。

エマはエイブの食事を作り始め、毎日 5、6 回、エイブの好物を少しずつ食べさせた。エマが下した最も重大な決断は、エイブと同じベッドで寝ることだった。彼女は一晩中、阿部がぐっすり眠れるように、右手で彼を包んで自分のほうに押し付けた。多くの夜、エマはベッドに座っている間、彼の頭を自分の膝の上に置くことを許した。彼女は彼の額、眉毛、頬、唇、顎、鼻をマッサージし、彼の心が不安や混乱に陥っているときに、彼が心地よく、ケアされ守られているという感覚を感じられるようにした。エマはエイブの母となり、妹となり、娘となり、最愛の人となり、彼を喪失と拒絶の淵から救い出した。

エマは毎朝、ベッドにコーヒーを用意し、彼がその香りと味を楽しむのを手伝った。食器棚にチェス盤があることに気づいた彼女は、彼とチェスを始めた。

阿部は5分以上集中することができなかったので、彼女は彼の手を握り、転倒の可能性から彼を守りながら歩くのを手伝った。彼女は毎朝、温水シャワーを浴びさせ、木綿のタオルで髪と体を乾かした。歯を磨き、髭を剃り、髪をとかし、服を着るのを手伝うことで、エマは忙しくなった。彼女は15日ごとに彼の髪を切り、髪を切りながら延々と彼に話しかけ、自分に話しかけるよう促した。

エマはオランダ語で歌を歌った。彼女はしばしばギーター・ゴーヴィンダムのスタンザを朗読し、言葉の端々に秘められた愛を説いた。彼女はエイブに、彼は彼女のクリシュナで、彼女は彼のラーダで、ヤムナー川のほとりで歌い踊っていると言った。

エマが来てから半年も経たないうちに、エマに抱っこされながらエイブは少しずつ歩けるようになり、エマはエイブの回復が可能であることに気づいた。エマはいつも彼に話しかけ、物語を語り、彼の絵について、ヨーロッパやアメリカでの展覧会について、そして彼がいたるところで受けた賞賛について話した。彼女はピアノを弾くのを手伝い、エイブはそれを楽しみ、彼女と一緒にいるのが大好きだった。エイブは徐々に、彼女の手助けなしでピアノを弾けるようになった。エマは、エイブが自分の感情を発散させるべきであり、それを心の中に溜め込まないようにすべきであると知っていた。そのおかげで阿部は自由を感じ、悲しみや心配や不安を捨てることができた。エマは、エイブが正しい呼吸をし、痛みやけいれんを起こさずに筋肉を伸ばすためには、屋外での定期的な運動が必要だと知っていた。彼女は彼を車椅子に乗せて家の庭に連れて行き、何時間も一緒に車椅子を押しながら、彼に話しかけ、歌を歌ったり、ギーター・ゴヴィンダムのエロティックな詩を朗読したりした。

エマはエイブと8ヵ月近く一緒にいて、コルカタ市内の有名なモニュメントや名所を毎日ひとつずつ訪ね、エイブを長距離ドライブに連れて行くようになった。ヴィクトリア記念館、カリガット寺院、フォート・ウィリアム、ビルラ・プラネタリウム、インド博物館、マザーハウス、サイエンス・シティ、セント・ポール大聖堂、マーブル・パレス・マンション、エデン・ガーデン、アリポール動物園、聖ザビエル大学などを見学した。二人は手をつないで歩き、芸術、音楽、チェス、アグリ・サドゥー、クンブ・メラ、美術展、インドとインドネシアのオランダ植民地、その他多くの話題について語り合った。二人は一緒に座って話をしたり、ドライブを楽しんだりした。

エイブとエマは、ベンガル料理を楽しむために数多くのレストランを訪れた。

阿部は9カ月で病気から回復したが、それでも読書や執筆、絵画に集中することはできなかった。エマはアトリエとグレース・エマ・アート・ギャラリーの新しいスタッフの募集を開始し、阿部の立ち会いのもと、1カ月にわたって業務内容について徹底的なオリエンテーションを行った。阿部は再び、セミナー、会議、展示会を開催するための下準備を始めた。2ヵ月も経たないうちに、GEAGは活気づき、何百人もの外国人や地元の観光客が美術展を訪れるようになった。

プラヤグの裸の僧侶

エマは友人が回復し、独立して仕事ができるようにしたかった。エイブはベッドにいる間、エマの右手で心地よく眠り続けた。起きているとき、彼女は彼の頭を膝の上に置き、オランダの民話や、複雑な象徴の層を持つパーリ文学の仏教ジャータカ、サンスクリット語で書かれた魅惑的なプラーナから、たくさんの物語を聞かせてくれた。来日から１年も経たないうちに、阿部は再び絵を描き始めた。エマは彼に新しい絵を描くためのアイデアとテーマを与えた。彼は６カ月かけて作品を完成させ、エマにその名前を依頼した。彼女はタイトルを提案した：キス』。阿部も気に入っていた。

エマとエイブはチェスを続け、エイブはすぐに、15手以内で簡単に彼女を負かすことができることに気づいた。エマはエイブに勝つことはできなかった。

エマはエイブのもとに約１年半滞在し、最後の１カ月でエイブはうつ病から完全に回復した。エマはアムステルダムに戻り、大学での任務を再開する時が来た。

〝エイブ、あなたが完全に回復し、スタジオでの仕事に集中できるようになって本当によかった〟

「エマ、それはあなたのせいよ。あなたの愛は、私を死から救ってくれた」。

「あなたのために何もしなかったら、私はうつ病で死んでいたでしょう。あなたは私であり、どんな力でも私を引き離すことはできない」とエマは言った。

「その通りだ。愛は恋に落ちるよりもずっと深い。愛するとき、私たちは相手となる。

「私もそう思うよ、エイブ。愛は外側の活動ではなく、内側の仕事なのだ。それは 2 つの心の一体化であり、2 人の独立した人間の結合である"

「エマ、愛する人は少なくとも 2 人いるべきだ。私は相手の行動、態度、意見、イデオロギーに同意できないかもしれない。時には、自分の意見の相違を言葉や行動で表現することもある。しかし恋愛においては、相手は自分の行動や振る舞いを超えている。私が愛しているのは、その人の全体性です」。

「その通りだ。人は利己的な理由で恋に落ち、その理由が満たされたときに恋に落ち、満たされなかったり、時にはそれ以上得るものがなかったりする。ここで欠けているのは、その人の人としての存在である"

「あなたの考えは理解できる。恋に落ちるということは、自分の願望が現実に反している場合、恋に落ちることにつながるかもしれない。恋をすることは、相手を探すことに失敗すれば、周辺的で無常なものになりかねない。それに、その人を愛するために恋に落ちる必要はない。恋に落ちなくても、その人への愛情は深まり、花開くものです」と阿部は言った。

「その通りだよ、エイブ。あなたの議論は別の可能性にもつながる。男も女も、同時に複数の人を深く愛することができる」。

「その通りだよ、エマ。分け隔てなく、私はグレースを愛している。私は、境界線のない、条件のないあなたを愛している」。

エマはエイブを見た。阿部は初めて、自分が彼女を愛し、完全かつ無条件に愛していることを認めた。それがエマに与えた喜びは計り知れない。

「愛しすぎている。喜びを表現する言葉がない。あなたのことを考えると、あなたが私の中に存在していることを感じる。あなたは私の中で絶え間ない感覚だ。こうして、あなたは私の存在のすべてとなった。

「エマ、それを聞いてとても嬉しいよ。でも、私もグレースを愛している。彼女とは切っても切れない関係で、あなたと同じように、グレースなしの人生、グレースなしの未来はありえない。私もあなたなしでは生きていけない。もしあなたが私を拒絶したら、私はうつ病で死んでしまう。

「エイブ、これは本物の感情だ。君のは本当の愛だ。あなたはグレースと私を愛している。私たちふたりはあなたとは切っても切れない関係で、どちらかがあなたのために存在しないとか、どちらかがあなたの愛を拒絶するといった状況は考えられないでしょう」。

「その通りだ。あなたたち 2 人は私の存在になった。二人とも私だ"阿部が反応した。

「エマは答えた。

「今日まで、あなたと性的な関係を持ったことはなかったし、考えたこともなかった。しかし、私はグレースとセックスしたいという強い欲求があったが、彼女を怒らせたくはなかった。私は彼女の尊厳を傷つけたくなかった。私は彼女とセックスするのが好きだとよく言おうとしたが、彼女の自由を侵すことになるので反対されるかもしれないと思い、言わなかった。私は女性のプライバシーと自立した意思決定能力を尊重します。そのような振る舞いは、私の自由を認めてくれた両親から学んだ。私が独身を貫いたのは、恩寵のためでも、あなたのためでもない。私の選択、決断だった。

「でも、エイブ、もし私があなたを愛しているのと同じように他の誰かを愛していると言って、その人と性的な関係を持ったら、あなたはどんな反応をするのでしょうか?

「エマ、私はあなたの私生活に干渉しない。結婚しているのか、恋人がいるのか、処女なのか、聞いたことはない。それはあなたの私生活であり、私にそのような質問をする権利はない。私はあなたを、自己実現を目指す個人として、また意思決定能力と自由を持つ人間として受け入れてきた。私があなたを愛しているのは、あなたが独立した人間であり、私の中であなたの存在を体験しているからです。同じように、私はグレースについて何も知らない。私たちは9ヵ月間一緒に過ごし、同じベッドで眠り、一緒に働き、食事を共にし、数多くのレストランを訪れ、ピクニックや水泳に出かけた。私は彼女に触れたことはないが、言葉では説明できないほど愛している。彼女も私を愛してくれていた。彼女が私から離れたのは、正当な理由があったからだ。私に理由を言わなくても、彼女は自由に行くことができた。あなたは、彼女がこの 19 年間、私を探していたかもしれないと言った。同じように、私も彼女を探す。彼女が結婚しても、子供ができても、私には関係ない。私の彼女への愛は、彼女の自由を超えている。私はグレースを愛している。エマを愛している、ただそれだけ。無条件でふたりを愛している」。

「一人の人としか性的関係を持ってはいけないというルールはない。一夫一婦制は人間の心理や生物学に反している。本来、ホモ・サピエンスは多くの人やクリシュナと性的な親密さを楽しむものであり、ゴーピカーはその最たる例である。マハーバーラタ』では、クンティの子供たちは先祖が異なっている。カジュラホ寺院やカマキヤ寺院は、男女が複数の性的パートナーを持っている最高の例である。しかし、愛はセックスを超えたものでもある。それは心の結びつきであり、性器の結びつきとは限らない。すべてのルールは人間が作ったものであり、自由に破ることができる。一夫一婦制のルールは、人間の本性にそぐわないため、違反するためのものだということになる。既婚・未婚を問わず、生きている人間のほとんどが複数の性的パートナーを持っていることが研究で証明されています」とエマは分析する。

〝不倫〟という概念は、自己の嘘である。でも、それさえも気にしない。

「男でも女でも、複数の人と親密な関係になることはある。親密というのは必ずしも性的な意味ではない。セックスをしない、親密な、切っても切れない関係もあり得る。

「エマ、あなたはいつも私に考える力を与えてくれる。そう、複数の人と親密な関係になることは可能だ。そして私たち2人はそれを証明した。私にとって、そのような関係にある人々の愛は本物であり、深いものである。ここ数年、私はあなたのいない人生について考えずにはいられなかった。人間関係は、人々がその一体感の本質と意味をどう理解するかにかかっている」。

「女性は同時に複数の男性を愛することができる。問題は結婚制度について考えるときだ。しかし、結婚は子孫繁栄や人類の存続、子供の世話や保護のために不可欠なものではない。結婚で2人を縛ることは、絶対的な個人の自由、平等、機会均等を失うことになりかねないからだ。結婚が暴力、抑圧、服従のライセンスになることもある。それは多くの人にとって牢獄の言葉であったり、苦しみ、悲しみ、拒絶、落胆の前触れであったりする。浮気や自殺は失敗した結婚の一部である。制度として、結婚はその意味、目的、必要性を失っている。それは過去5000年間、人類とともにあった。それでも、何世紀もの間、一夫一婦制が結婚の柱であった。宗教と同じように、結婚も滅びつつあり、長くは続かない。人間の感情や欲求、憧れを長い間閉じ込めておくことはできない。何百万年もの間、人類は結婚することなく生きてきた。

「一妻一夫は新しい現象だ。夫婦関係は不自然なもので、人類の文明と進歩にとって忌まわしいものだ」と安倍首相は語った。

エマの目はカリガット寺院のオイルランプのように輝いていた。「エマはエイブに近づき、頬にキスをした。

「愛してるよ、エマ。人生は一度きり。私の愛を表現し、あなたに感謝していることを伝えるためには、私の一生が必要なのです」。あなたは私の恩寵であり、恩寵はあなたなのです」。

「あなたは私のエイベ、マグダラのマリアが真夜中に墓場で出会った私の裸のイエス。私はマグダラの女です。彼女はただ一人、真夜中に墓地で彼とともに立つ勇気がありました。弟子たち、ペテロとヤコブ、マタイとフィリポ、アンデレとヨハネ、その他すべての弟子たちは臆病者だった。マグダラのマリアは、イエスが死者の中から復活されたことを告げた。しかし、彼らは信じなかった。イエスに直接会った後、彼らはマグダラのマリアを教会から追放し、彼女を無法者、罪人、姦淫の烙印を押した。彼らは教会のために法律を作り、すべてを操り、イスラムのような強力な家父長制に育てた。私はあなたを見たことのないグレースと分かち合っているが、あなたの中に彼女を見たからこそ、彼女を愛していると確信している。彼女と私は競い合うことはできないし、グレースと私はあなたの中で一つのユニットを形成している。それに、私たちは大人の人間だ。私はあなたから、グレースが寛大で壮大であることを知った。彼女は愛に満ちていた。クリシュナの妻たちに嫉妬することもなく、他のゴーピカたちを妬むこともなかった。なんと素晴らしい関係だったことか。クリシュナは壮大なビジョンと愛情に満ちた心を持った人物であり、ラーダと　ゴーピカたちはそれに応えた。その過程で、クリシュナはラーダや他の乳女たちに姿を変え、彼らはクリシュナへと進化した。それは愛の究極の意味である。どの心理学者も、愛の意味、深さ、美しさを、これほど明確で心に響く言葉で説明することはできなかった」。

阿部は細心の注意を払ってエマの話に耳を傾けた。彼は、ひとつひとつの言葉が決定的で、意味があり、誠実で正直な心から出たものだと感じていた。突然、エイブがソファから立ち上がり、エマの近くに行って抱きしめた。生まれて初めて女性を抱いた。彼は彼女を胸に押しつけ、高鳴る心臓を感じた。

「エマ、愛してるよ」と彼は彼女の頬にキスをした。初めて女性とキスをした。バッハを聴くよりも、グレースとチェスをするよりもずっと強烈な、素晴らしい感覚だった。

「ありがとう、エイブ

「エマ、私の愛しい人よ、あなたは私の最愛の人になった。僕は彼女を愛しているし、君を愛している。私はあなたたち二人を選んだのだから、誰が選ばれるべきかは疑問の余地はない"

"愛しているよ、エイブ"

エマはエイブと一緒にいるのが大好きで、エイブの手を離したくなかった。永遠に抱きしめられるように。エマはこんな素敵な体験は生まれて初めてだった。彼女は、ヤムナー河畔でのクリシュナとラーダーの愛の営みのようだと思った。

「エマ」エイブが彼女の名前を呼んだ。

「クリシュナ、私の愛するクリシュナ」と彼女は優しく叫んだ。

「ラデ、愛しいラデ」と答えた。

二人は長い間そこに立ち、一体感を楽しんでいた。

エイブはエマと空港に行き、再び彼女の頬を抱きしめ、キスをした。

阿部は3カ月以内にニューヨークのメトロポリタン美術館から『接吻』の展示の招待を受けた。多くの人々が「 接吻 」を見るために美術館を訪れ、美術評論家もこの作品を高く評価し、阿部は美術界で国際的な有名人となった。エマはニューヨークでエイブと出会い、一緒にアメリカ中を旅していくつかの美術学校やギャラリーを訪れ、エイブは AI がモダンアートに与えた影響について何度か講義を行った。

エイブはムンバイで開催された『接吻』の展覧会にエマを招待した。しかし、彼女は大学でアゴーリー・サドゥに関する一連のセミナーを開催しているため、出席できないことを表明した。代わりに彼女は、1 月のムンバイでの展示会の直後、3 ヵ月後にコルカタに彼を訪ねると約束した。阿部はアメリカからコルカタに戻り、若手アーティストを中心に 2 つのショーを開催した。

ムンバイでの展示会は1 月 20 日の第 1 週で、阿部は前日の飛行機でムンバイに向かった。アートギャラリーは国際的な水準に達しており、近代的な設備も整っている。キス』を見るために、美術通、愛好家、ディレッタントが絶え間なく列を作っていた。誰もが、この絵のシンプルさ、象徴性、深いインパクト、驚くべき美しさ、永遠の魅力、独特の美的センスに驚嘆した。阿部は喜び、エマに何度も電話をかけ、作品が大衆から奔放に歓迎されたことを伝えた。彼はエマのために視聴者の表情を撮影した写真を WhatsApp に投稿し、彼女が提案したテーマが抑えがたい魅力を生んだと伝えた。

しかし、アナスヤ・ジェインの訪問が阿部の平穏を打ち砕いた。彼女が来たときには顔を合わせることができなかったが、出発のためにリムジンに乗り込むときにちらっと見えただけだった。ジャイン工業の名簿やインターネットで集めたその他の関連情報から、阿部はアナスヤ・ジャインがグレースであると結論づけた。ゴアのアグアダ・フォート近くのスラム街、シンゲリムに滞在していたグレースは、優秀であったにもかかわらず孤児で、肉体労働者であったからだ。

阿部はもう一度、彼女のコミュニケーションに目を通した。正確で、彼女はこの絵をプライベート・コレクションとして購入したい意向を示しており、いくらでも支払う用意があった。阿部はアナスヤ・ジェインがムンバイの裕福な実業家で、亡き父から多くの財産を受け継いでいることをすでに知っていた。彼女はまた、同業界の会長に就任した後、膨大な資産を築いた。彼女の誠実さ、正直さ、労働者に優しい態度、そしてイニシエーションは高く評価されており、アナスヤ・ジェインはインドの新しいミレニアムの宝石と見なされている。

アナスヤ・ジェインはエイブとのアポイントメントを取っており、彼女に与えられた時間は夕方の 4 時だった。阿部はアナスヤ・ジェインがグレースかもしれないと思い、心を落ち着かせようとした。エイブは、グレースと過ごしたゴアでの日々を回想した。この 20 年間、彼は毎日のように彼女のことを思い出していた。彼女の美しい目、魅力的な顔、優雅なしぐさ、愛に満ちた言葉、思いやりや支えになる行動が彼の心を満たし、それらは彼の存在の不可欠な一部となった。エイブにとって、グレースは声であり、鼓動であり、良心だった。彼は彼女のために生き、いつか彼女に会い、彼女とともに人生を歩むことを常に望んでいた。エイブにとってグレースはすべてだった。

彼は、彼女が自分のために毎日毎日歌ってくれたヒンディー語映画の歌を覚えていた。グレースとのチェスの記憶が鮮明に蘇り、彼の思考を撫で回した。彼は、チェス盤の上で二人が打った一挙手一投足を思い出すことができた。パントリーの横に立ってフライパンで食べるのは、エイブにとって天国だった。恋をしている幸福感と、その気持ちに応えてもらいたいという願望が、彼を新たな夜明けを待たせた。どこにでもいる彼女の存在は、エイブにとって人生のすべてであり、彼女と過ごす毎秒を心から楽しんでいた。恩寵は彼の生命であり、息吹であった。そしてこの 20 年間、グレースがいつか自分の前に現れることを願いながら、グレースのために生きてきた。しかし、彼の心には理解しがたい不安があり、その兆候は彼を困惑させた。

グレースは当惑させ、当惑させ、理解しがたく、同時に魅惑的だった。彼は彼女を長い間待っていた。もしアナスヤ・ジェインがグレースだったら、彼は彼女を抱きしめてキスをするだろう。彼は彼女に訊きたかった：「グレース、どこに行ったの？そして、彼女の目を見て言うのが好きだった："グレース、愛しているよ、永遠に一緒にいてくれ"彼は彼女を腕に抱きかかえ、一緒に何時間も抱っこし、彼女の存在と自分との一体感を感じたいと思った。彼は彼女とチェスをしようとしたが、彼女はナイトかビショップで彼をチェックメイトした。彼女は一手一手をよく計算し、エレガントにプレーする。グレースを倒すのは至難の業だった。しかし、彼女は彼が勝つことを許した。エマも同じことをしたかもしれない。彼女は彼に勝つことはできなかった。エマは彼のためにわざと負けたのかもしれない。それは、愛する人のために自分を空っぽにするという、恋する女性の心理なのかもしれない。しかし、彼はグレースを愛し、エマも愛していた。

エマと友情を育むのは魅力的だった。彼女はグレースに似ていて、グレースはエマに似ていた。しかし、2 人ともユニークで、思いやりがあり、知的で、複雑だった。グレースは彼のもとを去り、エマは彼のもとに残った。

突然、彼の携帯電話が鳴った。「サー、こんばんは。私はこのホテルの支配人です。アナスヤ・ジェインさんがいらっしゃいました。行ってもいいですか？

「はい、お願いします」と阿部は答えた。期待感が阿部を包んだ。そしてアナスヤがいた。サリー姿で、背が高く、ほっそりとしていて、チャーミングでエレガントだった。ふたりは数秒間、顔を見合わせた。

「阿部さんですか？彼女の言葉には深い感情がこもっていた。

「グレース、親愛なるグレース。

「エイブ、エイブ」と彼女は鳥のさえずりのように呼んだ。

二人は向かい合ってソファに座った。

"どこに消えたの、グレース？"と彼は尋ねた。

「同じ質問をしたいのですが、エイブ」と彼女は答えた。

「世界中を探したよ。

「私もだ。ムンバイから 2 日ぶりにシンゲリムに戻った。近所の人は誰もあなたがどこに行ったのか知らなかった。アグアダ・フォートでも、シンゲリム・ビーチでも、カラングートでも、パナジでも、ゴア中を何度も何度も探した。何年もの間、私はよくインド中を旅した。と、グレースは詩を朗読するように言った。

「グレース、あの晩、私はビーチで君を探したよ。私をからかっているのかと思った。一晩中そこで過ごしたよ」。

グレースは言葉にならない苦痛を感じながらエイブを見つめ、エイブもグレースが同じような表情をしていることに気づいた。彼女の目は輝き、その声は誠実さと正直さに満ちていた。

「エイブ、私は何度も、違う言葉で、さりげなく、しばらく待っていてほしいと言った。

「そう、グレース、私はあなたに会いたくて、別の場所であなたを探し始めたんだ。インド中を放浪するよりも、家に戻っていればよかったんだ。

「人生で最高の友人を夢見ていたと言ったが、君はそのパートナーだった。そして、あなたは私の言葉の意味を理解していると思った」と彼女は言った。

「グレース、私の愛、あなたへの称賛が私を狂わせた。そのせいで、冷静に物事を考えたり、人生の出来事を評価したりすることができなかった。私はあなたの言葉、仕草、行動の深い意味を理解することができなかった」阿部の言葉は率直でありながら、悲しみに満ちていた。

「阿部、私はムンバイに行かなければならなかった。両親との約束で、実験の１年後に帰国することになっていたからだ。ウォートン校では、教授に触発され、タフになり、人間の行動を生身で学び、新しいスキルを身につけ、より高い責任を担う準備をするために、極めて不自由な状況で１年間の実地研修を受けた。そして私は彼の挑戦を受け入れた。アメリカから帰国したとき、私は両親に、どこかへ行き、社会の最も貧しい人々のところに滞在し、１年間毎日肉体労働をし、その重労働で生計を立てると言った。銀行口座を持たず、社会保障も保護もないのは私の決断だったし、基本的な設備もない場所に滞在するのは斬新なアイデアだった。私の両親は、私がどこにいるのか知らなかった。

「私はそれに気づかなかった。スラムの孤児で、教育を受けていない女の子だと思っていた。それでも、私はあなたの精神的な鋭さ、洗練さ、合理的で分析的な能力、率直さ、そして成熟度に感服した。私はあなたの愛、気遣い、存在感、心配り、誠実さが大好きだった。私は富を求めなかった。私が求めたのはあなただけだった。

「それは私の意図したことです。私があなたと一緒にいるとき、あなたは私が誰であったかを知るべきではありません」とグレースは答えた。

"グレース、あなたは私が出会った中で最も成熟した人であり、最高の威厳、最高の勇気、絶対的なエレガンス、目に見えない魅力、無限の愛、そして想像を絶する信頼を持った人だった"

グレースは胸が張り裂けるように泣いた。阿部は彼女を見て、自分の感情を抑えようと懸命になった。

「愛していることを公言したくなかった。私はいつもあなたを信頼し、尊敬していた。私はあなたに出会えたことを誇りに思っています。とグレースは言った。

「グレース、私の心の中も同じ気持ちだった。初日からシングエリムで一緒にしたすべての小さなことを大切にした」。

「カラングートのバスターミナルであなたに会ったのは偶然だった。しかし、一目見たときから、私はあなたに親近感を覚え、力になりたいと思った。だから一晩、私の家に招待したんだ。しかし、私の家に着いたとき、あなたは驚き、私が一人で泊まっていると知ったとき、ぞっとした。私のベッドで寝ようと誘ったとき、あなたはショックを受けた。でも、あなたへの信頼は岩のようだった。翌日の朝には出発すると思っていた。そして、あと 3 日間私のところに滞在して、経費とバス代を稼ぎたいと言った。あなたが 4 日後に私と一緒にいたいと言ったとき、私はあなたの決断にショックを受けた。私と一緒にいることが最善の選択ではないことを説得しようとした。私は、ムンバイであなたに仕事が待っていると思い込んでいたし、あなたがその仕事に就いていたら幸せだった。でも、あなたは私と一緒にいたかった。エイブ、あの頃は人生で最高だった。私の愛を育み、あなたへの信頼を花開かせてくれたこの思い出を、私はいつも大切にしている。そして、僕は君を人生のパートナーにしようと決めたんだ。あなたが私を受け入れてくれた日、私は人差し指の指輪を外したかったのです」。

"グレース、愛していると何度も伝えたかったし、人生のパートナーとして一緒に暮らしたかった"

「でも、なぜ言わなかったの？毎日、私はあなたからの連絡を待っていた。あなたは一生を私と過ごしたがっていた。あなたの心が私を待ち望んでいることは知っていた。時に、話し言葉は人生の最も美しい織物である魔法を織ることができる。疑念、心配、悲しみ、不安、不確実性を取り除き、喜び、幸福、一体感をもたらすことができる。阿部さん、何度も抱きしめたかったし、唇にキスもしたかったし、セックスもしたかった。私はあなたを愛していると伝えたかった。しかし、あなたに最後の試練を与えたのは愚かだった。はっきり言えば、ムンバイから戻ると言うべきだった。グレースの言葉がひびいた。彼女は深い苦悩の涙を流した。

「グレース、私がバカだった。心から愛していると言うべきだった。あなたは私のすべてだった」。

「エイブ、あなたとの出会いは偶然だったが、あなたを選んだのは選択だった。最初に登場したときでさえ、私はあなたが好きだったし、あなたはギリシャ神話の神のように私の前に現れた。あなたは私の心を魅了し、私に神秘的な感情と魅惑的な波紋をもたらした。あなたが私と一緒に暮らし始めたとき、私はあなたが思春期から探し求めていた人だと気づいた。私はあなたの近くにいるのが好きで、よくあなたの近くに立って、あなたの体の素敵な匂いと腕の温もりを体験するのが好きだった。あなたは夢の中で何度も私の子宮口を破り、私はその愛おしい痛みと灼熱感を大切にした。私はあなたを深く愛し、あなたと永遠に一緒にいることを夢見ていた。私は、あなたの感情的な成熟度、威厳ある振る舞い、他者への揺るぎない敬意、そして私への愛と信頼を賞賛した。しかし、私はあなたを深く知りたいと思い、心の中であなたを人生の伴侶として選んだ。女性の中には、愛する男性と離れて別れの苦しみを味わい、将来彼に会いたいと無意識に望む人もいる。私はあなたを私の記憶、思考、欲望の中にとどめ、あなたが不在の間、私の人生のパートナーとして高めたいと願った。しかし、最後に失敗したのは私であり、あなたではなく、愛するエイブだった。

阿部は彼女の心が壊れていくのを感じ取り、潜在意識の中で泣いていた。彼女の苦しみは言葉にならないほどだった。阿部はプネーまでのトラックでの旅、イエズス会との生活、清貧と貞潔と服従の誓いについてグレースに語った。彼は、イエズス会におけるコミュニティ活動の経験や、イスラム教徒の難民、アーメダバードからの女性や子供たち、狂信者たちによって組織されたポグロムの犠牲者たちについて話した。彼はヒマラヤへの旅を詳しく説明し、多くの寺院を訪れ、ナーシク、ウジャイン、ハリドワール、プラヤーグのクンブ・メラに参加した。

彼はエマとの経験、アグリ・サドゥーとの出会い、裸の修道士の肖像画を描くためにエマから受けた援助をグレースと分かち合った。裸の 僧侶』、『 フーグリー川にかかる橋』、『アッサムの女神』、『チェスの女戦士』、『フラワーガール』、『ボートの女』、『抱擁と 接吻』、コルカタでのアトリエの開設、そしてグレース・エマ・アート・ギャラリーのことなど、数々の絵画について話した。グレースは、そのような話すべてを知りたがっていた。

エイブはイエズス会のために聖母マリアを描き、グレースの頭を青いスカーフの切れ端で覆ったことを語った。アムステルダム、マドリード、マンチェスター、フィレンツェ、パリ、ワシントンDC、ニューヨークでの展覧会を明快に説明した。エイブは、グレースの不在と、エマから受けたケア、愛、保護のために、2 年間落ち込んでいたことを彼女に話した。グレースは、まるで今までで一番魅惑的なラブストーリーを聞いているかのように、彼の話に耳を傾けた。

ほとんどすべての作品で彼女を描いていた、と阿部は言う。インド中のあらゆる場所で彼女の美しい顔を探すことが彼の日課となり、絵を描きながら彼女の美しい姿を胸に抱いた。彼の話を聞いて、グレースは微笑み、笑い、時には涙を浮かべた。

グレースはエイブに、この 20 年間、ジェイン産業の仕事が忙しくても毎日彼を探していたと言った。唯一の兄弟である彼女の兄は、世俗を捨て、裸のジャイナ教の僧侶、ディガンバー・サーニャシーと なった。彼女は兄が退いたジェイン・インダストリーズの CEO を引き受けた。父親の死後、2000 年と 10 年に会長に就任し、さらに 2 つのホテル、1 つの専門病院、スーパーマーケット・チェーン、2 つの IT 企業を買収した。

「ウォートンとゴアで学んだことは、仕事をしながら人と接する練習をした。あなたの誠実さと高潔さは、危機の中で松明のように私を導いてくれた。記憶は私を力強く前進させ、追憶は私の道を照らし、前へと歩ませた。シングエリムのバス停から家まで薄暗い中を歩いたのを覚えている。この 20 年間の私の旅もそうだった。あなたの光は、時にはそれほど明るくはなかったけれど、私を助けてくれた。あなたの想い出は温かさの源だった。でも、あなたが本当の人間として私と一緒にいなかったから、私は引き裂かれた。私はあなたの喚起で壁を築き、出口がなかった。こうして、燃料が完全に燃え尽きたとき、彼らは私に痛み、悲しみ、苦悩、そして悲嘆をもたらした」。

「思い出がなければ、エネルギーを得るために燃やすものがない。

"私のコンピューターには、あなた宛に送られた何千通ものメールが保存されています。この 19 年半の間、私は毎日あなたに手紙を書いてきた。あなたとコミュニケーションをとりたい、会いたい、ハグしたい、キスしたい、一緒に人生を送りたいと、抑えきれない渇望があった。　セリベイトのことは何度も耳にしていたが、彼が私の愛するエイブだとは知らなかった。バウンスされたメールを送ったのは、あなたのメール ID がわからず、すべて abe@mybeloved.com。それでも、私はうれしい。

「私の心は弾け、全身があなたで満たされている。もう何もいらない。

二人は時間が経つのも忘れ、長い時間話し込んでしまい、夜中の4時になってしまった。

"愛しているよ、愛するエイブ"

「グレース、あなたは愛に満ちた心を持ち、耳を傾け、手を握ってくれる。あなたは無限の愛情で私を抱いてくれた。

「私はあなたであり、あなたは私である。

突然、阿部は彼女の人差し指に指輪があることに気づいた。"グレース、まだ指輪を持っているんだね"

「そうだよ、エイブ、僕の命が尽きるまでそこにあるんだ」。

「グレース、どうして？心の中で苦悩が噴出しながらも、阿部は問いかけた。

「エイブ、私は 45 歳になったばかりだ。私の人生の最愛の人であり、永遠の友人であり、私の夢の王子様であり、私のチェックメイトであり、私のヒンディー語映画の歌の主人公であるあなたがカラングートのバスターミナルに現れたとき、私はあなたの到着を待っていた。しかし、私たちの小さなコミュニティでは、女性は 45 歳を超えて未婚でいることはできない。男やもめと結婚するか、修道女になるか。エイブ、あなた以外の人と結婚するなんて想像もできなかった。四十五歳を迎える半年前、他に選択肢がなかったので修道女になることを決意し、死ぬまで守る処女の誓いを立てた。私はジェイン・インダストリーズの会長として経営に携われる強力な人物を探していたが、先週、その人物を見つけることができた。私はすべてを放棄したので、ジェイン・インダストリーズは公営企業になる。白い服を着て、口と鼻を覆い、食べ物や施しを乞い、修道女たちとインド中を裸足で歩く。新しい生き方を受け入れたので、寺院や僧院を訪れるつもりだ。苦悩も悲しみも、悲しみも喜びも、執着も拒絶もない。私は宇宙とひとつになった。たとえ無神論者であっても、私は一定のルールに縛られており、それを破ることはできない。他の修道女たちと一緒になる前に、私は 2 つの財団を作りたいと思っています。1 つはスラムの貧しい子供たちの教育のための財団、もう 1 つはあなたの名前を冠した芸術財団です。私はこのアートギャラリーを、世界中の優れた絵画を購入することによって発展させることに決めました。私はこれらの目的のために自分の財産を活用するつもりだ。もし『キス』を売ってくれるなら、ぜひ買いたいわ」とエイブを見て、グレースは言った。

阿部の顔には衝撃と不安と悲しみがあった。それは壊滅的な打撃で、彼は言いようのない感情の混乱を経験した。グレースがシンゲリムの運命的な朝に彼のもとを去ったときや、コルカタのスタジオで彼が受けた憂鬱な気分の何千倍も強いものだった。突然、グレースは彼にとって他人であり、近づきがたい存在になった。彼は完全に彼女を失った。

「グレース、君に キス を贈るよ」とエイブは約束した。しかし、彼の言葉は悲鳴のようだった。

″阿部、私は十分なお金を持っているので、それを支払う準備はできている。″ ″白いドレスを着て、頭をトンズラし、サンダルを脱ぐ前に、私財を何か良い目的のために使いたい″

阿部は他に何と言えばいいのかわからなかった。彼は何の感情も持っていなかった。「グレース、それは贈り物だ。書類は 6 時間以内に用意できる」。

″ありがとう、最愛の親友、最愛のエイブ″

″グレース、あなたは永遠に愛することができた。しかし今、あなたはその愛が空虚に包まれ、底知れぬ悲しみを味わっている″

「エイブ、あなたはこの 20 年間、私のせいで苦しんできた。申し訳ない。どうか許してほしい。さようなら、親愛なるエイブ」立ち上がってグレースは言った。

「さようなら、グレース

すでに朝の 7 時だった。阿部は一日中、遺言状の登録に取り組んだ。阿部はアナスヤ・ジェインに『接吻』を 贈った。他のすべての絵画、アトリエ、グレース・エマ・アートギャラリー、すべての動産と不動産、銀行口座はエマの名義に移された。エイブは遺言書を封筒に入れて封をし、エマの名前でアムステルダムの住所に送った。

書類を受け取ったエマはすぐにムンバイに向かい、それから20年間、インド全土でエイブを探し回った。二千四十年、彼女はプラヤーグ（クンブ・メラ）で、アグリ・サドゥーの 一団を率いる阿部に似た人物を目撃した。彼は裸で、長いドレッドヘアで、灰にまみれ、ルドラークシャの紐をつけていた。左手には人間の頭蓋骨を貫く三叉の矛、首にはコブラが巻かれていた。

エマは「エイブ」と叫んで彼を追いかけ、追い越して彼の前に立ち、両手を伸ばした。宇宙が静止しているとき、彼女の心臓はドキドキしていた。突然、彼が「エマ」と呼ぶ声が聞こえた。

彼女は涙を流し、彼が再び逃げ出さないよう、力いっぱい抱きしめた。彼を手に入れたいという欲望が激しくなり、彼女は何もかも、そして周囲の環境も忘れて、彼の心臓に体を近づけた。彼女は彼の匂いを知っており、馴染みがあり、浸透していた。舌は彼の体を覆う灰と汗を舐めた。彼の筋肉はたくましく、その骨格は稀有な光を発し、暗いシジミの中で星のように瞬いていた。彼女は彼の体格を知り尽くしており、彼女が抱きしめている一糸まとわぬ修道士は、彼女の裸のイエスにほかならないと確信していた。

著者について

ヴァルゲーゼ・V・デーヴァシア

デビュー作『WOMEN OF GOD'S OWN COUNTRY』で浮世絵師協会より AUTHOR OF THE YEAR 2022 を受賞。タタ社会科学大学ムンバイ校元教授・学部長、タタ社会科学大学トゥルジャプール・キャンパス校長。ナーグプル大学 MSS ソーシャルワーク研究所（ナーグプル）教授兼校長。

ハーバード大学で司法修士号、ベンガルール国立インド大学ロースクールで人権法学士号、シェンバガヌール聖心女子大学で哲学修士号、ムンバイのタタ社会科学大学院で社会福祉学修士号、コラプールのシヴァージ大学で社会学修士号、ナグプル大学で法学修士号、理学修士号、博士号を取得。

犯罪学、矯正行政学、被害者学、人権、社会正義、参加型研究などの学術参考書を 10 冊以上出版しているほか、国内外の査読付き学術誌に多数の論文を発表している。著書に短編集『A Woman with Large Eyes』（オリンピア出版、ロンドン）、小説『Amaya The Buddha』（浮世音出版、ハイデラバード）がある。マラヤーラム語の小説『Daivathinte Manasum Kurishu Thakarthavante Koodavum』をカリカットのマルベリー・パブリッシャーズより出版。ケララ州コジコデ在住。

E メール : *vvdevasia@gmail.com*